368야드 파4 제2타

368야드 파4 제2타

무라카미 류

이유정 옮김

큰나무

차례

368야드 파4 제2타

리우데자네이루 사창가의 퍼팅 그린

욕망을 긍정하며 살아가기란 쉽지 않은 일이다.

리우데자네이루 변두리에 있는, 색다른 시스템의 사창가에서
그걸 배웠다. 그 사창가는 리우에서 차로 30분 정도, 완만하게
흐르는 강 삼각주에 있었다. 상호는 〈파라다이스 아일랜드〉. 웃
음이 터져 나올 것 같은 이름이다. 삼각주라 보트로 가게 돼 있
다. 보트나 선창도 조잡하고, 안내하는 이는 '사장님, 재미 보러
가시는군요. 정말 죽여주는 애들이 쌔고 쌨습니다.' 하고 온몸으
로 말하는 사내다. 그는 더할 나위 없이 값싸 보였으며 반 벌거
숭이였다. 불안과 기대가 교차하는, 더없이 어울리는 연출이다.

〈지옥의 묵시록〉을 생각나게 하는 야만의 뱃길 끝에, 열대식물

로 둘러싸여 외부와 차단된 선착장이 보이기 시작한다. 이곳은 정말로 파라다이스가 아닐까 하는 설렘을 갖게 하는 선착장이다. 비키니 차림의 혼혈 아가씨 서너 명이 맞아 준다. 부겐빌레아와 난이 어지럽게 피어 있고, 좁은 자갈길 양옆에는 색이 화려한 앵무새와 날개를 펼친 공작이 놀고 있다. 한적한 카운터에서 일본 돈으로 5천 엔이 조금 못 되는 입장료를 내고 보관함 열쇠를 받아든다. 비키니 차림의 혼혈 아가씨가 탈의실까지 안내해 주면서 시스템을 설명해 준다. 서툰 영어지만 파라다이스니 만큼 이해하지 못할 게 없다. 부대 시설로 레스토랑, 바, 디스코테크 같은 덴 물론이고, 수영장이나 테니스 코트, 스쿼시 코트, 권투 연습장, 퍼팅 그린, 기포가 나오는 월풀 욕조, 한증탕, 사우나 같은 데도 있다. 손님은 수영복 하나로 모든 시설을 이용할 수 있고, 오십 명 남짓 되는 여자들 중 아무나 자유롭게 선택할 수 있다. 그리고 기분이 내킨다면, 작은 별장 형식으로 지은 객실로 함께 들어가면 그만이다.

여자들의 차림새도 갖가지다. 유방을 드러낸 토플리스부터 투피스로 화려하게 차려 입은 여자까지 있다. 그들은 레스토랑이나 바, 수영장 주위에서 손님들에게 웃음을 흘린다. 다리를 꼬고 앉거나 손을 흔들었으며 엉덩이를 흔들면서 걷기도 했다. 해가 아직 떨어지지 않은 탓도 있고 전날 마신 술기운도 여전히 남아 있고 해서, 나는 사우나와 수영장을 왕복하며 해변의자에서 선

잠을 잤다. 그러면서 여자들을 관찰했다. 해가 저물어 감에 따라 손님이 늘기 시작하고 레스토랑에선 돼지고기와 콩으로 만드는 페이조아다를 시작하려 한다. 브라질 요리가 나오는 바에는 사탕수수로 빚는 핑가를 기본으로 한 독한 칵테일이 있다.

디스코테크엔 삼바를 추는 여자와 손님들로 넘쳐난다. 섬 전체에 시큼하고 들쩍지근하며 음탕한 열기가 떠다닌다.

나는 한 여자에게 주목하고 있다. 신고 있는 하이힐 높이를 어림짐작해도 180센티미터는 족히 됨직한 커다란 여자로, 생뚱같은 웨딩 드레스를 입고 있다. 몸집만 그런 게 아니라 손발과 얼굴도 못지않게 컸다. 그 여자는 다른 여자들처럼 유혹의 웃음만 흘리지는 않았다. '어때? 내 젖 한번 빨아 볼래?' 하는 노골적인 말과 함께 손님의 어깨를 툭툭 치곤 했다. 나를 비롯해서 그곳에 있는 모든 남자가 슬금슬금 피했고, 몸집 좋은 신부는 늘 고독했다. 하지만 그녀 옆에는, 남성용 정장을 입은 호리호리한 짧은 머리 여자가 바싹 붙어 있다. 레즈비언임을 금세 알아차릴 수 있다.

해가 완전히 떨어지자 마당과 디스코테크에서 이벤트가 시작됐다. 진흙레슬링과 권투, 삼바 콘테스트다. 진흙레슬링에서 이긴 여자한테는 금세 손님이 붙는다. 사창가 진흙레슬링에 불과해도 승자한테는 눈부신 무엇이 있는 건지 모른다. 땀에 흠뻑 젖어 삼바를 추는 토플리스 혼혈 아가씨가 봉긋한 유방을 비벼댔다. 그 도발적인 몸짓에 흥분된 나는 신부의 애인을 테이블로 불렀다. 짧은 머리칼을 뒤로 빗어 넘긴 여자는 역시나 동성애자. 셋이서 하고 싶다고 말한 내게 이 섬에서는 마약 말고는 무엇이든 할 수 있다고. 넷이든 다섯이든 상관없다고 대답했다. 신부는 섬의 왕언니 격이었고, 손님이 있었음에도 월풀 욕조가 딸린 킹 사이즈 침대 방을 특권인 양 비우게 했다. 그리고 레즈비언 둘과 일본인 남자의 섹스는 시작되었다.

짧은 머리는, 레즈비언한테는 5백 가지의 사랑 방식이 있다고 큰소리쳤다. 그 말대로 두 사람의 성애는 한없이 이어졌다. 그 속에 때때로 내가 끼여드는 형태였고, 온몸 구석구석 모든 부위를 이용한 세 사람의 행위는 그칠 줄을 몰랐다. 이런 데도 성감대였던가 하는 깨달음의 연속이었다. 질구에 페니스를 삽입해 단순히 그것을 움직이는 섹스가, 얼마나 하찮고 단순하며 깊이 없는 것인지 뼛속 깊이 깨닫게 되었다. 두 여자는 남근을 특별하게 여기지 않았다. 또 나한테 내키는 때에 내키는 방법으로 내키는 데를 이용해 사정해도 좋다고 했다. 하지만 내 사정은 어떤 의미로 끝을 의미하지는 않았다. 월풀 욕조에서 쉬고 있을 때도 손가락이나 발가락 혹은 귓불이나 머리카락에 쉼 없는 애무를 받았다. '일본에서는 설날에 무엇을 하는가?' 혹은 '나는 이탈리아와 시리아 혼혈인데 팔레스타인 문제의 이탈리아식 해결은 가능하다고 생각하는가?' 하는 물음에 답하면서도 내 손가락과 페니스와 혀는 두 사람의 어딘가를 자극해야만 했다.

이탈리아와 시리아 혼혈인 신부는 창녀들의 왕언니란 지위를 남김 없이 이용했다. 지치거나 배가 고파지면 심부름하는 10대 흑인이나 백인, 혹은 혼혈아들한테 맥주나 물, 통닭, 본토 과라나 분말을 가져오게 했다. 그러고는 그 자리에서 벌거숭이로 만들어 행위에 동참시키기도 했다. 우리는 그 작은 별채에서 내내 머물렀고 한숨 잔 뒤에 다시 애무를 시작하곤 했다.

밖으로는 한 발짝도 나가지 않은 채, 눈 깜짝할 사이에 36시간이 지나 버렸다. 두 여자는 땀과 체액으로 범벅이 되어 역한 냄새를 풍기기 시작한 침대에 쓰러져 잠이 들었다. 그 사이, 정말로 죽을지도 모른다는 공포에 사로잡힌 나는 조용히 객실을 빠져 나왔다. 그런 다음 금방이라도 쓰러질 듯 비틀거리며, 수영장 주변을 지나 나무 그늘 밑 등의자에 몸을 눕혔다. 어제오늘 몇 번이나 사정했는지 세어 보자 갑자기 기분이 나빠졌다. 누워 있어도 과라나 탓에 잠도 오지 않고, 현기증에 구역증까지 나 어찌해야 좋을지 몰랐다. 수영장에서 헤엄칠 마음도 나지 않았고 사우나에 가고 싶지도 않았다. 테니스라도 친다면 정말로 심장이 터져 버릴 것만 같았다. 그러다 보니 마치 산소가 부족한 금붕어처럼 뻐끔뻐끔 입을 벌리며 그저 숨만 쉴 수밖에 없었다. 허나 두 레즈비언이 쉴새없이 퍼부은, 손과 입술과 혀의 자극을 조금이라도 떠올릴라치면 사정이 달랐다. 아직도 음탕한 마음이 남아 있는 세포들이 경련이라도 하듯 움찔움찔 반응했다. 그러니 한심한 일이지만 섬을 나갈 마음은 들지 않았다.

그때다. 찌는 듯한 땡볕 아래, 퍼팅 그린에 서 있는 백발 노인이 보였다. 흰색 모자에 흰색 셔츠와 바지, 같은 색 운동화. 오른쪽 다리 전체엔 커다란 화상 자국이 남아 있었다. 노인은 이마와 턱에서 곧장 떨어지는 땀을 흘리면서 열 몇 개의 공을 발치에 놓고 금속성 소리를 내며 규칙적으로 치고 있다. 공은 좌우로 비틀거리며 6, 7미터쯤 앞에 있는 홀 컵을 향해 굴러갔다. 하지만 세 개에 한 개꼴만 홀 컵 속으로 빨려 들어갔다. 공을 다 치고 나면 그 공을 가지런히 다시 모아 같은 동작을 되풀이한다. 그 모습을 보고 있자니 신기하게도 구역증이 차차 가라앉았다. 공을 다시 모으기를 몇 번쯤 되풀이했을 때, 노인이 나를 보고 말했다.

"해 보겠나?"

나로서는 그것이 처음 해 보는 골프였다. 샤프트가 반쯤 녹슨 듯한 퍼터가 옆에 놓여 있었다. 그걸로 노인과 같은 거리에서 쳐 보았다. 운 좋게도 두 번째 공이 홀 컵 속으로 들어갔지만, 나머지 공은 대부분 그린 여기저기로 산만하게 굴러갔다.

노인은 파라과이 사람으로, 왜 화상을 입었는지 이야기해 주었다. 두 번째 마누라가 뜨거운 물을 끼얹었다는 것이다. 나는 레즈비언에게 홀려 금방이라도 쓰러질 듯한데다가 그 자극 때문에 어떻게 여길 빠져나가야 좋을지 모르겠다고 말했다.

"우리 사내들은 말야."

노인이 내게 말했다.

"욕망을 긍정하며 살기가 쉽지 않은 일이지……."

노인은 자기 퍼터를 빌려주었다.

"이게 이래 봬도 스콧데일 핀 퍼터라구."

물론 그땐 그게 얼마나 가치 있는 건지 몰랐다. 하지만 노인이 잘 때도 손에서 놓을 수가 없다고 말하는 그 퍼터에 묘한 자력을 느낀 건 사실이었던 듯하다. 나는 전보다 더 진지하게 공을 쳤다. 공을 치는 동안은 두 레즈비언의 체액이 풍기던 냄새를 잠시나마 머리 속에서 지울 수 있었다.

처음으로 잡아 본 골프채가 퍼터라서 다행이었다. 만일 드라이버였다면 공을 맞추지도 못해 다시 여자들이 있는 곳으로 돌아갔으리라. 조금 특이한 경위로 시작하긴 했어도, 난생 처음 하는 골프에서 스콧데일 핀 퍼터를 이용해 공의 중심을 맞출 수 있었던 거다.

나는 독립 이벤트사의 이벤트 프로듀서다. 올해 말에 마흔 살이 된다. 명함은 어쨌든 프로듀서라고 새겼지만, 누구나 알다시피 이 나라엔 프로듀서란 직업 같은 게 없다. 오늘날 일본이 아니었더라면 나같이 팔자 좋은 직업은 생겨나지 못했으리라. 세계를 작은 마을로 비유해 내 직업을 설명하자면 다음과 같다.

얼마 전까지도 가난뱅이에 불과했던 타고사쿠란 이름의 소작 농이 열심히 열심히 농사를 지은 덕에 벼락부자가 됐다. 타고사 쿠는 여러 가지로 갖고 싶은 게 많았다. 그 중에서도 가장 갖고 싶었던 건, 더 많은 돈과 모든 이의 존경이었다. 더 많은 돈은 이 제까지 해 왔던 대로 농사를 지으면 어떻게 어떻게 될 수 있을 것 같았다. 하지만 존경을 받기 위해서는 어떻게 해야 좋을지 몰 랐다.

'이봐요, 타고사쿠 씨. 이번 가을에 있을 마을 행사에 돈 좀 쓰 시구려. 그러면 떡하니 간판에 이름도 실어 줄 테고……. 아, 또 누가 압니까. 부업 좀 하라구 좌판이라도 하나 내줄지.'

이렇게 제안하는 치들이 나타나게 됐다.

일본에서 타고사쿠에게 제안하는 치들이 나 같은 인간이다. 말하자면 돈과 가치를 연결해 주는 촉매 같은 역할이다. 그런데 오늘날 내가 성공할 수 있었던 데는 기지촌에서 태어난 덕도 적 지 않다고 생각한다.

나는 규슈 서쪽 끝에 있는 기지촌에서 영화관 주인의 외아들 로 태어났다. 요즘이야 마리온이니 도큐분카무라니, 롯폰기웨이 브니 해서 영상은 문화가 돼 버렸지만, 내가 어렸을 때만 해도 그렇지 않았다. 영화관은 지린내 나는 저속한 곳이었다. 쾌락이 니 사치 같은 것하고는 평생 담쌓고 사는 인간들이, 영화를 보는 그 짧은 시간 동안 그런 것들을 훔쳐볼 수 있는 곳이었다. 닛카츠 영화사의 액션물부터 디즈니 영화와 에로물까지 두 편이고 세 편이고, 심할 땐 네 편까지 무엇이든 상영했다. 프랑스 영화나 이와나미 영화에 비하면, 그 1만 분의 1만큼도 지조나 교양이 없었다.

일년 내내 기름에 절어 사는 조선소 공원들이 닛카츠의 액션 영화를 봤다. 긴자에 있는 클럽이니 마텔의 브랜디니 붉은 드레스를 입은 여자 같은 건 죽을 때까지 구경조차 못할 사람들이다. 장래라고 해야 고작 한 학교 학생들이 모두 같은 회사에 취직하는 집단 취직이 될 게 뻔한 꼬마들. 진짜 디즈니랜드가 로스앤젤레스에 있는지, 뉴욕에 있는지, 아니면 시카고나 런던, 파리에 있는지, 꿈에서조차 알 수 없는 그 꼬마들이 디즈니를 봤다. 그리고 이미 다리도 부실해져 걷기조차 버거운 노인들이 에로영화를 보러 왔다.

아버지는 옛 일본제국 해군의 이름도 잘 모르는 조잡한 특공 병기에 타기로 돼 있었다. 하지만 그 직전에 전쟁이 끝나 '신난다.' 하는 느낌으로 고향에 돌아왔다. 나보다 더 지조 없는 사내였기에, 군국주의에서 민주주의란 이데올로기 급변기에도 정체성 위기로 할복하거나 하지는 않았다. 오히려 대학에선 르네상스 후기 회화와 조각을 연구하고서도 카바레를 경영했다. 카바레로 때를 잘 만나 영화관까지 인수하게 됐는데, 마침 한국 전쟁이 터졌다. 덕분에 그 무렵 미군들이 쓰고 간 달러가 부대로 하나가 될 만큼 큰돈을 벌었다. 부대 자루 하나 가득 달러를 집어넣고도, 부츠 신은 발로 꽉꽉 눌러 다시 지폐를 담았던 어린 시절을 나는 기억하고 있다.

기지촌에선 욕망이 모든 것이며 파시즘도 민주주의도 없다. 욕망만이 현실이란 걸 모두가 알고 있다.

나는 학창 시절부터 두드러진 능력을 발휘했다. 대학은 도쿄에 있는 사립이었는데 세상 물정 모르는 아버지가 권한 곳이다. 구역질나는 귀족들이나 다니는 한심한 학교였다. 학생용 주차장에서 난생 처음 본 외제차 종류를 익힐 수 있을 정도였다.

어느 동아리에 들어가든 남보다 두드러질 게 뻔했지만, 요즘 말로 하자면 이벤트 연구회 같은 데가 있어 그 동아리에 들어갔다. 가슴이 크다는 것 말고는 봐줄 게 없는, 악어 같은 이빨을 가진 여자와 하룻밤 불장난을 하게 됐다. 그리고 그게 인연이 돼 가입했다. 그 동아리에서는 처음으로 일본에 블라디미르 애쉬캐나지를 초청한 프로모터에게 강연을 의뢰하기도 했다. 서양 문화를 일본에 소개하기 위해 학생이 해야 할 바는 무엇인가 하는 허튼 내용이었다.

괴수 네시를 일본에 소개했다는 사람을 불러 강연회를 열었어야 할 대학 3학년 축제 때다. 나는 악어 이빨과 함께 로스앤젤레스로 건너갔다. 그리고 당시 최고 스타였던 제임스 테일러와 공연 계약을 했다.

'일본에는 쌀을 먹고 자란 비단 같은 살결을 지닌 여자가, 무릎을 꿇고 앉아 세 시간이나 펠라티오를 해주는 증기탕이란 환락가가 있습니다. 당신이 와준다면 그날 새벽엔 거기서 큰 파티를 열 작정입니다.' 하는 말로 설득했다.

모든 비용은 악어 이빨 아버지가 댔다. 악어 이빨 아버지는 오리털 이불 수입으로 큰돈을 모은, 중생대 백악기 익룡 같은 이빨을 가진 자상한 사람이었다.

나는 계약서를 들고 레코드 회사와 광고 대행사, 힘있는 흥행사, 텔레비전 방송국과 경찰서, 소방서까지 돌았다. 그로 인해 스물한 살밖에 안 되는 나이에 모든 노하우를 익힐 수 있었다. 하지만 그때만 해도 애송이였기에 어느 대행사인지 흥행사인지, 둘 중 한 곳에서 보낸 게 틀림없는 주먹깨나 쓰는 형님들한테 굴복하고야 말았다. 계약 내용이 크게 바뀐 건 두 말할 필요도 없다. 그러다 보니 남은 돈은 차 한 대도 살 수 없을 정도로 변변찮은 것이었지만, 그때 배운 노하우가 큰 재산이 됐다. 콘서트 세 건을 엮고, 미일 합작영화의 후원사를 찾고, 극화의 영화화 판권을 유럽에 팔기도 했다.

그러는 동안 나는 부대에 1만 엔짜리 지폐를 꾹꾹 눌러 담는 스물세 살이 되어 있었다. 매일 밤 긴자에서 술을 마셨고, 교외에 있는 고급 주택가의 건평 1백 평짜리 집에서 살았다. 악어 이빨과 헤어지고 초콜릿 광고를 찍었던 앙증맞은 모델과 동거했다. 주머니에선 외제차 열쇠가 짤랑짤랑하는 소리를 냈다.

어느 정도는 기복도 있었고 놀기도 무척 좋아하는 탓에 심리 치료사의 도움을 받기도 했다. 허나 욕망만이 현실이란 기지촌 철칙의 도움으로, 영화나 뮤지컬이란 위험한 장르를 신중히 피할 줄 아는 요령도 생겨 주로 스포츠 이벤트에 집중하게 되었다. 또, 그때까지 배운 노하우에 따라 부모가 애지중지 키운 머리 좋은 여자한테 정착하기도 했다.

10년 전부터 후원사 계약을 조정하던 테니스에도 몰두했다. 그 동안에도 일본은 토지본위제에 따른 거품 경제의 눈먼 돈을 늘려갔고, 세계 랠리 챔피언십(WRC)이나 포뮬러원(F1) 그랑프리 같은 데로 일은 순조롭게 확대돼 가기만 했다.

하지만 3년쯤 전부터 뭔가가 내 안에 눌러 붙어 있단 느낌이 들었다. 리우에서 바보 같은 놀음을 하다 골프를 익힌 그 즈음부터가 틀림없다. 그건 쉽게 말하자면 콤플렉스다.

무언가가 나를 먼 곳에 버리고 갈 것만 같은 초조감과 불안감이다.

'피곤해서 그런 것뿐이에요. 1년의 절반 이상을 해외에서 일하고 있잖아요.'

벨기에와 오스트리아에서 클래식 음악을 배웠다는 머리 좋은 마누라는 그렇게 말한다.

'포뮬러원이나 테니스 같은 데서 자넨 이미 유럽 깊숙이 연줄

이 닿았지 않나. 피아니스트 호로비츠나 지휘자 슈와르츠코프 정
돈 아니더라도 우선 첫발을 내딛는단 기분으로 독일 미술계랑 엮
어 보면 어떻겠나.'

오랫동안 나를 아껴준 연로한, 한 대행사 국장은 그렇게 말한
다.

나는 그 원인이 뭔지 알고 있다. 그런 것들이 아니다.

호로비츠? 그 아무짝에도 쓸모 없는 한심한 대학 동아리 시절
로 돌아가란 말인가? 테니스나 포뮬러원의 영향이 아주 없는 건
아니다. 스포츠 이벤트와 함께 여러 나라를 전전하다 보면 일본
이 얼마나 먼 나란지 쉽게 이해할 수 있다. 또 일본에 있는 게, 상
품을 철두철미하게 고안해 만들어내는 쾌락이 아니라 더 나은 복
제품을 생산하는 품질 관리기술과 거품 경제뿐이란 것도 쉽게 알
수 있다. 그리고 나는 그 돈으로 세상 어느 누구보다 잘 놀았던
셈이지만, 실제로는 망가져 왔을 뿐인지도 모르는 거다.

그 편지가 처음으로 나한테 도착한 건 2년 전이었다. 보낸 사
람 이름은 요시다 겐타로, 바르셀로나에서 온 것이었다.

기억하고 계시리라 생각합니다만, 저는 ○○씨가 후추시의
테이라이소란 아파트에서 하숙하고 계실 때 초등학생이었습니
다. 그때 대학생이었던 ○○씨와 함께 아파트 마당에서 축구를

하던 꼬마 중 하나였지요. 그 이후로도 축구를 계속했고, 프로
선수가 되고 싶어 스페인으로 왔습니다. 지금은 바르셀로나 3
부 리그에 있습니다……

 그 편지의 첫머리였다. 동봉된 사진을 보았지만 초점이 맞지
않은 탓도 있어 누군지 기억나지 않았다. 중학교와 고등학교 시
절 축구를 했던 나는, 그 한심한 대학에서 일을 벌이기 전까지
이웃에 사는 꼬마들과 함께 아파트 마당에서 공을 차며 무료함
을 달래곤 했다. 그 중 한 명이라 한다.
 편지에는 그밖에도 바르셀로나에서 살기가 만만치 않다는 것,
집시 피가 섞인 여자와 한때 동거를 했는데 바람 피운 게 탄로나
칼에 찔릴 뻔했다는 것, 내년쯤 남미로 가고 싶단 것 따위가 쓰
여 있었다.
 두 번째 편지는 1년 뒤 상파울루에서 왔다.
 2부 리그에서 어떻게 어떻게 버티고는 있지만, 클럽이 인신매
매단 수준의 권력을 가진 브라질 축구 시스템엔 적응하기가 어
렵다는 내용이 있었다. 그리고 팀 동료와 어깨동무를 한 사진이
함께 들어 있었다. 흠잡을 데 없는 사진이었다. 옆에 있는 선수
는, 2부 리그라고는 해도 브라질 선수다운 예리하고 날카로워 보
이는 혼혈이었다. 요시다 겐타로는 날카로운 턱선을 드러내며,
먼 곳을 바라보는 듯한 눈이 카메라 쪽을 향하고 있다.

그 눈으로 나는 옛일을 떠올렸다. 겐타로는 부잣집 유리창을 깨 꾸지람이라도 듣는다면 바로 눈물을 떨어뜨릴 것 같은 섬세한 꼬마였다. 리프팅은 뛰어났지만 적극적인 플레이를 좋아하지 않았고, 늘 어딘지 모를 먼 곳을 바라보는 듯한 눈이 인상적인 아이였다. 그러고 보니 나는 그 꼬마에게 질문을 던진 적이 한 번 있다.

넌 늘 어딜 그렇게 보고 있는 거지?

'잘 모르겠어요.' 하고 여덟 살짜리 겐타로는 대답했다.

"하지만 여긴 시시해요."

난 당연히 여덟 살짜리의 '여기' 란 아파트 마당이라고 생각했다. 허나 언제부터인지 몰라도, 겐타로의 '여기' 는 일본으로 바뀌어갔으리라.

나는 그 사진을 책상 서랍에 넣어두고 기운이 나지 않을 때 다시 꺼내 보았다. 예를 들자면, 늘 그렇듯 남자깨나 홀리고 다니는 여자한테 붙잡혀 여행, 싸움, 임신, 낳느냐 안 낳느냐, 구질구질함, 5백만 엔 내놔라, 3백만 엔으로 하자, 같은 바람둥이 졸부에게 늘 있는 일이 생겼을 때다. 그 정도라면 그 정도라고 할 수도 있지만 남자의 자존심 같은 건 은하계 저편으로 팽개쳐 버려야 할 때도 있다. 한심한 이야기지만, 그럴 땐 물끄러미 사진을 바라보며 '겐타로, 용기를 내.' 하고 가만히 속삭이거나 하는 거다.

먼 곳을 바라보는 눈은 광채를 내고, 혼혈아들과 어깨동무를 한 겐타로는 거품 경제의 흥청망청함과는 아무 관계 없이 세계와 어울리고 있었다. 돈은 없을지 몰라도 나 같은 건 죽었다 깨어나도 얻을 수 없는 걸 이 녀석은 갖고 있는 거다, 하고 생각했다.

겐타로는 스포츠 이벤트와 관련된 내게 어떤 도움을 받고 싶었던 듯하지만, 구체적인 내용은 아무것도 쓰지 않았다.

아주 최근에 나는 겐타로의 세 번째 편지를 받았다. 새로운 사업을 시찰하러 뉴욕, 서인도 제도의 바베이도스, 핀의 발상지 스콧데일을 도는 출장을 떠나기 직전이었다. 7년 동안 사귀고 있는, 대형 시중은행 부행장의 비서였던 애인과 함께 동행할 예정이었다. 그 편지는 캘리포니아에서 왔는데 나는 그 내용에 깜짝 놀랐다.

축구는 이제 그만두었고, 프로 골퍼가 되었습니다……

겐타로는 그렇게 적고 있었다.

서인도 제도, 바베이도스, 샌디 레인 골프 클럽

JAL 006편 뉴욕행 일등석에 앉아 이 독특한 분위기는 뭘까, 하는 생각을 하고 있다.

옆자리에는 야마가타 출신으로 초대 미스 사쿠란보를 지낸 서른한 살 애인이 앉아 있다. 겉봉에 OTSUMAMI라고 적혀 있는 찹쌀과자 안주를 먹으면서 보드카와 토마토주스 칵테일인 블러디 메리를 마신다.

'무슨 생각해요?' 하는 표정으로 나를 쳐다보고 있는 미스 사쿠란보는 3년 전까지 대형 시중은행 부행장의 제1비서로 일했다. 순수하고 고상하며 아름다운데다 경제적으로 독립하기까지 했다.

7년 전 테니스 코트에서 우연히 만났지만 손을 잡는 데까지만 3주, 키스하기까지 7개월, 섹스하기까지는 2년이 걸렸다. 그러고 나서야 비로소 서로에게 의지하지 않는 연인 관계가 되었다.

그녀는 결혼은 하지 않겠다고 부모에게 선언하고 나서, 상속받을 재산을 미리 받아 사진을 취급하는 사업을 시작했다. 카메라맨한테 사진을 받아 원하는 사람에게 파는 일이다.

스스로 찍지는 않지만 어릴 때부터 사진을 좋아했다고 한다. 중견 프로작가에서 카메라를 좋아하는 아마추어까지, 그들이 가져온 필름 가운데에서 팔릴 만한 작품을 고른다. 그런 다음 다시 차, 산, 해변, 누드, 정물, 불상, 작은 새, 고양이, 청춘, 어린아이, 아트 따위를 마치 퀴즈 프로그램에 나오는 패널 항목처럼 분류해 목록을 만든다. 그러고는 그 필름들을 카메라맨을 고용하지 않는 소규모 편집 프로덕션이나 영세한 디자인 사무실, 인테리어 코디네이터 같은 데다 판다. 거기서 발생하는 보수의 15퍼센트를 이익으로 챙기는 시스템이다. 꽤 돈벌이가 되는지 이렇게 일년에 한두 번 가는 해외 여행에서 그녀는 정확히 비용을 분담하곤 한다. 한 달에 한두 번 만날 때 쓰는 식사비나 콘서트 관람료는 당연히 내 차지지만 말이다.

긴장을 늦추는 건 이별의 첫 걸음. 이것이 그녀의 철칙이다. 아이는 얼마든지 낳을 수 있지만 훌륭한 장수는 다시 얻을 수 없다고 삼국지 주인공이 말했다. 훌륭한 애인도 마찬가지라고 할 수 있다. 실제 우리는 나이 차가 그리 심하지 않기 때문에 기내에 나란히 앉아 있어도 어색하게 보이지 않는다.

"무슨 생각해?"

여객기 사무장이 전채요리가 담긴 웨곤을 밀고 왔다. 최고급 철갑상어 알, 트뤼프란 특별한 버섯이 든 파테 드 푸아 그라, 새우 테린, 일식으로는 오이를 간장으로 조미한 모로큐와 훈제 전복, 닭고기를 둥글넓적하게 빚어 튀긴 쓰쿠네가 있다며 설명을 시작했을 때다. 미스 사쿠란보가 손 위에 손을 올려놓으며, 이지적이긴 하지만 어느 순간엔 그 이성을 완전히 무너뜨릴 수도 있다고 말하는 듯한 익숙한 눈길로 물었다.

"분위기가 좀 이상한 거 같군."

나는 모로큐와 철갑상어 알, 시원한 보드카와 맥주란 절묘한 메뉴를 주문하며 말했다. 일년에 열 번 정도 일본항공의 일등석에 탈 수 있는 자만이 알 수 있는 메뉴다.

"뭐가?"

오이에 철갑상어 알을 얹어 먹는 내 스타일을 따라하며 다시 그녀가 묻는다.

"여기, 일등석 분위기 말야."

"어디가 이상한데?"

"딱 꼬집어 말하진 못하겠지만, 이를테면 뉴욕행에 어울린다고나 할까. 딱 들어맞는 건 두말할 필요 없이 비즈니스 클래스야. 좌석 등급과 사람이 딱 들어맞지. 난 콩코드에서 대한항공 일반석까지 이것저것 많이 타 봤다구. 밀라노에서 프랑크푸르트까지 가는 개인 제트기나, 파리에서 알제리로 가는 난민구조선 비슷한 것까지 말야. 아무튼 온갖 것들을 타봤지만 이 뉴욕행 비행기의 일등석이 제일 낯설단 느낌이 들어."

"도어즈의 '이상한 사람들(Peoples are Strange)'이란 노래 알아?"

나는 고개를 저었다. 록은 그다지 좋아하지 않는다.

"주위가 이상하게 보일 땐 자신이 이상하기 때문이란 노래야."

미스 사쿠란보는 록이나 사진에 관한 한 내가 모르는 것들을 잘 알고 있다. 먹을 것에 관해서도 그렇다. 지금도 철갑상어 알을 얹은 오이를 한 입 베어 물고는, '이게 뭐야.' 하며 미간을 찌푸린다. '당신, 여행도 많이 다녀본 부자라서 일등석 요린 나보다 잘 알겠지 하고 따라했는데⋯⋯. 이건 정말 최악의 조합이야. 짧은 파마머리 남자가 오거스타 내셔널 골프클럽에서 플레이하는 것보다 더해. 오이는 철갑상어 알과 함께 먹기엔 맛이 너무 밋밋하고 수분이 많다구.' 하고 지적했다. 그런 때 그녀는 늘 옳았고 7년이 지난 지금도 난 부끄러움으로 얼굴이 달아오른다. 어째서 이런 여자가 나를 만나 주는지 신기하기만 하다.

세상의 모든 정부는 마누라의 복제품이란 유명 작가의 유명한 말이 있다. 그 말 그대로 마누라도 미스 사쿠란보와 같은 유형이다. 하지만 마누라는 법률로 보장받고 있는 존재고 사정 또한 다르다. 마누라한테 콤플렉스를 느낀 적은 없다. 처음으로 손을 잡았을 때, 첫 키스와 첫 섹스 때, 나는 나도 모르게 고맙다고 말할 뻔했다. 지금도 사정하고 나서 10분 정도는 그런 기분이 든다.

첫 섹스는 파리에 있는 호텔에서였다. 처음엔 각자 방을 잡았다. 헌데 그녀가 샤워하고 올 테니 침대에서 기다리라고 말했던 거다. 둘이서 샤토 라투르 79년을 마시며 창 밖으로 방돔 광장의 황금색 탑을 바라보고 있을 때다. 말을 마치고서 알몸이 된 그녀를 본 나는 20대 후반임에도 한 점 흐트러짐 없는 몸매에 감동하기까지 했다. 그러면서 피부에 좋다는 이유로 한창 구미에서 붐을 일으키고 있는 쌀을, 어릴 때부터 본 고장에서 먹고 자란 여자는 역시 다르구나 하는 어처구니없는 생각도 했다. 그러고는 '기다리라니, 왜?' 하고 물었다. 그러자 그녀는 '그 둔감함은 정말 구제불능이군요.' 하고 말했다. 창 밖의 방돔 광장 탑을 쳐다보며 둔감하다고 말하기에 혹시 그 황금색 탑을 보고 성기가 연상이 돼 무의식적으로 욕정이 생긴 건 아닐까, 하는 생각도 들었다. 하지만 괜한 소리를 지껄이면 두 번 다시 해줄 것 같지 않아서 잠자코 있었다. 출혈도 없었고 나름대로 반응도 예사롭지 않았기에 지금도 나는 믿지 않지만, 미스 사쿠란보는 처녀라고 했다. 그 점을 당당하게 고백한 다음, 또다시 당당하게 '나, 어땠어?' 하고 물었다. 마치 피겨스케이트 선수가 연기를 마친 다음 코치에게 안기며 묻는 것 같았다. 그래서 나는 다음과 같이 대답했다.

처음 라켓을 잡았을 때 이미 노련한 테니스선수 같았어…….

훌륭한 표현이라는 찬사를 들었지만, 말에 의한 표현력으로 칭찬 받은 건 그때가 처음이자 마지막이었다.

이렇게 고급스럽고 완벽한 식사가 또 있을까 하는 느낌으로 일본식 과자까지 후식으로 먹었다. 그런 다음 미스 사쿠란보는 기품 있는 얼굴을 창 밖 북극해 쪽으로 돌리고는 쌔근거리며 자기 시작했다. 나는 주머니에서 겐타로의 편지를 꺼내 몇 번이고 반복해서 읽었다.

……저는 공을 다루는 게 능숙했기 때문에 미드필드를 하라는 소리를 바르셀로나에서부터 들었습니다. 하지만 미드필드는 그다지 맘에 들지 않았습니다. 왜 그런지는 저 자신도 잘 모릅니다.

생각해 보면, 나와 골 사이에 놓인 거리 때문인 듯도 하지만 아무래도 잘 모르겠습니다. 전 사이드 백(공격형 미드필드)이 좋습니다. 그래서 상파울루에서는 레프트 백을 보았습니다.

사이드 라인을 따라 멀리 보이는 골을 향해 달려가는 느낌이 정말 좋습니다. 하지만 전 일류 사이드 백이 되기엔 그리 빠른 발이 아닙니다.

카기야 씨는 스무 살이 넘은 제가 골프로 전향하는 건 말도 안 된다고 하시지만 전 그렇지 않다고 생각합니다. 상파울루에서 지내던 아파트 바로 옆에 9홀로 이루어진 퍼블릭 코스가 있었습니다. 상파울루에 온 다음 클럽의 처사가 맘에 들지 않았기 때문에, 연습이 없을 땐 자주 골프를 쳤습니다. 퍼블릭 코스인데도 브라질엔 골프 좋아하는 사람이 많지 않아서인지 원하는 시간에 치고 싶은 만큼 칠 수 있었습니다. 그리고 작년에, 드디어 깨닫게 되었습니다······.

겐타로는 잡초로 둘러싸인 티잉 그라운드(플레이를 시작하는 제1타를 치는 출발 장소)에서 멀리 떨어진 그린에 우뚝 서 있는 깃발을 보고 깨달았다고 한다.
"그래, 이 느낌, 이 거리감이야."
나는 심리학자도 정신분석학자도 아니므로 골프에 대해 겐타로가 품고 있는 특별한 생각을 누구한테 설명하지는 못한다. 내 짐작이 맞다면 지금 겐타로는 스물한 살이 된 직후다. 헌데 그 스물하나란 나이가 프로 축구선수에서 프로 골퍼로 전향하기엔 너무 늦은 나이일까, 그렇지 않을까? 문제는 그게 아니다. 후추 시의 그 허름한 아파트 마당에서는 저녁이 되면 어디선가 밥 짓는 냄새가 나고 2층에 사는 양아치 방에서는 여자 비명 소리가 들렸다. 그런 곳에서 뛰어난 공 다루는 실력을 과시하면서 여덟 살배기 겐타로의 눈은 항상 어딘지 모를 먼 곳을 바라보는 듯했다. 겐타로는 딱히 근시도 아니었다. 지금 생각해 보면, 겐타로는 늘 어떤 거리감에 굶주려 했던 것이다.

'여기 있고 싶진 않아.'

먼 곳을 바라보는 소년은 그렇게 말하는 것으로 그 굶주림을 표현했다. 어떤 거리감에 대한 굶주림이란 도대체 무엇일까?

옆에서 가느다란 숨소리를 내고 있는 미스 사쿠란보. 이 아름다운 여자는 숨소리마저 사랑스럽게 들리지만, 그녀는 그 거리감에 대해 조금도 알지 못할는지 모른다.

어머니한테 들은 얘기지만 나는 어렸을 때 길을 자주 잃어버렸다고 한다. 세 살 반에서 다섯 살 무렵인 듯하다. 구체적인 기억은 없지만 그때 기분은 기억하고 있다. 혼자 걸을 수 있게 되자, 집 주변 지리가 머리 속에 들어왔다. 혼자서 행동할 수 있는 영역을 알기 시작하는 나이다. 그 영역의 경계선을 벗어나면 반드시 길을 잃어버리게 된다는 것도 알고 있다.

그 당시, 자전거에 필름을 싣고 나르던 구니란 아저씨가 있었다. 한쪽 눈이 의안인 아저씨인데 나를 끔찍이도 귀여워해 주었다. 귀여워한 것까진 좋았는데, 교양이나 성교육하고는 전혀 인연이 없던 사람이고 보니 브로마이드나 영화 전단지 말고 에로 사진 같은 것도 가끔 보여주곤 했다. 다섯 살짜리 아이는 에로 사진의 의미는 모르지만 그 강렬한 자극만은 느낄 수 있었다.

어느 날 내가 이웃 꼬마랑 정신없이 놀다 집에 돌아왔을 때다. 어머니가 구니 씨가 왔다 방금 전 돌아갔다고 했다. 나는 바로 뒤를 쫓아갔지만 눈 깜짝할 사이에 길을 잃고 말았다.

미아가 되는 걸 각오하고 자신을 흥분시키는 어떤 것과 거리를 좁히려고 노력하는 것. 이것이 바로 수컷의 본능이다. 목표는 암컷일 때도 있고, 먹을 것이나 자존심일 때도 있다.

그 본질은 예로부터 내려온 수렵에 있다. 수렵은 사냥감과 나 사이의 거리감이 필수다. 덫을 놓아 사냥한다 해도 사냥감이 왕래하는 길이나 장소를 알아야만 한다. 농경에는 그런 거리감이 없다. 그러므로 농경 그 자체나 일부가 스포츠의 원형이 되는 경우는 거의 없다. 모든 스포츠의 원형은 수렵에 있다. 역도만은 논란의 여지가 있을 수 있다고 생각하지만 그런 건 아무래도 상관없다. 축구는 전리품으로 사람 목을 따던 부족이 해골을 차며 즐기던 놀이가 기원이라고 한다. 그러니 축구는 수렵이 변형된 형태인 전쟁이, 다시 게임으로 모습을 바꾼 것이다.

겐타로는 사이드 백을 좋아한다고 했다. 서독의 명 레프트 백, 브레메의 움직임을 보면 금세 알 수 있다. 현대 축구에서 골에 대한 거리감이 가장 다양하게 변화하는 게 사이드 백이다. 주로 경기장을 세로로 누비며, 공격해 들어가는 쾌감도 맛볼 수 있다.

겐타로는 '여기 있고 싶진 않다.' 하는 생각이 사라지는 순간 그 자체를 즐기고 싶었던 건지 모른다.

골프는 스코틀랜드 바닷가에 있는 목초지에서 시작됐다고 한다. 양치기들이 토끼굴에 돌을 굴려 넣으며 놀고 있는 모습을 보고 주민들이 그걸 흉내냈다고 한다. 스코틀랜드에는 나도 가본 적이 있지만 마치 골프장 안에 길이 있는 듯한 느낌이었다. 산 같은 건 없고 완만한 언덕뿐이다. 그러니 양치기들이 조그만 돌멩이를 나뭇가지로 쳐서 누가 더 멀리 날리나, 어느 쪽 언덕을 맞출까 하는 내기를 할 만도 하다. 그때, 샷과 퍼팅 중 어느 쪽을 더 많이 했을까? 다시 말해, 나뭇가지로 돌멩이를 쳐서 멀리 날리는 게임이 성했을까, 아니면 토끼굴에 돌을 굴려 넣는 게임이 성했을까? 골프 탄생에 더 큰 역할을 한 건 어느 쪽이었을까?

하지만 그건 너무도 뻔한 물음이다. 둘 다 동시에 했기 때문에 골프란 스포츠가 생겨난 거다. 스코틀랜드의 독특한 지형이 아주 자연스럽게 샷과 퍼팅을 연결시켰던 거다. 공을 치기 시작하는 티잉 그라운드에서 공이 쨍그랑 소리를 내며 빨려 들어가는 홀 컵까지 거리를 마음속에 그리는 것. 바로 그 거리감이 골프가 주는 쾌락의 본질이라고 생각한다. 나무, 숲, 연못, 덤불, 바위, 바다, 습지, 모래밭, 그들 사이에 본디 수로나 항로란 뜻을 가진 페어웨이가 있고, 다양한 골프채를 이용해 그 거리를 메워나가는 스포츠. 그게 바로 골프다.

'그래, 이 느낌, 이 거리감이야.'

겐타로는 편지에 그렇게 썼다. 리우 교외에 있는 회원제 클럽도 상태가 썩 좋지 않은 걸로 봐선 상파울루의 퍼블릭 코스가 어느 정도일지 대충 상상이 간다. 그런데도 그 황량한 코스에서, 겐타로는 늘 먼 곳을 바라보던 자신에게 딱 맞는 놀이와 드디어 만난 거다.

편지 후반부도 흥미 있는 내용이었다.

　　……골프채를 대여해 주는 곳이 없어서 잘 아는 스포츠용품 가게로 골프채 하나를 사러 갔습니다. 그것도 중고입니다. 가게 주인 아저씨는 2번 아이언을 권했습니다. 이거면 공도 멀리 칠 수 있을 테고, 타구를 치는 면과 골프채가 이루는 각도도 작아서 공을 굴리는 퍼터로도 쓸 수 있다며…….

겐타로는 축구 경기가 없는 여름 동안, 40도가 넘는 폭염 속에서 골프채를 휘둘렀다고 한다. 누구 하나 가르쳐 주는 사람 없이, 하루에도 수백 번씩 2번 아이언을 휘두른 거다. 축구와 체력 훈련으로 단련된 다리와 허리, 특히 등 부분과 상체 근력은 2번 아이언을 이용한 풀 샷으로 260야드란 비거리를 그에게 안겨주었다.

골프채를 짧게 쥐기도 하고, 얼굴 위치를 바꿔 보기도 하고, 최고 높이보다 조금 낮게 들어올려 치는 스리쿼터 샷을 해보기도 하고, 낮게 깔아 치는 펀치 샷을 해 보기도 했다. 그렇게 여러 가지 자세를 시도함으로써 공이 그리는 포물선 높낮이나 비거리, 공의 회전 조절을 연습했다. 골프채가 균형도 맞지 않고 타구면 중앙 부분도 차이가 나 공을 굴리는 퍼팅은 애를 먹곤 했다. 그럼에도 여러 가지를 스스로 고안해 열심히 연습한 결과, 1년 뒤에는 에지(홀, 그린, 벙커 등 홀 요소들의 구획을 결정 짓는 가장자리)에서도 볼을 정확히 쳐낼 수 있게 되었다.

공을 처음으로 치는 곳인 티잉 그라운드엔 인가에서 기르는 닭이 날아다니고, 이구아나가 페어웨이를 걸어다니기도 한다. 또 그린엔 뱀굴이 있다는 소리도 들렸다. 겐타로는 그런 악조건 속에서도 2번 아이언만 가지고 9홀을 언더파로 돌 수 있게 되었다. 특별한 사람만 골프를 하는 브라질 같은 나라에서는 공도 무척 비쌌다. 때문에 겐타로는 정글 상태인 러프에 공이 떨어지지 않도록 주의해야 했다. 2번 아이언 하나만으로 기가 막힌 플레이를 하는 겐타로는 스포츠용품 가게 주인 아저씨한테 퍼터가 든 하프세트를 선물 받는다. 그때, '이렇게도 편리한 것도 다 있었군.' 하고 말했다 한다.

미국에 가려고 합니다.

이 말이 편지의 끝맺음이었다.

뭐야 이거, 프로 골퍼 다 됐잖아. 나는 마치 내 일처럼 가슴이 두근거리는 것을 느꼈다.

　미스 사쿠란보는 여전히 사랑스런 숨소리를 내며 자고 있다. 사업에 관한 일을 포함해서 그녀는 모든 의논에 응해 주었지만, 겐타로에 대해서는 말하지 못했다. 겐타로는 무언가를 상징하고 있다. 그 무언가는, 아무리 머리가 좋은 여자도 이해하기 어려울 게 틀림없다.

　뉴욕에서 나는, 전미 대학풋볼협회와 일본의 모 제약회사가 타이틀대회에 관한 계약을 하는 데 입회했다. 여느 때처럼 일본 대행사와 미국의 스포츠 에이전트가 각각 중개를 맡는다. 나는 뭐랄까, 이를테면 계약 전체를 매듭짓는 역이다. 물론 있어도 그만 없어도 그만이지만, 대학풋볼협회 사무국장이 내 친구인데다 스포츠 에이전트와 수십 건이나 일을 같이 해오다 보니 그렇게 된 거다. 내 입으로 말하긴 좀 뭣하지만, 내가 있음으로 해서 서로 편리해지는 셈이다.

　일은 당연히 하루, 정확하게는 한 시간만에 끝났고 나머지 시간은 미스 사쿠란보와 뮤지컬을 보러 가기도 하고 재즈를 듣기도 했다. 시차 적응이 안 된 나머지 〈오페라의 유령〉과 〈에비타〉, 윈튼 켈리와 호레스 실버 공연에서는 11번이나 꾸벅꾸벅 졸았다. 그때마다 나는 미스 사쿠란보한테 면박을 당했다.

　3일 뒤, 우리는 서인도 제도의 바베이도스로 향했다. 베네수엘

라와 가까운 섬이다. 푸에르토리코에서 열리는 윈드서핑 세계대회의 일본측 스폰서 대표로 참석했다. 언제 어디서든 일본의 돈이 갖고 있는 힘은 굉장했고, 미팅은 단 30분만에 끝나 버렸다. 그런 다음 나와 미스 사쿠란보는 샌디 레인이라는, 섬에서 하나밖에 없는 골프 코스를 소유하고 있는 호사스럽기 그지없는 호텔에서 쾌락의 5일을 보내게 되었다.

미스 사쿠란보는 이탈리아의 알프스나 콜로라도에서 스키를 탔고, 르망에서 자동차 경주를 보기도 했다. 또 호주의 그레이트배리어리프에서 다이빙을 하기도 했으며, 칸에서 테니스를 쳐보기도 했다. 때문에 어지간한 일에는 놀라지 않는다. 허나 이곳에선 달랐다. 성수기엔 보통 트윈 룸이 1박에 미화로 7백 달러나 하는 방. 화려한 원색을 뽐내는 열대의 새들이 날아다니는 10에이커나 되는 정원. 오른손을 들기만 해도 웨이터가 달려와 입을 다물 수 없을 정도의 럼펀치를 날라다 주는 3킬로미터나 되는 손님용 개인 비치. 이런 것들에는 정말로 감동했다.

골프 코스는 호텔에서 걸어서 2분 정도 거리에 있다. 본디 영국령 섬인 탓인지 그림책이나 영화에서 본 듯한 식민시대풍 백인들이 여유 있게 골프를 즐기고 있었다.

우리는 지난 밤의 광란의 여운을 맛보면서 오전 늦게 일어났다. 새들과 장난도 치면서 테라스에서 아침 식사를 하고, 찍찍 소리 내어 샌들을 끌며 골프 코스로 향했다. 팁 2달러만 주면 맨발의 캐디들이 연기를 내뿜는 비전동 카트에다 두 사람의 가방과 음료수, 샌드위치를 실어 준다. 그린피는, 놀랍게도 숙박 손님에 한해 무료다.

"있잖아, 오늘 저녁에도 그 밴드가 나와서 연주해 줄까?"

"매일 하는 것 같던데."

"나, 그 노래의 가사 뜻을 간신히 알아냈다구. 남국의 밤이 주는 유혹이니, 야자나뭇잎 속삭임이니 뭐니 하는 거."

"좀 멀리하고 싶은 인간이라고 느꼈던 놈하고도 그 정도로 로맨틱한 분위기에 있다면 키스 같은 거 하겠지?"

"당신 정말 못 말려."

뒷사람 때문에 마음 쫓기는 일도 없으며, 눈앞으로 펼쳐지는 푸른 카리브 해와 과일의 단내를 머금은 바람이 모든 걸 말끔히 씻어 준다.

미스 사쿠란보는 골프를 시작한 지 일년 정도 됐지만, 아직까지 100을 끊지 못하는 나한테 배우고 있기 때문에 좀처럼 나아지지 않는다.

미스 사쿠란보라고 해도 어찌됐든 미인 선발대회에서 뽑힌 정도이니만큼 몸은 나무랄 데가 없다. 그런데 유독 공은 잘 뜨지 않는다. 5번 아이언이든 9번 아이언이든 비거리는 마찬가지다.

"어디가 잘못됐는지 말 좀 해봐."

입을 새치름하게 내밀며 말했다. 잘못된 곳은 거의 전부다, 고

처야 될 부분도 100군데 이상이나 되는 게 틀림없다. 때문에 그 중 어느 걸 먼저 지적해야 좋을지 나도 잘 모르겠다. 그보다 공을 치려고 할 때 실룩실룩 움직이는 엉덩이에 먼저 눈이 가고, 오늘밤 체위는 무엇으로 할까 하는 생각부터 한다. 그러니 이런 식으로는 아무리 100년을 쳐봐야 잘 될 턱이 없다. 가끔 이런 반성도 하지만 그것도 오래 가진 않는다.

260야드를 날린다는 겐타로의 2번 아이언 풀 샷을 보고 싶단 생각이 가끔 든다. 겐타로는 로스앤젤레스에 간다고 편지에 썼다. 바베이도스의 다음 목적지인 애리조나에서 편지에 적혀 있는 겐타로의 친구 집에 전화해 볼까, 하는 생각도 했다.

미국, 애리조나, 스콧데일, 맥커믹 랜치 골프 코스

바베이도스에 있는 동안 나와 미스 사쿠란보는 매일 밤 돔페리뇽을 마셨다. 밤마다 돔페리뇽을 마셔대도 그다지 이상해 보이지 않는 분위기의 호텔이었다.

"이런 짜증 나는 무더위 속에서 매일 저녁 드레스를 입어야 하다니. 당신 그런 소린 안 했잖아."

미스 사쿠란보는 그날 200타 가까이 친 것도 있고 해서 기분이 좋지 않은 듯했다. 양복과 나비넥타이, 드레스를 차려입은 노인네들만 눈에 띄는 레스토랑에서 그렇게 말했다. 3일째 되는 밤이었다.

대부분의 여자가 그런지는 모르겠지만, 정부는 늘 갑자기 화를 낸다. 화를 내면 언뜻 떠오르는 생각은 제도적으로 하나가 되지 못해서 그런가 하는 것이다. 그러다 보니 어찌할 바를 몰라 아무 말도 않거나 괜히 말이 많아지거나 하면 사태는 더욱 심각해진다.

"아, 그건 나도 몰랐다구. 알잖아, 여행안내 책자에도 바베이도스는 반 페이지밖에 안 실려 있었던 거. 야스코도 지방 구청에서 일하는 애들이나 신혼여행으로 바하마에 간다면서 가이드북에 반 페이지만 나온 곳이라면 괜찮을 거 같다구 했잖아."

'그랬었나.' 하고 말하며 미스 사쿠란보는 나를 노려보았다.

미녀가 흘겨보면 겁부터 난다. 식사 전에 럼펀치를 네 잔이나 마신 게 화근이었다.

미스 사쿠란보 같은 여성이 상대일 때, 상황이 악화될수록 이성을 잃어서는 안 된다. 신경질과 식욕이 어떤 상관관계가 있는지는 모르겠지만, 미스 사쿠란보는 매서운 눈초리로 잘도 먹어댔다. 심한 건 아니었지만 나는 앞으로 어떤 일이 생길까 불안해졌다. 바베이도스의 명물인 날치 화이트소스 찜도 목구멍으로 넘어가지 않았다.

앞으로 있을 일에 대한 불안이란 건 딱히 구체적인 어떤 건 아니었다. 뭐랄까, 나는 이를테면 낙천적인 라틴계 같은, 규슈 지방 비위 좋은 사업가의 외동아들로 자랐다. 그런 탓에 험악한 분위기란 놈과 친하지 않은 것뿐이다. 거짓말이든 농담이든 뭐든지 괜찮으니까 서로 웃으며 즐겁게 지내길 바라는 거다. 그 점이 터무니없는 비극을 초래하는 경우도 있다.

미스 사쿠란보가 아니라, 미스 도깨비라고 부르고 싶을 정도인 꽤 젊은 여자와 반년 정도 사귄 적이 있다. 얼굴이 도깨비 같은 게 아니었다. 나름대로 예쁘장했지만 도깨비 같은 성격에 찰거머리처럼 물고늘어지는 여자였다.

막 사귀기 시작했을 무렵이다. '전 아버지를 일찍 여의어서 사소한 일로도 금방 울어 버리거든요, 이해해 주세요, 부탁이에요.' 하며 처음부터 무슨 노래 가사 같은 소리를 했다. 그런데 그녀의 아버지는 멀쩡히 살아 계셨다는 사실을 나중에 알게 되었다. 또 찰거머리 같은 자기 실체를 드러내고 나서는 악착같이 위자료를 받아낼 때까지 눈물의 '눈' 자도 보이지 않았다.

미스 사쿠란보에게 숨기고 함께 홍콩에 갔을 때, 이 여자가 그만 임신을 해버린 거다. 태평스런 얼굴로 '사랑하는 사람의 아이를 낳아 기르는 건 여자의 꿈이에요.' 하며 아이를 낳겠다고 버텼다. 그런 걸 7시간에 걸친 설득과 백만 엔이란 돈으로, 무릎 꿇는 시늉까지 해가며 간신히 포기하겠단 다짐을 받아냈다.

그런 다음 '알았어요. 어쨌든 지금은 걱정 없으니까 얼른 당신 거나 한번 줘요.' 하기에 그 말대로 얼른 꺼냈을 때다. '야스코.' 하고 낮은 목소리로 그녀의 이름을 부르고 말았다. 물론 야스코란 미스 사쿠란보의 이름이다. 나는 그 순간 그곳에 난 털이 몽

땅 하얗게 되는 건 아닐까 하는 공포감에 휩싸였다. '야스코가 누구야?' 하고 눈을 치켜뜨는 미스 도깨비한테 '늘 내 꿈에 나타나는 예쁜 요정 이름이야.' 하고 멍텅구리 같은 거짓말을 했다. 다시 다짐을 받아내기까지 그 후로도 8시간이나 더 소비해야 했다.

"당신 말야, 내 골프 실력을 향상시키려는 마음이 있기나 한 거야?"

미스 사쿠란보가 신경질을 내는 주원인은 역시 낮에 친 골프 때문인 듯하다.

"애초에 당신이 젊은 레슨 프로가 내 몸에 손끝 하나라도 대는 건 원치 않으니 뭐니 하며 자기 생각만 해서 그런 거 아니냐구. 제대로 된 레슨조차 받을 수가 없었잖아. 나도 오늘은 내가 몇 타를 쳤는지 세는 게 죽기보다 싫었다구. 그런데다 당신은 뒷사람들이 우리 홀로 오니까 손으로 집어서 던지라고 하구. 그럴 땐 천천히 치라고 해야 하는 거 아냐, 내 말이 틀려?"

샌디 레인 골프 클럽의 코스는, 거리는 얼마 되지 않지만 그린이 무척이나 좁았다. 잡초가 길게 자라 있는 그래스 벙커 같은 데선 무척이나 애를 먹을 수밖에 없다. 나조차도 샌드 웨지(벙커 전용 골프채)를 가지고 입에서 불이 날 정도로 열심히 치고 나서야 겨우 나올 만큼 끈질겼다. 미스 사쿠란보는 10번 그린 옆 그래스 벙커에서 한 7분 정도 있었다. 7번 친 게 아니다. 7분 동안

친 거다. 눈가에 눈물까지 글썽이며 30번 정도 친 건 아니었을까?

"내일은 확실히 가르쳐 줄게."

그렇게 말하자, 고개를 숙인 채 알아들었다는 듯 사랑스럽게 끄덕였다.

바베이도스는 영국령이었다. 세계 곳곳의 휴양지를 샅샅이 돌아다닌 건 아니지만, 프랑스가 기획하고 영국인이 즐기는 게 가장 정통이란 느낌이 든다.

이를테면, 프랑스산 와인이지만 가장 좋은 와인을 더 많이 맛보는 건 영국인이 아닐까? 프랑스 코트다쥐르 지방의 칸, 니스, 모나코 같은 시가지에 흩어진 작은 초특급 호텔이 그 전형이다. 소유주와 요리사는 프랑스인, 바텐더는 이탈리아인, 손님은 영국인인 경우가 많다. 어쩌다 독일인 손님도 있긴 하지만.

그다지 교양이 없는 나로선 어떻게 그런 구도가 나오는지 자세한 건 알지 못한다. 허나 아무리 민족과 역사에 깜깜하다 해도 귀족을 중심으로 한 유럽 계급사회가 눈에 들어오곤 한다. 일년에 몇 번씩 열리는 자동차 경주나 요트경주대회, 스키 선수권대회를 둘러볼 수 있기 때문이다. 그것도 산업혁명 이후에 형성된 계급사회다. 골프나 와인, 휴양지 같은 것까지 전 시대의 쾌락은 모두 귀족들이 점유해 왔다.

그러므로 골프라는 스포츠도 모두 함께 즐긴다는 사고 방식이 부족하다. 산을 깎아내 골프 코스를 늘리려는 발상도 하지 않으며, 많은 사람이 즐길 수 있도록 카트로 돌아다닐 생각도 않는다. 물론 골프 코스를 만들어 돈을 벌려는 사람도 없다. 그런 유럽식이라든가 전 시대적 골프 코스는 그 일대 지형을 그대로 살려 대충 만든다. 때문에, 일본의 봉급쟁이 골퍼들은 '코스 한번 지독한데, 본고장이라면서 겨우 이 정도야.' 하는 소리까지 하게 된다.

이곳 샌디 레인도 마찬가지다.

'이곳을 이렇게 바꾸고, 저쪽을 평평하게 고르고 저 나무를 베어 버린 다음, 그린 주위를 이렇게 하면 훨씬 훌륭한 코스가 될 텐데 말야. 그렇게 한다 해도 돈은 별로 들지 않을 테구.'

일본인이라면 누구나 이런 생각을 할 것이다. 샌디 레인이 유명해서 한 번 와 봤는데, 이렇게 심할 줄은 몰랐다는 미국인 여행객도 많다. 허나 골프의 기원 정신과 가까운 게 어느 쪽이냐 하는 물음에 대한 답은 자연히 알게 되겠지.

"무슨 생각하는 거야, 칠 테니까 자세 좀 봐 줘."

미스 사쿠라보는 1번 홀, 여성을 위한 티잉 그라운드인 레이디스 티에 서서 3번 우드인 스푼으로 연신 스윙 동작을 반복한다. 안됐지만, 그녀의 스윙으로는 백 타 중 하나라도 그린에 떨어진다면 오히려 신에게 감사해야 할 정도다.

느낌이 좋아, 천천히 휘두르도록 해, 하고 마음에도 없는 말로 주의를 준다. 그 무엇보다 천천히 휘두르는 게 가장 어려운 일이다. 특히 1번 홀은 이 코스를 상징하는 까다로운 홀이다. 왼쪽에는 덤불과 샛강, 바로 눈앞에는 작은 숲, 그 바로 옆으로 구부러진 그린까지 거리는 300야드. 지독하게 짧다. 1번 우드인 드라이버를 사용해 그린을 향해 친다면, 나라도 저편 정글에 빠뜨릴 게 분명하다. 나라면 4번 우드인 버피로 가볍게 치고, 그 다음엔 피치웨지로 목표 지점을 노린다. 유럽에는 이런 극단적인 거리의 홀이 굉장히 많다. 프랑크푸르트 교외의 샤토 호텔 코스에는 230 야드, 4타로 홀 컵에 공을 넣어야 하는 파4 홀이 있다. 거의 걸음도 제대로 걷지 못하는 노부인이 스푼을 세 번 써서 그린에 공을 안착시켰다. 짧다고 간단한가 하면 그렇지도 않다. 페어웨이는 구불구불해서 2차선 도로보다도 좁고, 러프는 목초지나 마찬가지인 데다, 그린은 대개 가로세로 길이가 3.6미터에서 4미터 정도밖에 되지 않는다.

"아, 미치겠네. 도대체 왜 이러는 거야?"

미스 사쿠란보는 또다시 뜨지 못하고 어처구니없이 구르는 공을 치고는 자책했다. 뭐, 앞으로 많이 남았으니까 천천히 가자구, 하며 위로해 주었다. 헌데 공을 파는 원주민이 낄낄거리며 웃자, 그녀의 표정이 딱딱하게 굳었다.

'150타를 못 끊으면 진짜 골프 따윈 집어치울 거야.' 하는 말을 내뱉으며, 비전동이라 경운기 같은 소리를 내는 카트에 올라 탔다. 그때 질 좋은 쌀을 먹지 않으면 타고날 수 없는 희고 부드러운 허벅지가 부르르 떨리는 게 보였다.

1번홀, 나는 규정 타수보다 한 타 많은 보기, 미스 사쿠란보는 11타였다. 3번 홀은 장거리인 롱홀이다. 오른쪽에는 집오리를 기르는 카리브 스타일의 오두막집 정원이 있고, 티잉 그라운드 바로 앞에는 큰 나무가 자라는 골짜기가 있다. 페어웨이는 거의 직선이고, 거리는 자그마치 600야드나 된다. 레이디스 티로 따져도 533야드다. 미스 사쿠란보는 높이 치지 못해 네 번이나 골짜기에 공을 빠트려 버렸다. 애초에 하프 세트를 사고 나서 골프 스쿨에 들어간 게 잘못이라고 생각한다.

'어깨를 충분히 돌리고, 신체 중 가장 높은 위치는 여기, 우드는 휘두르듯 아이언은 내려꽂듯, 머리는 고정시키고 공을 맞추는 순간인 임팩트 다음엔 손목을 돌려 마무리 동작인 폴로 스루는 크게, 공을 맞추지 못해도 괜찮으니까 우선 스윙을 연습하세요.' 따위의 강의나 받은 게 틀림없다. 머리를 움직이지 않고 어깨를 힘껏 돌리는 식으로 배우니까 왼쪽 어깨가 많이 떨어지고, 떨어진 만큼 임팩트할 때에는 다시 올라가기 때문에 뜨지 못하고 구르는 공이 되는 거다. 양쪽 어깨가 뻣뻣하게 버티고 있으니 가볍게 휘두르든 크게 휘두르든, 천천히 휘두르든 빨리 휘두르든, 공을 제대로 맞출 리가 없다. 저래서야 체중 이동 같은 게 될

리가 없잖아. 열 번을 휘둘렀는데도 아직 반도 오지 못한 미스 사쿠란보를 보면서 이런 생각을 했다.

체중 이동? 그렇다, 그녀는 머리를 움직이지 않으려 한 나머지 체중 이동이 되지 않기 때문에 왼쪽 어깨가 떨어지는 거다. 그런 생각이 든 나는 왼발 발꿈치를 들어보라고 하면서 골프채를 뒤쪽으로 올리는 테이크백 동작에서는 오른발 하나로 설 수 있을 만큼 체중을 이동시키라고 충고했다.

그리고 천천히 휘두르는 거라구.

그 말 한마디에 공이 높은 포물선을 그리며 멀리 날아가자, 미스 사쿠란보는 푸른 카리브 해를 배경으로 손을 번쩍 쳐들었다. 그러고는 '역시 난 천재인가 봐.' 하며 내 입술을 훔치는 것이었다.

7번은 샌디 레인의 명물인 쇼트홀이다. 117야드란 짧은 거리에다 표고차가 50미터 정도 되고, 중간 정도 지점에 일반도로가 달리고 있다. 다시 말해, 눈앞의 도로를 넘어 그린을 겨냥해야 하는 셈이다. 티잉 그라운드는 3평 정도로 좁지만 블루, 화이트, 레이디스 3단으로 나누어져 있다.

"난 이 홀이 제일 싫어."

미스 사쿠란보가 그렇게 말하는 이유는, 이 홀의 티잉 그라운드와 그린을 둘러싸고 있는 열대 우림에는 무수한 긴팔원숭이가 살고 있기 때문이다. 더구나 하루종일 샷을 구경하다보니 원숭이 주제에도 좋고 나쁨을 알아보는 듯하다. 제1타로 그린에 공을 안착시키는 원온을 하거나 하면 박수 비슷한 함성을 질러댔고 그 소리는 티잉 그라운드에서 그린까지 계속된다. 그러면 자기도 모르게 원숭이 무리를 향해 골프채를 치켜들고 인사라도 하고 싶어진다.

미스 사쿠란보는 첫째 날 도로를 달리는 차에 공이 맞으면 어떡하나 하는 강박감에 처음으로 헛스윙을 했다. 그런 다음 결국 공을 덤불로 빠뜨리고 말았다. 둘째 날에는 정말로 도로에 떨어뜨리고 말았다. 그리고 셋째 날인 어제, 하필이면 원숭이 무리 한가운데로 공이 들어가고 말았고 나는 그만 '푸하!' 하고 웃음을 터뜨렸다.

생각해 보니, 그날 밤 기분이 좋지 않았던 직접적인 원인은 그 일 때문인지 모른다. 그녀는 미스샷을 할 때마다 원숭이들이 비웃는 듯한 기분이 든 데다가, 원숭이 무리 속으로 볼을 날렸을 때는 기분 나쁘게 꽥꽥거리는 소리까지 들려 기분을 잡쳤던 거다.

그때 말야, 지난 번 언젠가 르망경기를 보러 갔을 때 같은데. 샤토 호텔 욕실에서 할 때, 야스코가 엉덩이를 살짝 내밀어 흥분되는 곳에다 내 걸 갖다 대려고 허리를 움직인 적 있지? 그때를 떠올리면서 체중 이동을 확실하게 하면 분명히 공이 뜰 거야, 하고 내가 점잖지 못한 조언을 했다.

'무슨 소리 하는 거야.' 하며 얼굴을 붉힌 미스 사쿠란보가 친 공이 2단 그린 아래, 홀 컵에서 50센티미터 근처에 떨어졌다. 그녀는 태어나서 처음으로 버디를 잡은 거다.

  긴팔원숭이도 어제 있었던 유감스런 일은 깨끗이 잊어버리고, 박수와 비슷한 환호성을 보냈다. 미스 사쿠란보는 점심에 먹다 남은 바나나를 나무 위로 던져주며 그 기쁨을 표시했다.

  뉴욕으로 돌아가 하루를 묵은 다음, 우리는 이번 여행의 마지막 목적지인 애리조나로 향했다. 피닉스 공항에 내려 택시로 스콧데일의 레지스트리 리조트 호텔로 갔다. 여기선 딱히 일다운 일이랄 게 없다. 음반회사를 운영하고 있는 친구가 스콧데일에서 별장을 살 만한 곳을 알아봐 달라고 부탁하긴 했지만 딱히 일이라고 할 수는 없다. 로스앤젤레스 근처나 샌프란시스코 주변의 치안이 날로 심각해지자, 일본인들의 토지 매입 경향이 내륙 쪽으로 이동하고 있다. 집안 내력 탓도 있는지, 나는 부동산에는 흥미가 없다.

  아버지는 한국 전쟁 때 부대로 하나 가득 달러를 채울 만큼 돈을 벌었지만 결국 지금까지도 전셋집에 살고 있다. 굳이 예를 들자면, 별장을 사는 일은 첩을 두는 것과 마찬가지란 생각이 든다. 가슴 두근거림은 늘 미지의 땅에 있는 법이다. 부동산은 정착의 상징이며, 그곳에는 반드시 의무가 따르기 마련이다.

어제는 프라자 아테네란, 화려한 불륜에 더할 나위 없이 어울리는 호텔에 묵었다. 그럼에도 밤늦게 도착했기 때문에 단지 샤워와 키스만 하고 잠자리에 들었다.

오늘 아침 유나이티드 항공의 첫 비행기를 타고 왔지만 호텔 레스토랑 테이블 앞에 앉은 시각은 8시가 조금 넘어서였다. 거의 대륙 횡단과 맞먹는 거리인데다 댈러스에서 비행기를 갈아타는 데도 2시간이나 걸렸다. 또 레지스트리 리조트에 체크인을 하고 짐을 풀어놓고, 옷을 갈아입는 데도 얼마간 시간이 걸렸을 것이다.

이젠 완전히 습관처럼 돔페리뇽을 주문해 버렸다. 여전히 주위엔 잘 빼 입은 노인들이 대부분이었고, 피아니스트가 혀에 힘을 쭉 빼고 20세기초 스탠더드 재즈를 불렀다. 필시 20대 커플로밖에 보이지 않는 우리는 두드러져 보일 게 틀림없었다.

"이 호텔도 전에 말한 그 그룹 중 하나야?"

어디서 잡았는지 무지막지하게 큰 새우로 만든 오르되브르를 입에 넣으며 미스 사쿠란보가 묻는다.

전에 말한 그룹이란 리딩 호텔 오브 더 월드(Leading Hotel of the World)를 말한다. 다시 말해 전세계의 최고급 호텔들이다. 딱히 별다른 일이 없는 한 나는 그 그룹 말고 다른 호텔에는 묵지 않는다.

"맞아. 사실 이곳에 피니션이란 근사한 호텔이 또 있긴 하지만, 거긴 새로 지은 데라 리딩 호텔 축에는 못 끼어."

"그럼 이번 여행엔 몇 군데나 묵은 거지?"

"리츠칼튼, 샌디 레인, 프라자 아테네, 여기까지 네 번째로군. 또 속물이라고 놀릴 거야?"

그 축에 끼지 못하는 호텔엔 묵지 않는다고 했을 때 야스코가, '그런 걸 바로 속물이라고 하는 거야.' 하고 지적했었다. 할 말이 없는 건 아니었지만 변명하지 않았다.

"내가 알고 있는 건 몇 군데나 되지?"

"로마의 허슬러와 그랜드 호텔 가봤지? 파리의 크리용, 런던의 사보이, 하이먼 섬에 그 신혼여행 온 부부들만 우글대던 곳도 가봤고, 베일의 로지도 가봤지? 칸의 마르티네스에도 가봤고, 10군데 정돈 알고 있는 거 같군."

"당신은 몇 군데나 알아?"

"글쎄, 한 30군데 정도 되나, 40까진 안 되는 것 같아."

"전부 얼마나 되는데?"

"2백 전후겠지."

"죽기 전까지 다 돌 수 있을 거 같아?"

"난 그런 이유로 묵는 건 아냐."

"맞아, 그건 좀 알 거 같아."

"뭐? 안다구?"

"응, 이번 여행에서 알게 됐어. 여태까진 다른 호텔에서 묵은 적도 있지?"

"리딩 호텔이 없는 도시도 있으니까. 그래서 뭘 알았단 거야?"

"당신이 노력하고 있다는 거."

"노력?"

야스코의 주요리는 농어이고 나는 타르타르 스테이크다. 둘 다 애리조나 특산일 리가 없는 요리라 그런지 맛은 그저 그렇다.

"딱히 떠오르는 말이 없어서 노력이라고 하긴 했지만, 분명 이 그룹에 속하는 호텔엔 다른 데선 느낄 수 없는 분위기가 있어."

예를 들면 일본에는 리딩 호텔이 세 군데밖에 없다. 데이코쿠 호텔, 오쿠라, 그리고 오사카 프라자가 그것이다. 스웨덴에는 하나, 노르웨이에도 한 곳밖에 없다. 하지만 이탈리아의 사르데냐란 섬의 스메랄다 해안만 해도 리딩 호텔이 세 곳이나 있다.

그런 것이다. 최근엔 기준이 조금 바뀐 듯도 하지만 기본적인 조건은 화려함이 아닌 격식이다. 말하자면 전 시대의 기준인 거다. 나는 정말이지 그런 것과는 어지간히 인연이 없는 인간이다. 그런 데 어울리지 않는다는 것도 잘 알고 있다. 어떻게 설명해야 좋을까. 애매모호한 건 딱 질색이다. 내가 어떤 인간인지 확실히 드러낼 수 없는 장소는 싫은 거다. 격식이 있는 호텔에 묵으면 그게 뚜렷하게 드러난다. 내가 그런 장소에 어울리지 않는 극동의 부자란 사실 말이다. 내 돈이 곧 내 명예가 되는 건 아니다. 겐타로는 어떨까? 그런 녀석이 프로로 데뷔해서 유명해지면, 돈과 명예를 한 손에 거머쥐는 걸까? 겐타로는 어떻게 미국 투어 테스트를 치르려는 걸까? 원숭이가 있던 바베이도스의 7번 홀, 겐타로라면 어떻게 대처했을까? 600야드의 롱홀을 2번 아이언을 가지고 투 온 할 수 있을지도 모른다. 그렇지, 이안 우스남처럼……

이렇게 겐타로에게 생각이 옮겨가고 있을 때다. '내일 또 골프 할 거지?' 하며 야스코가 신이 난 듯 물었다. 볼을 높이 칠 수 있게 되자 좀 재밌어진 거다.

그래, 하고 나는 대답했다.

"애리조나에서 골프 치는 게 내 꿈이었으니까."

정말로 꿈이었다.

포르투갈, 에스투릴, 팔라시오 호텔 골프 코스

"꿈? 좀 과장되게 들리는데."

사막에서는 결코 잡히지 않는 대형 새우 오르되브르를 입으로 가져가면서 야스코가 말했다. 서인도 제도의 태양빛을 받아서인지 뺨 언저리가 발갛게 되었다.

30대 초반인데도, 그녀의 어깨와 팔이 만들어 내는 농염한 라인은 미국 남자들의 눈빛을 바꾸기에 전혀 부족함이 없었다. 그녀가 카디건을 벗자 소매 없는 원피스를 입은 탓에 미끈한 어깨와 팔이 드러난 것이다. 일본이 자랑하는 질 좋은 쌀을 먹고 자라서 그런지도 모르겠다.

기미와 주근깨 투성이에 건조한 피부의 미국 여성들은 질투

어린 눈길로 야스코를 흘끔거린다.

연한 갈색으로 탄 어깨와 팔의 라인, 골프 장갑을 끼어 왼손만 조금 더 하얗다. 이곳은 골프 리조트이기 때문에 그 하얀 왼손은 전혀 어색하지 않다.

주위 사람들은 무슨 생각을 하는 걸까. 잠시 그 생각에 잠기게 됐다.

나는 기지촌 출신이다. 여긴 애리조나 스콧데일을 대표하는 고급 리조트다. 물론 일본인은 없다. 지금은 1월말이기 때문에 최고 성수기라 할 수 있으며 호텔 숙박료와 그린피도 가장 비쌀 때다.

서해안 쪽에 사는 사람은 하와이를, 동쪽에 사는 사람은 카리브를 동경하지만, 장시간 비행기 여행이 귀찮은 사람은 이런 내륙의 피한지로 떠나는 골프 여행을 꿈꾼다. 각각 그런 꿈을 갖고 경쟁이 심한 미국 사회에서 일하고 있다.

그런데 그 옛날 전쟁에서 무지막지하게 때려부순 나라의, 20 대로밖에 보이지 않는 젊은 놈이, 여자를 꿰차고 골프를 치러 왔다. 게다가 레스토랑에서 돔페리뇽 78년을 마시고 있다. 또한 녀석들은 모르겠지만, 나는 '미 해병대 일행 대환영'이라는 기치를 내걸고, 한국에서 싸우던 그들의 달러를 갈취한 기지촌에서 자랐다.

사라센 제국이나 삼국지, 페니키아인 시대였다면 그러한 부의 재편성이 이루어지기까지 백년 단위의 시간이 걸렸으리라. '세계화'의 영향 때문인지는 모르겠지만, 적어도 나와 이 호텔 레스토랑에 관한 한 부자연스런 부의 변환이 실현되고 있다. 그런 사실에 나는 당혹스러움을 느끼지 않을 수 없다.

어째서 애리조나에서 골프 치는 게 꿈이었는지는 내일 라운드 하면서 말해 줄게, 하고 야스코에게 말했다. 허나 그 말투에서 배어 나오는 싸구려 감상을, 지성과 양질의 쌀이 결합된 명석한 그녀가 놓칠 리 없었다.

"뭐가 그리 서운하고 허전한 거야."

하반신에 전율이 퍼져나가는 듯 느껴지는 코맹맹이 소리로 미스 사쿠란보가 희미하게 웃으며 물었다. 모든 걸 고백해 버리고 싶어지는 미소였다.

나는 아까부터 계속 생각하고 있던 '부의 재편성' 문제를 얘기했다.

"당신을 감상에 빠지게 한 문제 가운데, 나는 몇 번째지?"

미스 사쿠란보가 돔페리뇽으로 입술을 적시며 말했다.

핵심을 찌른 발언이었다. 글쎄, 하며 나는 생각에 잠겼다. 남자하고만, 이를테면 사업상 동료하고 여행을 떠났다면 아마 달랐겠지, 하고 솔직히 얘기했다. '딱히 당신을 위로하려는 마음에서 하는 말은 아냐.' 하며 야스코는 샴페인 글라스를 내려놓고 내 눈을 보았다.

"나는 내 의지로 이렇게 당신을 따라온 거야. 카리브 해나 애리조나도 무척이나 매력적이지만, 맘에도 없는 남자와 함께 올 만큼 어리석진 않아, 난……."

그건 알고 있어, 하는 말밖엔 달리 할 말이 없었다.

"나한텐 명예는 없고 그저 돈밖에 없다, 뭐 간단히 말하면 그런 건가?"

글쎄…….

"그렇지 않은 거 같은데. 자세한 건 잘 모르지만, 에이전시란 계약을 순조롭게 조정하고, 계약금 일부를 받는 거겠지?"

뭐, 그렇지.

"만약 좋지 않은 점이 있다면, 그건 당신이 아니라 시스템이 잘못된 게 아닐까? 난 내 의지로 같이 있는 거고, 돈에는 의지가 있는지 없는지 모르겠지만, 원래 돈이란 그런 거 아냐?"

고마워, 하는 말로 그녀의 말을 받고는 미국인들처럼 촛불 옆으로 손을 내밀어 야스코의 손을 잡았다.

야스코가 한 말은 전부 사실이지만 내 허전함까지 모두 채워줄 수 있는 건 아니었다.

우리는 서로에게 투정을 부리기도 하고 그것을 받아주기도 하는 사이 기분이 좋아졌다.

그리하여 스콧데일의 명물인 허니파이를 먹으라는 웨이터의 집요한 권유를 뿌리치고 레스토랑을 나왔다. 그러고는 건조한 사막 지방의 밤하늘에 떠 있는 요염한 반달을 바라보며, 팔짱을 끼고 별장 형태의 객실까지 걸어갔다.

객실에 도착하자마자 따뜻한 물로 샤워를 한 다음, 기분 좋은 섹스를 했다.

이제 모든 일이 잘 풀릴 것 같은, '부의 재편성'과 어떤 상관관계가 있는지는 모르겠지만, 적어도 '부의 재편성'보다는 훨씬 육체적인 황홀한 섹스를 말이다. 그리고 편안한 마음으로 잠들었다.

36홀의 맥커믹 랜치 골프 코스. 스콧데일에서도 손꼽히는 퍼블릭 코스로서, 미국 어디나 그렇다고 한다면 할 말이 없지만 아무튼 손님들을 대하는 태도도 철저했다.

우리는 파인 코스에서 오후 1시 8분 정각에 시작했으며, 노부부와 일행이 되었다. 그 부부는 사진 같은 데서 흔히 볼 수 있는 전형적인 미국 노년 커플이었다.

늘그막 친구란 추상적 개념을 스프레이에 담아 쉭쉭 소리내며 뿌린 듯한 분위기가 두 사람에겐 있었다. 덩달아 야스코나 나까지 그 분위기에 휩싸여 우리 넷의 얼굴에선 웃음이 떠나지 않았다.

'오호, 일본에서 온 젊은 커플이로군, 신혼여행인가?' 하는 인사로 시작했다. 물론 '아닙니다 불륜 여행입니다.' 하는 소리는 못했다. 그러므로 나와 야스코는 짧은 시간이지만 일본을 대표해 상징적인 결혼제도를 연기해야만 했다.

'나는 폴이고, 마누라는 바바라라고 불러주게. 핸디캡(최근 다섯 경기 결과 중 규정 타수보다 많은 타수를 평균낸 것)은 내가 20에서 왔다갔다하고, 바바라는 200에서 왔다갔다하지.' 하는 고상한 농담까지 주고받았다. 또 그 말에 '드라이빙 미스 데이지' 같은 바바라가 조금 화가 난 척 행동해, 두 사람이 돈을 저축해 추운 몬태나에서 왔다는 사실도 알게 되었다.

이렇게 347야드 파4 퍼스트 티에서부터, 양국은 정말 예전에 전쟁을 했었나 싶을 정도로 화기애애한 플레이를 펼쳤다. 야스코도 따스한 날씨와 분위기 탓인지 아니면 바베이도스에서 한 체중이동 훈련이 효과가 있었는지, 아무튼 높은 볼을 쳐내더니 더블 파 골프를 펼칠 수 있었다.

낯선 외국인과 일행이 되었을 때, 처음엔 괜찮은 성적이 나오게 된다. 말이 잘 통하지 않기 때문에 자기 플레이에 집중할 수 있다. 때문에 자칫 잘못했다간 나라 망신시키는 게 아닐까 하는 긴장감도 덜 하고 여유 있는 스윙도 할 수 있다. 더구나 나는 눈이 휘둥그래질 만큼 잘 치는 외국인과 함께 플레이를 한 적이 한 번도 없다. 핸디캡이 15라고는 했지만 셋 중에 하나꼴은 어처구니없는 데다 공을 떨어뜨리는 사람이었다. 또 그럭저럭 폼도 좋고 맞추기도 잘하지만 비거리만은 엉망이거나, 연못이 있으면 반드시 빠트린다거나 하는 사람들뿐이었다.

미국인이라면 모두 커티스 스트레인지나, 페인 스튜어트로 보이기도 하지만 실제로는 안쓰러울 정도로 서투른 솜씨였다. 덕분에 오히려 내가 여유를 느끼게 되고, 그 점이 좋은 성적을 내는 원인이 되었는지도 모른다.

폴과 바바라는 사람 좋은 미국인 골퍼였다. 둘 다 골프 경력은 20년 가까이 된다고 했지만, 어처구니없는 스윙이 몸에 배었다. 자기 스윙이라고나 할까, 아니면 어지간히도 부자연스런 자세를 취할 수 있는 고집이 있다고 해야 할까. 아무튼 폴은 심하게 앞으로 쏠렸고, 바바라는 시작부터 끝날 때까지 두 팔을 구부리고 있다. 일본에서는 정말로 감자 같은 체형과 얼굴을 한 아줌마라도 이렇게까지 극단적이지는 않을 것 같다.

어떡하든 결점을 고치려고 하는 일본식 교육이 자주 문제가 되곤 하지만, 장점을 키워나간다는 서구식 교육도 전혀 문제가 없는 건 아닌 듯하다. 장점이 전혀 없는 사람인 경우엔 어지간히 고생할 수밖에 없을 거다.

나는 7번 홀을 끝낸 시점에서 놀랍게도 3오버파였다. 규정 타수인 파로 끝난 홀이 넷이나 됐다.

'정말로 핸디가 26이요? 일본인은 가끔 거짓말을 한다고 하더니만 정말이잖아.' 하는 말을 폴과 바바라한테 들으며 놀림을 받기도 했다. 그러나 8번 홀에 왔을 때 사정이 달라졌다.

이거 혹시 내가 골프에 눈뜬 거 아냐, 하는 기분이 들었는데 그만 미스샷을 하고 말았다. 목표보다 오른쪽으로 크게 벗어난 푸시가 나와, 페어웨이 오른쪽으로 크게 만든 연못에 공을 빠트렸다. 그런 다음부터는 평소 실력으로 돌아와 버렸다. 야스코도 보기를 3개나 잡으면서 호조를 보였지만, 9번 홀의 특수한 가드 벙커에 발목을 붙들렸다. 그제야 바바라와 폴은 한시름을 놓게 되었다.

그 벙커에는 자갈이 깔려 있었던 거다. 어른 엄지손가락 끝만 한 크기의 자갈들이 빽빽이 들어차 있고, 더구나 앞길은 선인장이 딱 가로막고 있었다. 나는 폴과 바바라와 선인장에게 미안하다는 표시로 고개를 숙이고는 벌타를 받고 그냥 공을 꺼내는 게 좋겠다고 충고했다.

하지만 야스코는 '이게 바로 애리조나 아니겠어.' 하고 우습게 보았다. 그러더니 아이언의 지면과 닿는 부분, 무수한 자갈, 선인장 표피, 자기 마음에 상처를 입히면서 18번이나 치고 말았다. 그래도 우리는 여전히 애리조나 골프를 즐겼다. 폴과 바바라도 즐거워했다.

"자기, 애리조나에서 골프 치는 게 꿈이었다는 건 무슨 얘기야?"

마지막 홀, 티잉 그라운드에서 야스코가 물었다. 멀리 바위산 저편으로 석양이 지려 하고 대기는 분홍빛으로 물들었으며, 상헌달이 고즈녁하게 떠 있다.

"골프가 재밌어지기 시작한 순간이 누구에게나 있을 거라고 생각해."

티샷을 끝내고 두 번째 타를 치기 위해 가는 카트 안에서 그렇게 말을 꺼냈다.

"그건 사람에 따라 가지가지야. 처음 볼을 쳤을 때 이미 그걸 느낀 사람도 있을 수 있지만, 쭉 재미를 모르다가 그만두는 사람도 있을 테니까. 난 3년 전 브라질 리우에서 시작했지만 골프 연습장이 맘에 안 들어서 실력은 조금도 늘지 않았어. 지금도 그다지 잘 치진 못하지만 연습이 싫은 건 아니거든. 말하자면 난 일본의 골프 연습장이 싫은 거야. 기본적으로 골프란 건 은퇴한 사람들의 스포츠라고 생각해. 흔히 도자기 굽는 걸 인생의 마지막 취미라고도 하잖아? 아마 그거와 비슷하지 않은가 싶어. 골프만큼 체력에 좌우되지 않는 스포츠도 드물고, 게다가 그만큼 본질적인 자극을 느끼는 놀이는 거의 없거든. 때문에 골프는 최후의 스포츠일지도 모른다는 생각을 할 때가 있고. 은퇴라는 말은 그런 걸 뜻하는 거야. 개념적으로는 낚시나 사냥에 공과 스윙을 도입한 거나 마찬가지니까. 하긴 이런 생각이 틀릴지도 모르고, 사실 다른 스포츠에도 해당될지 모르겠지만⋯⋯. 뭔가를 포기하지 않으면 일정한 수준에 도달할 수 없는 게 골프라고 생각해. 자기 정신 구조나 자신이 처한 상황을 새롭게 하기 위해 무언가를 깨

부수려는 사람에게 골프는 맞지 않아. 글쎄, 제대로 표현한 건지는 잘 모르겠어. 하지만 어떤 종류의 현재 상황 긍정이 없으면 잘 되긴 어렵지 않을까 하고 생각해. 그래서 난 일본에 있는 그 무지막지하게 큰 새장 같은 연습장에 가면 아줌마, 아저씨, 젊은 녀석, 노인네, 여대생, 호스티스, 야쿠자, 국숫집 배달부까지, 모두가 일사불란하게 현재 상황을 긍정하는 듯한 느낌이 들어 구역질이 나버리는 거야. 그래서 말야, 난 어설픈 실력이라도 그냥 해외에서 라운드하는 거지. 한 번은 포르투갈의 리스본에서 차로 4, 50분 걸리는 에스투릴이란 리조트에서 골프를 친 적이 있어. 거긴 개최지를 옮겨가며 스포츠 대회를 여는 서킷 레이스로 유명한 곳이지. 2년 전이었던가, 비가 엄청나게 쏟아지는 날이었어. 물론 그날 골프를 친 건 나뿐이었지. 비가 오는데 굳이 골프를 치려 한 이유가 무엇이었는지 기억나진 않아. 그렇지 않아도 좁고 힘든 코스인데 손잡이는 자꾸 미끄러지지, 눈으로는 빗물이 흘러 들어오지, 잔디는 물을 먹어서 엉망이지, 하여튼 참 가관이었지. 그 중에 거리가 좀 되는 쇼트홀이 있는데, 그 옆엔 인가가 있고 기르는 강아지도 있었어. 헌데, 내가 티에 공을 올려놓으면 그 강아지가 냉큼 달려와서 공을 물고 가버리는 거야. 혼자 돌다보니 쓸쓸한 마음도 들어서 그랬다고 생각하는데, 아무튼 강아지를 품에 안고 착하다, 착하다 했지. 그것도 포르투갈 강아지가 알아듣지도 못할 일본어로 말야. '나한테 감정이 있는지는 모르겠지만 이렇게 혼자 빗속에서 골프를 치고 있잖니. 네가 자꾸 공을 물고 도망가 버리니 정말 난처하구나. 한 번이라도 좋으니까 얌전히 좀 보고 있어라.' 그랬더니 그 녀석이 꼬리를 흔들면서 점잖게 앉는 거야. 그러고는 나를 물끄러미 쳐다보잖아. 거리는 200 가까이 되었고, 어차피 내가 그린까지 공을 날릴 리는 없단 생각에 3번 아이언으로 가볍게 쳤어. 그랬더니 평생에 한번 나올까 말까한 환상적인 임팩트가 됐고, 정말로 탄력 있게 공이 솟아오르더니 홀 컵 1.5미터 옆 그린에 떨어지는 거야. 왜 그런지는 모르지만 눈물이 나올 것 같더라구. 그 뒤로는 계속 엉망이었지만, 여전히 쇼트홀에서 원 온을 한 감동에 흠뻑 젖어 클럽 하우스로 돌아왔어. 그때 몇 년 전 있었던 전미 프로 골퍼대회 비디오를 보여주더라구. 그게 애리조나 어디였는데, 그 코스가 이 세상에 있는 곳이란 게 믿어지지 않을 만큼 아름답게 보이는 거야. 상상이 가? 사막에 물을 끌어와 나무를 심고, 바위산과 선인장 사이사이에 멋진 융단 같은 페어웨이와 그린을 만든 거야. 거대한 모형 정원 같았어. 미국놈들 대단하다고 생각했지. 디즈니랜드나 할리우드, 브로드웨이도 마찬가지야. 인공적이긴 해도 꿈처럼 아름다운걸. 난 문득 결심했어. 애리조나에 가서 포르투갈 강아지가 선사해 준 샷을 쳐보고 말 거라구. 그 뒤로 애리조나가 꿈이 돼 버렸지."

폴과 바바라는 '내일로 휴가가 끝나요.' 하며 늘그막에 친구로

지내는 미국인한테서만 느껴지는 쓸쓸함과 상냥함으로 작별 인
사를 했다.

　나와 야스코는 호텔로 돌아와 또 돔페리뇽를 마셨다.

　우리의 휴가도 끝나가려고 한다.

미국, 워싱턴, 브레턴우즈 골프 코스

미스 사쿠란보는 이틀 먼저 일본으로 돌아갔다. 여행이 끝날 무렵엔 누구나 감상에 빠지곤 한다. 더군다나 그것이 흔치 않은 불륜 여행인 경우엔 더욱 그렇다.

처음엔 같은 비행기를 타고 돌아가곤 했다. 나는 일등석인데, 야스코는 일반석인 적도 있었다. 그럴 땐 기내에서 이미 헤어진 셈이기 때문에 감상도 희미해져 문제가 없다. 허나 나리타에서 차를 같이 타고 들어와 저녁 나절 헤어진 그날은 그렇지 않았다.

헤어지기 직전, 둘 다 배가 고파 계란 푼 메밀국수를 먹었다. 그땐 그렇게도 냉정했던 미스 사쿠란보도 눈물을 글썽거렸다. 오랜만에 맡아보는, 일본 메밀 국숫집을 가득 메운 국물 냄새가 이별의 쓸쓸함을 더하게 해 괴롭기 그지없었다. 그 이후로, 암묵적인 동의하에 야스코가 하루나 이틀 먼저 돌아가게 되었다. 북쪽 지방에서 단련된 강철 같은 의지를 가진 재원도, 내가 이렇게 감상에 빠져 있을 때 그는 가정으로 되돌아갔구나 하는 마음의 짐을 완전히 벗어버릴 순 없으리라. 내가 하루나 이틀 더 외국에 머물게 되면, 그때까지 같이 있었기 때문에 '네가 돌아가고 없어서 쓸쓸해.' 하고 전화할 수도 있다.

　나는 로스앤젤레스 공항에서 비교적 가까운 호텔에서 위스키를 마시며 감상을 이겨내고 있다. 감상에 약한 건 사실 수컷 쪽이라고 생각한다. 약하기 때문에 잊어버리기 위해 일에 몰두한다. 사랑하는 여인이 곁에 없다는 사실은 거의 공포에 가깝다. 보름 가까이 함께 있었기 때문에, 이렇게 취하고 나면 나도 모르게 욕실을 향해 '이봐, 야스코, 빨리 나오라구.' 하고 말할 뻔한 자신을 발견한다. 그러고는 이러면 안 되지 하고 생각한다. 일이란 게 그런 자신을 구제하기 위해서만 존재하는지도 모른다. 인공적인 로스앤젤레스의 야경을 바라보며 계속해서 이런저런 생각을 이어갔다. 야스코가 혼자서 이틀 정도 먼저 일본으로 돌아가는 지혜가 어떤 결과를 낳을까. 뭔가를 낳는다는 설정이 어쨌든 좀 우습단 느낌이 든다. 로스앤젤레스에는 여러 번 와 봤는데, 그때마다 그 인공적인 분위기에 왠지 모를 안도감이 든다. 기지촌과 통하는 곳이 있는지도 모른다. 뭔가를 낳는다…… 혼자서 중얼거리다 피식 웃어 버린다. 낳는다고 하니 아기밖에 떠오르지 않는다. 발명, 발견, 이데올로기, 대형 건축물, 그런 따위를 낳기 위해 인간이 존재한다고는 도저히 생각할 수 없다. 그런 것들을 위해서라면 야스코와 내 지혜랄까, 위선이랄까 하는 건 쥐뿔도 도움이 되지 않는다. 위선……. 얼마나 기분 나쁜 단어냐. 아아 그만, 위스키가 감상으로 물들어가고 있다.

오늘밤은 이미 늦었지만 내일은 꼭 시간을 내서 샌디에이고에 있다는 겐타로의 친구한테 전화를 해봐야겠다.

겐타로를 생각하자 순간 야스코가 없다는 사실을 잊을 수 있었다. 야스코와 있는 동안에는 결국 겐타로의 소식을 묻는 전화조차 할 수 없었다. 녀석은 대체 어떻게 미국 프로 골퍼가 되려는 걸까. 겐타로를 생각하면 왜 기분이 좋아지는 걸까? 분명 녀석은 처음부터 무언가를 넘어서고 있기 때문이다. 국경이나 뭐 그런 게 아니다. 뭐랄까, 인간과 인간의 만남에 관한 거다. 커뮤니케이션의 벽? 그런 말을 하는 녀석은 멍청이다. 일본에 있는 백성들은 모르겠지만 본디 커뮤니케이션이란 벽 그 자체다. 유대인이나 프랑스인, 앵글로색슨계 백인 신교도와 사귀어 보라. 그곳엔 벽밖에 없으며, 뛰어넘든지 기어오르든지 둘 중 하나밖에 없다. 위선이란 단어가 끈덕지게 나를 괴롭힌다. 나와 야스코는 조금이라도 상처를 줄이려는 것뿐이다. 일본 백성은 그걸 위선이라고 하겠지. 커뮤니케이션이 벽이라는 것조차 모르는 일본

백성으로선 위선일 수밖에 없겠지. 허나, 신한테는 어떨까? 신이라면 못 본 척 넘어가 주지 않을까? 확신은 없지만 그러리란 느낌이 든다.

오전에 겐타로의 친구한테 전화를 했지만 아무도 받지 않았다. 대신 영어와 이상한 억양의 일본어 두 가지 말로 자동응답기가 돌아갔다.

"겐타로한테 열심히 하라고 전해 주십시오."

그 말만 남겼다. 그러고는 할리우드 북쪽에 사무실을 갖고 있는 친구를 만나러 가기로 했다. 호텔 로비 에이비스(AVIS)에서 올즈 자동차의 렌터카를 빌렸다. 무지막지한 차로군. 혼다가 잘 팔리는 것도 당연하다. 에이비스도 혼다를 취급하고 있었지만 어코드나 시빅, 레전드까지 전부 대여중이었다.

지금 만나러 가는 친구는 본디 대형 방송국의 스포츠국에서 일했다. 지금은 어느 스포츠 양말 제조업체의 에이전트로 일하고 있다. 골프에 관해 아는 게 많은 친구다.

산타모니카 블루버드에서 선셋 블루버드로 이동하며 북상했는데 도로는 예나 지금이나 정체가 심하다. 스모그도 지독했다. 최근엔 범죄 발생률이 뉴욕과 거의 맞먹을 정도가 됐다지만 그래도 나는 로스앤젤레스가 좋다. 이상한 말이긴 하지만, 인간이 몽땅 사라진다 해도 이 도시는 여전히 제 기능을 다하며 돌아갈 것 같은 느낌이 든다.

"그래, 애인을 데리고 카리브 해와 애리조나에서 골프를 치고
왔단 말이지. 너도 일본사회의 허점을 최대한 이용해 먹는 인간
이로구나."

친구 사무실에 도착한 게 마침 점심 시간이어서 우리는 근처
이탈리아 레스토랑으로 갔다. 네온 간판은 노랑과 핑크, 연두였
고, 가게 안은 같은 계열 색으로 장식한 아르데코, 손님의 절반
은 게이였다. 웨이트리스는 반반한 배우 지망생, 파스타는 너무
푹 삶아졌고, 양고기는 싱거웠다.

"여잔 벌써 돌아갔나?"

친구가 취급하고 있는 스포츠 양말은 NASA의 기술을 전면적
으로 이용한 획기적인 신소재로 만들어졌다. 테니스, 골프, 축
구, 풋볼에서 낚시, 사냥, 등산에 이르기까지 20여 종의 다양한
제품을 만들어내고 있다.

"돌아갔다기보다 돌려보냈다고 해야 맞겠지."

윔블던 대회의 텔레비전 방영권을 두고 2년 반 동안 매일같이
얼굴을 마주했다. 그는 그 무렵부터 미국 서해안을 거점으로 사
업을 해보고 싶어했다. 윈드서핑을 좋아해 말리부 해안가에 로
버트 알트먼의 영화에나 나옴직한 개인용 해변이 딸린 집을 갖
고 있다. 아무리 획기적인 상품이라 해도 양말 하나로 그런 집을

살 수는 없다. 부잣집 둘째 도련님이기에 가능한 거다. 그런 남자는 사귀어도 피곤하지 않은 데다, 일본에는 부잣집 둘째 도련님들만의 네트워크 같은 게 형성돼 있어 온갖 정보를 쥐고 있다.

"근데 오늘은 웬일이야? 설마 선셋에서 금발 미녀 사는 걸 도와달란 소린 아니겠지."

한눈에도 이탈리아 제품임을 알 수 있는 재킷을 입고 있지만 파란 셔츠와 노란색 타이는 어쩔 수 없는 웨스턴이었다.

"골프에 관해서 말인데……."

나는 페리에를 마시며 이야기를 꺼냈다. 호모 두 명만 화이트 와인을 마실 뿐 나머지는 모두 라임을 듬뿍 섞은 페리에뿐이다. 담배는 절대로 피울 수 없다.

"팜비치에 예약해 달란 거야?"

"내가 하는 게 아냐. 미국 프로 골프계를 좀 알고 싶어."

"아주 혹독하지. 스포츠와 예능은 가장 전형적인 미국의 상징이니까."

"좀 아는 친구가 프로로 뛰고 싶어하는데 어떻게 하면 되나?"

나는 젠타로에게 어떤 가능성이 있는지 알고 싶었다.

"어떻게 하면 되냐니? 스스로 그 정도도 제대로 파악하지 못하면 프로는 꿈도 못 꿔."

"그게 말이지. 그 친군 정신력도 강하고 스스로 매니지먼트까지 가능한 녀석이야. 근데, 흔히 있는 일이지만 녀석의 아버지가 심하게 반대를 해서 말야. 내가 아버지를 설득하는 역할을 맡았는데 사정을 모르면 설득도 못 하는 거잖아."

내가 생각해도 적당한 거짓말이었다.

"그 친구, 일본 프론가?"

"아니. 아무래도 일본에서 인정받아야 하는 건가? 녀석은 계속 해외에서 훈련했어. 미국은 아니지만."

"일본하곤 상관없어. 그래, 일본에서 연수를 받거나 프로 테스트를 받거나 한 건 아니군. 그렇다면 어떻게든 될 것도 같은데."

무릎이 후들거릴 정도로 끝내주는 웨이트리스가 하나 있다. 미스 사쿠란보의 유일한 결점은 가슴이지만 그 웨이트리스는 그곳이 최대 강점이었다. 본인도 그걸 알고 있는 듯 일부러 살랑살랑 흔들며 걸어다닌다. 그 여자가 지나갈 때마다 각 테이블에 앉아 있는 남자 손님들의 대화가 잠깐잠깐 끊어진다. 호모도 잠시 입을 다문다.

"일본하고 연관이 없는 게 유리한가?"

"그렇지, 가와시키 선수나 그 정도 급이라면 얘기가 다르지만 말야. 일본 골프계에 발을 들여놓은 인간들, 일본 골프계에 물들어 버린 인간이라고 해야 하나, 백 퍼센트라고 해도 좋을 정도로 가망 없어."

겐타로는 일본에선 골프채조차 잡은 일이 없을 게 분명하다.

"미국에서는 PGA가 프로 골퍼를 이끌고 있지만, 사실 프로 골퍼란 거하고 투어 프로란 건 다르단 말야. 프로 골퍼가 되기 위해선 경영학이나 그런 학문이 가장 중요해지지. 테스트도 무척 까다롭구. 말하자면 미국 골프장의 프로샵에 있는 애들이지. 다들 훌륭하다구. 일본 클럽의 관리본부 역할을 하고 있으니 당연하긴 하지만 말야."

"니클라우스나 왓슨은?"

"걔네들은 투어 프로야. 토너먼트에 출전할 거라면, 방금 말한 프로 골퍼 테스트완 전혀 관계가 없어. 퀄리파잉 스쿨(qualifying school)이란 곳을 다니기만 하면 돼. 굳이 말하자면 자격을 위한 학교라고 해야 하나. 실전 테스트와 필기 테스트가 있는데 일년에 한 번이던가…… 아마 열 군데 정도에서 할 거야. 꽤 어려운 거 같더군. 20명 중에 한 명 정도 붙는 거 같아. 그리고 이건 투어 자격이 아냐. 일본과 미국은 퀄러파이의 의미가 다르니까. 허가증이라고 생각하면 돼. 그 스쿨에 다녀도 연간 상금 순위 125등 안에 들지 못하면 다음 해 정규 투어엔 나가지 못 해. 그래서 처음으로 투어 프로가 된 애들은 그 지역 선수권이나 스폰서배 같은 데 나가곤 해. 우선은 무슨 시합에든 나가고, 그 결과로 다시 다음 대회에 나가는 식으로 엮어 가는 거지."

과연 겐타로는 그런 혹독한 세계에서 버텨나갈 수 있을까?

"그게 정석이긴 하지만, 다른 방법도 있어. 이를테면 벤 호건 투어가 그렇지. 이건 정규 투어에 참가할 수 없는 하위 순위 선수들을 모아서 하는 거거든. 상금을 하나도 못 받은 애들도 퀄리파잉 스쿨에 합격만 하면 참가할 수 있어. 벤 호건이라는 회사가 주최하는 건데, 연간 20게임 정도 되던가. 정규 투어나 시니어 투어가 열리지 않는 곳에서, 그것도 각 경기장이 차로 네댓 시간 가야 되는 곳에서 하는 것 같더라구. 거기 참가하는 애들은 돈을 모아서 렌터카를 빌리고 모텔에서 묵지. 일 년 동안 몇만 킬로미터를 달리면서, 상급인 정규 투어를 목표로 하는 거야. 정규에서 떨어져 그 신세가 된 녀석들도 있고, 더 높은 곳을 향해 꿈을 안고 시작한 젊은애들도 있어. 그래도 위로 올라갈 수 있는 건 딱 다섯 명 뿐이야. 그러니 생각 좀 해 보라구. 일본 프로들은 말야, 1승만 해도 바로 스폰서가 달라붙어 쉽게 돈을 벌고 좀 눈에 띄기라도 하면 바로 벤츠를 탈 수 있다구. 그런 일본 프로가 설렁설렁 와서 이길 수 있을 거라 생각해? 꿈도 못 꿀 일이라구."

겐타로는 벤 호건 투어를 목표로 하는 걸까? 퀄리파잉 스쿨을 통과하는 건 무척이나 어려운 듯싶다.

"아직 또 있어. 네가 아는 그 친구한텐 안 맞을 거 같긴 한데, 마이너야. 거의 도박사들 세계니까."

"도박사?"

"플로리다에서 하는데, 나처럼 열렬한 골프팬이 미니 투어라고 부르는 게 있어. 다들 5백 달러 정도로 정해 돈을 내는 거야. 골퍼끼리 내는 거지. 나중에 조그만 후원자가 붙는 경우도 있어.

그 지역 대형 슈퍼마켓에서 2만 달러를 낸다거나 하는 식으로 말야. 어쨌든 신문에 모집 기사가 실리거든. 50달러, 백 달러, 그런 것도 있고 다들 주머니에 돈을 넣어 가지고 경기를 하러 오는 거야. 주최자격인 녀석이 돈을 모아서 상금을 정하고, 경기를 하지. 대단한 세계야, 어쩌다 두 번 정도 올랜도에서 본 적이 있는데 끝내주더라구."

"그건 수준이 좀 낮은가?"

"무슨 소리. 퀼리파잉에 다니지 않는다뿐이지, 프로 뺨치는 녀석도 있고 기가 막힌 녀석들도 많다구. 발레스테로스가 마스터즈에 나가기 전에 남몰래 미니 투어에 나간 얘긴 유명하지. 하지만 거기선 영 아니었다구. 어디였더라. 워싱턴에서 세계은행 놈들과 브레턴우즈란 기막힌 이름의 코스에서 했을 때인 거 같은데. 예순 넘은 작은 체구의 노인네가 있었는데, 멕시코계 세계은행 하급직원이었어. 이 사람이 핸디캡이 제로인 거야. 정말 기가 막혔지. 놀란 내가 맥주를 사면서 얘기를 들어보니, 미니 투어에 참가하곤 했단 거야. 게다가 친구 누구한테 벤 크렌쇼가 퍼팅을 배우러 왔단 말까지 하더군. 정말 말이 안 나오더라구."

나는 겐타로에 대해 아는 대로 전부 털어놓았다. 이 친구라면 이해해 줄 것 같았기 때문이다. 2번 아이언만 갖고 한다는 거야. 이구아나가 돌아다닐 정도인 브라질 퍼블릭 코스에서 말야……. 친구는 에스프레소를 홀짝거리며 가끔씩 엄청난 가슴의 웨이트

리스를 쳐다보기도 하며 잠시 입을 다물었다. 그러고는 고개를
갸웃거리며 말했다.

"그 자식, 재밌겠는데."

나는 플로리다에 가기로 결심했다.

싱가포르, 싱가포르 아이슬란드 골프 코스

일본에 돌아오면 항상 드는 생각이 있다. 나 같은 인간은 세계 최악이라고 불리는 도심에서 먼 공항 때문에 덕을 볼 때가 있다. 비서라고 해야 하나, 사원이라고 해야 하나. 나도 뭐라고 불러야 될지 모를 남자, 미즈키 히로시가 차를 가지고 마중 나와 있다.

나도 어찌 됐든 회사를 운영하고는 있지만 사원은 없다. 아니 지금은 미즈키 히로시가 있으니까, '없었다'는 표현이 맞다. 사무실도 없다. 요코하마에 있는 내 집의 한 평 반 정도 되는 방에 전용 전화와 팩스를 놓았을 뿐이다. 그 방에서 지내는 시간은 거의 없기 때문에 늘 자동응답기와 팩스를 이용하고 급할 때는 내 쪽에서 연락을 한다.

옛날이라고 해봐야 겨우 이 사업을 처음 시작했을 무렵이지만, 그때는 그렇지 않았다. 아오야마에, 한 면이 몽땅 유리로 된 사무실을 꾸민 적도 있다. 사원도 다섯 명이나 데리고 있었다. 지금 생각해 보면 왜 다섯 명이나 고용했는지 도무지 이유를 모르겠다. 다섯 명이나 있어도, 중요한 용건일 경우엔 반드시 내가 가야만 했다. 처음 만나는 대행사 부장이라든가, 외국인, 개인적인 관계의 손님 따위, 결국 직접 나가야 하는 경우가 대부분이다.

그래도 나는 운이 좋았다. 사원이 다섯 명씩이나 있어 봐야 아무런 득도 없단 사실을 반년도 채 되지 않아 깨달았기 때문이다. 스포츠 이벤트 업자나 프로듀서를, 그것도 단독으로 일하는 걸 동경해 마지않던 젊은 녀석들이다. 그네들에게 매달 돈을 주면서 노하우를 가르치다니. 이렇게 웃기는 얘기가 또 있을까? 잇몸이 다 드러나는 여자를 쓴 적도 있지만 나는 혼자서 일을 처리했다. 프로듀서란 기본적으로 혼자서 일해야 한다. 아니면 기술과 아이디어와 연줄을 가르쳐 주고 거기다 돈까지 쥐어 줘야 한다. 이런 한심한 짓거리를 그만둬야겠단 생각이 든 건 한 직원 녀석이 새 기획안을 들고 다른 큰 이벤트사로 내뺀 일 때문이었다. 새 기획안이라고 해봤자 고작 기구를 타고 북극을 횡단한다는, 거의 실현 불가능한 안이었다. 때문에 별 문제될 건 없었지만 그래도 열받는 건 사실이었다. 그래서 눈을 뜨게 되었다.

'미안하지만 모두 그만두었으면 한다. 이제 너희들이 필요 없기 때문이다.'

반발은 있었지만, 다음 달 월급을 주는 조건으로 받아들여졌다. 경리 업무는 전부터 알고 지내던 세무사 사무실에 부탁했지만, 다른 일은 나 혼자서도 충분했다. 이 이상 조직을 확대할 필요는 없다. 혼자라면 회의를 가질 일도 없고, 들어오는 수입은 전부 내 것이다. 책임도 혼자서 감당하면 그걸로 끝인 거다. 주위에는 물론 그렇지 않은 녀석도 있다. 나처럼 혼자 해도 전혀 지장이 없으면서, 오히려 혼자 하는 게 잘 돌아간다는 걸 뻔히 알면서도, 사원을 수십 명씩 데리고 있는 인간들이 많다.

이 나라는 사회주의다. 언젠가, 좀 안면이 있다는 이유로 시시한 편집 프로덕션이 부탁한 스페인 랠리 참가자의 인터뷰를 준비하지 않을 수 없었다. 그때 지정된 호텔 방으로 간 랠리 참가자와 나는 놀라서 입을 다물 수가 없었다. 엄청나게 많은 인간들이 방 안에 있는 거다. 우선 그 편집 프로덕션 사장과 담당자, 다른 사원 세 명, 기업 홍보지였기 때문에 그 기업의 홍보 담당자가 두 명, 영업 사원 한 명, 대행사에서 두 명, 인터뷰 기자가 한 명, 통역이 한 명, 인터뷰를 정리하는 사람이 한 명, 카메라맨과 그 조수가 두 명, 속기사가 한 명, 호텔 웨이터가 두 명.

'이 사람들이 전부 인터뷰와 관련된 사람입니까?' 하고 랠리 참가자가 물어, 그렇다고 대답했다. 그러자 그가 '내 출연료가 그들 때문에 줄어든 거 같아 기분 나쁜데요.' 하고 농담 반 진담 반처럼 말했지만 분명 화가 나 있었다. 사람을 많이 끌어들인다는 건 그런 것이다. 카메라맨에게 조수는 거의 장식품에 불과하다. 폴라로이드 카메라든 거창한 카메라든 아무 상관 없는 흑백 활판 페이지에도 우산같이 생긴 게 달린 스트로보라이트를 쓰는 멍청이가 있다. '나는 조수를 두 명이나 둘 정도로 여유 있답니다.' 하는 게 목적인 거다. 그 조수의 수고비도 누군가가 챙겨줘야 한다.

사무 기기의 도입과 공장의 로봇화로 본디 머리 쓰는 일은 전혀 불가능한 정신의 노예들이 서비스업으로 물밀듯이 밀려들어 왔다. 그네들은 완벽한 능력도 없으며 스스로 생각하는 일도, 위험부담을 떠맡는 일도 불가능하기 때문에 무리를 지으려 한다. 또 책임을 회피하기 위해 미팅을 좋아하며 불평은 혼자 다하고, 얼마 안 가서 부하직원을 두고 싶어한다. 나는 그런 게 싫다. 사소한 시중이나 이리저리 심부름 다닐 노예라면 용돈 정도만 주며 먹여 살려도 될 터이다. 허나 원만한 인간관계를 국시로 하는 사회주의의 희생이 되는 건 거절한다. 그런 연유로 사원 하나 없는 상태로 몇 년을 버텨왔지만, 바로 3개월 전 이 미즈키란 이상한 남자를 고용하게 됐다.

미즈키는 20대 후반으로, 시골 고등학교 출신에 평범한 용모를 지녔다. 그런데 어느 대행사에 있는 친구 소개로 도쿄에서 늘 이용하곤 하던 호텔에 삐죽이 찾아왔다. 그러고는 마침 그때 속 깨나 썩이던 문제였던 월드컵 축구 스폰서와 관련된 문제를 전화 한 통으로 해결해 버렸다. 속사정을 모르는 나로선 마술에 가까운 일이었다. 하지만 미즈키는 내게 인정받기 위해 미리 손을 쓴 상태였다. 광고 대행사 스포츠국의 힘깨나 쓰는 높은 양반과 모 자동차 회사 선전부장에게 에로비디오 여배우를 소개시켜 주겠다는 지극히 고전적인 테크닉을 사용한 거다. 그 당당하고 천연덕스런 수완도 무시 못 했지만, 에로비디오 쪽에 연줄이 닿는단 자기 선전이 마음에 들어 직원으로 쓰기로 했다.

사원이라고는 해도, 미즈키는 비디오 판매회사나 위성방송 전문방송국, 정보 임대업 같은 요상한 회사 몇 군데에도 몸을 담고있는 것 같다. 사무실이 없으므로 일주일에 한두 번 호텔 방에서 만나 잡담을 하거나 술을 마시러 갈 때 데리고 가는 정도다. 허나 영어도 할 수 있고 기획력도 있다. 한달 전에 내가 관계하고 있던 빙상 랠리와 피겨 스케이트 선수에 러시아 발레 연출가와 콜로라도의 록뮤지션을 조합해 텔레비전 놈들을 고민하게 만든적도 있다. 그 기획은 결국 통과되지 못했지만 미즈키의 이름과 얼굴은 조금 알려지게 되었다. 내 이름을 빌려 뭔가 했으면 하는 눈치도 없는 것 같다. 나도 그다지 자세히 묻거나 하진 않지만, 링키지(linkage)와 노하우란 단어를 자주 사용하며 키신저를 존경한다. 나는 매달 20만 엔을 미즈키에게 지불한다. 아직 미즈키

혼자서 벌어들인 돈은 없지만, 내가 맡고 있는 랠리 선수권의 중계료를 단박에 2배로 올리는 교섭 실력을 과시하기도 했다. 아무튼 꽤 실력이 있다.

"왜 나리타가 도심과 먼 게 마음에 드십니까?"

미즈키는 자기 차를 몰고 왔다. 포드 에스파소. 엔진을 손본 듯 힘껏 밟으면 180은 가볍게 넘는다고 호언한다. 조금 전 에스파소에 탔을 때, '뭐 선물 좀 없습니까?' 하고 묻기에 LA의 면세점에서 사온 랄프 로렌 여름 스웨터를 주었다. 그랬더니 '이런 거 말구, 코카인 같은 건 없습니까?' 하며 진담 같은 농담을 하기도 했다. 도대체 무슨 생각을 하는지 알 수가 없다.

"집에 들어가기까지 걸리는 시간을 말하는 거야. 아무리 안달해도 하코자키 바로 앞에서 막히기 때문에 두 시간 정도 잡아야 하잖아. 그 두 시간이란 게 미묘한 숫자지."

무슨 생각을 하는지 알 수 없다는 건 결국, 목표를 어디다 두고 있는지 확실치 않단 말이다. 이러지도 저러지도 못할 때 여자들이 흔히 울면서 내뱉는 대사다.

'당신이 대체 무슨 생각을 하는지 모르겠어.'

그런 땐 정말 다른 생각은 할 수가 없다. 오로지 어떻게 해야이 자리를 벗어날 수 있을까 하는 생각밖에 들지 않는다. 때문에 '그런 소리 하지 마, 당신을 사랑하기 때문이라구.' 하는 원칙을 내세우는 어리석음을 보이지만 역효과만 날 뿐이다. 원칙은 시작에 불과하며 여자가 원하는 건 결승점이다. 물론 결승점을 생각하고 여자와 뭉그적거리는 남자 따윈 없다. 최근엔 그런 녀석이 가끔 있는 것도 같은데, 그건 환경오염의 결과로 태어난 기형이다.

"뭐가 미묘합니까?"

미즈키 같은 녀석을 이해할 수 없다고, 나 정도 연배가 말할 때도 그건 다른 뜻이 아니다. 그 녀석들이 결승점을 어디다 두고 있는지 짐작할 수 없단 의미가 된다. 허나 조금만 생각해 보면, 우리 또한 결승점 따윈 보지 못하고 있지 않은가 말이다. 녀석들보다 약 10년에서 15년 위인 우리는 어디다 결승점을 두어야 하는 걸까?

"기분 전환이지."

일본으로 돌아와 나리타에서 도심으로 향할 때마다 생각한다. 이렇게 도심에서 먼 공항은 세상 어느 나라에도 없는데 말야. 틀림없이 나리타는 세계에서 가장 형편없는 공항이지만, 그 형편없음 가운데 일본의 공간과 시간을 의미하는 전부가 있다. 내게 그 사실을 지적해 준 사람은 독서가 유일한 취미라고 한 쿠바의 배구선수였다. 농촌사회에서 시작한 급격한 공업화, 그리고 그로써 완성된 무계획의 도시. 그런 구도가, 일본 역사로서 나리타에서 도심까지 이어지는 광경으로 상징되고 있는 거다. 나리타 주변의 골프장은 어떤 폐쇄적 봉건제를 드러내고, 스모그가 자욱한 디즈니랜드는 환경을 무시한 급속한 서구화를 뜻한다. 또한 눈 깜짝할 새 나타나 빽빽하게 늘어선 빌딩숲과 주택가, 그리고 그 후방에 있는 부도심은 무계획적인 경제지상주의와 아직까지 사라지지 않은 서구에 대한 동경을 각각 상징하고 있다.

"그래서 말이지, 그런 풍경을 보며 이 생각 저 생각하고 있노라면 마지막엔 교통 체증으로 꽉 막히고, 여행 때문에 풀어진 마음이 긴장감으로 팽팽해지며 도쿄용으로 바뀌지 않겠나? 단 두 시간 동안 말야, 그런 말이네."

내 참, 하고 미즈키는 말했다. 내 참, 그런 거였군요…….

미즈키가 집까지 바래다주었다. 식구들도 그 젊은 녀석에 대해서는 호감을 갖고 있어서 마누라가 저녁이라도 먹고 가라며 붙잡았지만 짐을 다 옮겨놓자 곧바로 돌아갔다. 미즈키는 결코 거리를 좁히려 하지 않는다.

우리 집은 아무런 변화도 없다. 내가 있든 없든 가정은 변함없이 돌아간다. 아마 국가나 지구도 그러하리라. 그 점을 착각하는 남자들이, 작게는 집안에서부터 크게는 지구 전체 규모에 이르기까지 온갖 불미스런 문제의 원인이 되는 거다.

우선 그 동안 온 팩스를 정리하고, 자동응답기에 녹음된 내용도 마찬가지로 메모해 두었다. 그런 다음 산더미처럼 쌓인 우편물을 정리할 차례가 됐을 때는 이미 밤이 깊어 있었다. 혹시 겐타로한테 편지가 오지 않았을까 하며 찾아보았지만 그런 건 오지 않았다. 생각해 보면, 골퍼가 되겠다는 편지가 여행 출발 직전에 왔으니까, 여태까지 오던 간격으로 봐서 다음 편지는 육 개월 정도 뒤에나 올 것 같다.

여행에서 막 돌아와 앉은 심야의 내 방은, 시차 같은 문제를 제외하고도 그다지 마음 편한 곳이 아니었다. 불륜 여행이란 사실을 제외하더라도 그건 마찬가지다. 여자가 있든 없든, 여행은 자신을 벌거숭이로 만든다. 여행으로 나 아닌 내가 된 내가, 심야의 내 방에서 다시 일상과 현실로 돌아와 망연자실한 게 아니다. 오히려 그 반대다. 여행에서 알몸이 돼 버린 내가 일상과 현실의 거짓을 꿰뚫어보게 돼 망연자실하고 있는 거다. 내 생활이 거짓으로 점철됐단 말은 아니다. 그때 그 장소에서만큼은 나는 진실의 사도 '페니스 바오로1세'다. 허나 발언과 행동을 모두 모아 보면 여자들과 성직자들한테 능지처참 당할지도 모를, 신의 존재도 두려워하지 않는 엄청난 거짓말쟁이가 된다.

'내 참, 그런 거였군요.'

미즈키가 그렇게 말했다. 사람들은 이러니저러니 말은 많아도 우리의 성공을 우러러본다. 여기서 우리란 말리부에 집을 갖고 있는 그 녀석이나, 싱가포르 콘도미니엄에 살면서 전화 한 통으로 수십 억을 좌지우지하는 녀석이나, 마우이에 3천 평이나 되는 땅을 산 녀석이나, 규슈에 문화시설까지 겸비한 자동차 경주 대회장을 만든 녀석들을 말한다. 다시 말해 성공한 사람이라고 불리는 중년들이다. 미즈키 또래들은 그 성공한 모습을 보고, '내 참, 그런 거였군요.' 하며 고개를 갸웃한다. 그런 녀석들에겐 성공해서 뭐가 어떤 건데 하는 태도가 있다. 그렇기에 처음부터 도전을 만만히 보는 그 말투는 집어치워, 하는 소리가 쉽게 나온다. 하지만 난 그런 식의 설교도 거북하다. 녀석들은 우리를 보며 아무래도 재미없을 것 같다고 생각하고 있으며 그건 어느 정도 맞는 듯도 하다.

싱가포르의 성공한 친구는 120평 가량의 콘도미니엄에 살며 매일 싱가포르 아이슬란드 컨트리클럽에서 골프를 친다. 나도 녀석이 부럽단 생각은 하지 않는다. 성공한 사람은 우울한 표정을 짓는단 말이 있다. 현실이 된 꿈은 이미 꿈이 아니기 때문이다. 아무래도 우리의 우울함은 그런 것과 다른 듯하다. 전쟁 같은 게 시작되면 모든 게 확실해질 것이 틀림없으리라. 전쟁은 돈이 드는 만큼 경제지상주의를 파괴한다. 그곳에선 원칙과 결승점이 적나라하게 그 모습을 드러낸다.

겐타로, 또 그 녀석을 생각하고 말았다. 아무래도 나는 그 녀석에게 지나친 기대를 할 뿐인지도 모른다. 허나 겐타로는 이해하기 쉽다. 원칙이나 결승점은 이해하기 어려워선 안 된다. 우리와 겐타로는 무엇이 다른 걸까? 말리부에 대저택을 갖고 있는 친구는 겐타로를 부러워하는 나를 이해했다. 겐타로는 처음부터 세계에 스며들었다. 바야흐로 녀석은 일본의 외환 보유고와는 무관한, 세계라는 놀이터 속에 자기 결승점을 두려 하고 있다. 그 녀석은 이를테면 닉 놀티나, 올라사발, 웨인 그래디 같은 인간들과 같은 하늘 아래인 미국에 있는 거다. 그는 나리타에서 도심까지 들어오는 데 걸리는 두 시간에 대해 고민할 일도 없거니와 외국에 있는 자신을 힐난할 필요도 없다. 세계와 일본이라는 도식에서 자유롭다. 그 자유가 훗날 성공의 조건이 되리라.

내 참, 그런 거였군요, 하며 미즈키가 말한 건 그런 거다. 우리는 모두 변함없이 세계의 끝에 있으며, 가난하다.

미국, 마이애미, 도럴 골프 코스

일본에서 보내는 일상, 나는 대체로 점심 무렵에 일어난다. 그리고 집에 있을 때는 진행중인 프로젝트를 검토하거나 계약서를 확인해 변호사를 만나거나 하며, 마무리된 일의 보고서를 작성하기도 하고 계획중인 이벤트에 관한 개인적인 편지를 타이핑하기도 한다.

호텔에 나갈 때는, 대개 니시신주쿠의 하얏트나 아카사카 프린스로 향한다. 때론 그 호텔의 스위트룸을 잡아 홍정을 하기도 하고, 대행사 놈들이나 텔레비전 방송국 애들, 그리고 외국인 파트너와 만나기도 한다.

호텔 방을 잡는 이유는 외국인을 접대하기엔 그편이 훨씬 편리하기 때문이다. 외국인은 중요한 미팅인 경우 주로 아침 식사 시간을 선호한다. 뉴욕이나 보스턴, 로스앤젤레스, 런던에서도 별 네 개짜리 호텔이나 리딩 그룹 호텔 레스토랑에서 양복과 넥타이 차림으로 번듯한 아침 식사를 하며 흥정하는 이들이 많다. 더구나 아침 식사만큼은 아무리 일본 음식을 좋아하는 외국인이라도 빵이 없으면 안 된다. 일본 음식이 대유행이니 뭐니 하며 어설픈 상식을 그대로 믿었다간 난처한 일을 당하는 경우가 많다. 대도시엔 분명 생선초밥을 파는 식당이 있다. 허나 내 생각에, 아직까지는 일종의 특이한 민족 문화에 지나지 않는다. 이를테면 중국 음식이나 이탈리아 음식은 아무렇지 않게 먹지만 생선초밥은 아직 그렇게까지 되지 않았다.

일식은 특별한 음식이다. 특히 아침밥은 주의를 기울여야 한다. 된장국, 날 달걀, 콩을 발효시킨 낫토, 김, 어패류나 해초류의 보존 식품인 즈쿠다니, 건어물, 매실장아찌 같은 음식은 일본식 가운데서도 외국인이 다가가기가 가장 어려운 음식들이다. 그런 걸 먹여선 안 된다. 일식이 특별한 것이란 인식을 잊게 된다면 흥정은 이루어지지 않는다. 공들여 장만하지만 매우 소박한 가이세키는 실은 매우 싫어하는 종류다. 좀 괜찮은 일식집이 비싼 이유는 그것을 특별한 음식이라고 여긴다는 증거다. 세계 어느 곳이든, 초일류 일식집은 최상급 포도주를 주문했을 때의 프랑스 레스토랑과 맞먹든지 아니면 그 이상의 비용이 든다.

어째서 이렇게 돼 버렸을까. 이유 중 하나는 일본인 손님이 주를 이루기 때문이다. 또 아직까지는 일본 음식이 요리로서 사회적 지위를 얻지 못했기 때문이다. '정말?' 하고 되묻는 사람도 있으리라.

'사회적 지위를 얻었기 때문에 비싼 거 아닌가?'

어림없다. 만약 일본 음식이 진정한 사회적 지위를 얻어 세계 음식이란 이름으로 불린다면, 다른 나라 음식과 경쟁하기 때문에 결코 비쌀 수가 없게 된다. 사회적 지위란, 품위 있는 상대를 초대해도 어색하지 않단 의미다. 비즈니스에 있어서는 프랑스 요리, 극히 드물지만 이탈리아 요리를 가리킨다. 그러므로 나는 정말 중요한 외국인과 흥정할 땐 호텔의 아침 식사를 이용한다. 오쿠라나 데이코쿠 호텔로 갈 때도 있다. 그리고 접대는 호텔 메인 레스토랑에서 한다. 가벼운 브리핑이라면 호텔 바에서도 충분하다.

최근엔 니시신주쿠의 숀벤요코쵸나 유라쿠쵸 철교 밑 꼬치구이 집에 외국인이 몰리곤 한다. 그런데 그걸 보고 일식이 정말로 인기가 있다고 착각하는 한심한 일본인 사업가도 많다. 허나, 그런 현상이야말로 일식이 특이한 민족 문화란 증거인 거다. 외국인은 모로코 카사바의 타진이나 튀니지 포장마차에서 파는 쿠스쿠스, 멕시코 뒷골목의 타코스와 같은 것으로서 꼬치구이 집이나 튀김가게를 보고 있을 뿐이다. 사업상 흥정이나 회의가 아닌

부담 없는 친구라면 철판구이를 먹게 한다. 요즘 대부분의 호텔에 철판구이 코너가 마련돼 있는 건 실질적인 인기를 얻고 있기 때문이다. 도쿄 힐튼 같은 덴 바를 없애고 철판구이 전문점을 만들었고, 하얏트도 코너를 확장하기 위해 현재 개축중이다. 눈앞에서 고기를 구워 먹는다는 발상은, 소스를 만들기 위해 수십 년을 투자했다는 프랑스 요리사가 보기엔 분명 체면이고 뭐고 없는 요리로 비치리라. 허나 집적회로나 자동차를 예로 들 것도 없이, 일본 제품은 모두 그와 같은 기계화와 효율, 상품의 균일성이 뒷받침되어 성공을 거둬왔다고 할 수 있다. 다시 말해, 일본 문화를 올바르게 서양에 전하기 위해 규격화한 건 초밥이 아니라 철판구이인 거다. 그 점만을 두고 말한다면 아오키 록키의 판단은 정확했다고 말할 수밖에 없다. 아무튼 그런 이유로 나는 호텔을 자주 이용한다.

전에는 긴자나 롯폰기에서 마시고 신주쿠 근처에서 아침을 맞곤 했지만 요새는 그런 일이 거의 없다. 나이를 먹은 탓이 아닐까 하는 생각도 들긴 하지만 육체적인 원인 때문만은 아닌 것 같다. 젊었을 땐 신나게 떠들어대거나 싸움을 걸기 위해, 아니면 그저 술집에서 아침을 맞기 위해 술을 마셔댔던 적도 있다. 틀림없이 젠체하려는 마음에서 그랬던 듯하다.

왜 젠체했던 걸까? 일종의 사치를 꿈꾸었던 게 아닌가 한다. 내일 아침 일찍 모내기를 하러 가야 하는 백성은 새벽까지 바에서 술을 마실 수가 없다. 공장에 출근해야 하는 선반공도 마찬가지다. 다시 말해 새벽까지 퍼마시고서, 출근하는 샐러리맨의 흐름을 거꾸로 거슬러 오르며 어떤 이미지를 좇은 거다. 백성, 공원, 샐러리맨과는 다른, 놀기 좋아하는 19세기 귀족인 체했던 거다. 두말할 필요도 없지만 그런 행동은 여유가 없기 때문에, 또 유행하는 게 많지 않았기 때문에 받아들여질 수 있었다. 허나 최근엔 그런 게 유행하지 않는다. '어휴, 어제 새벽까지 술을 마셔가지고 말야.' 하는 말을 한다고 해서 부러워할 사람은 하나도 없다.

긴자나 롯폰기에도 특별한 여자는 사라졌다. 조금만 예쁘장하고 눈에 띄면 바로 텔레비전 광고, 광고 사진, 리포터 같은 데로 빠지게 된다. 그러다 에로비디오에라도 출연하면 그때부터는 돈을 확실하게 벌게 된다. 내가 젊었을 적엔 3년 동안 바르셀로나에서 플라멩코 댄서로 일하던 여자가 공연만으로는 입에 풀칠하기도 힘들다며 긴자의 어느 클럽에 나왔다. 허튼 짓 하면 물어뜯겠다는 험악한 눈초리로 말이다. 피아니스트나 여배우, 통역사, 화가, 조각가, 모델도 있었다. 화려한 여자들이 긴자로 모여들던 시대는 이미 끝나버렸다. 요즘 긴자 클럽에는 재능 없는 신인 여배우와 말도 통하지 않는 골빈 여자, 호스티스밖에 될 수 없는 호스티스만 있을 뿐이다. 그런데도 비싼 돈 내가며 술 마시러 가는 이유는, 치안이 잘 돼 있단 점 말고는 아무것도 없다. 더구나 어떤 술집에선 로열 살루트를 만2천 엔 정도나 받으며 팔고 있다. 산토리 리저브 온더락 한 잔이 5천 엔 가까이 되는 술집에 누가 가겠는가? 내가 아는 사람은 이즈에 작은 별장을 짓고 포도주 저장실과 100인치짜리 모니터 텔레비전으로 중요한 손님을 접대하고 있다. 이탈리아 가구에 둘러싸여, 샤토 라투르 76년을 마시며, 대형 화면으로 〈로마의 휴일〉이나 〈샤레이드〉를 본다. 얼마나 현명한 방법인가. 독립 프로덕션을 운영하는 인간들 사이에선 그런 경향이 늘고 있다. 허나 무지한 대기업 홍보부나 광고부 애들은, 아카사카에서 밥 먹이고 긴자로 데리고 간 다음 밤이 깊어서야 '사실, 저희 회사 기획이…….' 하며 말을 꺼냈다가 낭패를 본 적이 있다는 얘기를 자주 듣곤 한다. 아직도 그런 흔적이 좀 남아 있긴 하지만 호스티스를 말로 넘어오게 하는 방법으로 여자를 손에 넣는 것도 완전히 과거의 유물이 되어가고 있다. 술을 먹이고, 자신의 사회적 지위나 경제력을 과시하며 얼렁뚱땅 술에 취해 버린 뒤 여자를 자기 것으로 만들어 버린다는 발상이 사라지려 하고 있다. 그 분야에서도 철저한 사교적 대화와 계약이 주류를 이루기 시작했다. 정부 계약을 맺는다는 말이 아니다. 금전뿐만 아니라, 물리적인 시간과 지금까지 살아온 노하우로 여자의 자존심을 지켜줘야 하는 거다. 그건 물론 세계적인 경향이며 단순히 구미만의 방식은 아니다. 나 같은 일에 종사하면 금방 알 수 있는 일이기도 하다. 서로가 느끼는 교감만으로는 모두 이해할 수 없는 어려운 존재임을 인정하는 것부터 시작하는 교제가 늘고 있단 얘기다. 호텔은 그런 인간들에겐 더할 나위 없는 일터가 된다. 미스 사쿠란보하고도 일주일에 한 번 꼴로 만날 수 있을 뿐만 아니라, 당연한 말이지만 호텔 방에선 가정에서 나는 냄새가 나지 않아 쓸데없는 죄책감도 느끼지 않게 된다. 그 죄책감이 쓸데없는지 그렇지 않은지는 의견이 분분하리라 생각한다. 그렇지만 나는 위선이 필요한 세계가 훨씬 본질적이고 활력 넘치는 세계라고 늘 생각한다. 도쿄 시내 호텔이 비싸다는 평판이 끊이지 않지만 대도시에 세계적인 호텔이 부족하다는 사실과 1달러에 130엔 하는 환율 효과를 고려하면 오히려 싼 편이다. 특히 뉴욕, 파리, 런던 같은 도시에선 좀 괜찮다 싶은 호텔에 묵으려면 일본 돈 2만 엔 이하로는 거의 불가능하다. 3만 엔 이하라도 어려울지 모른다. 결국, 호텔이 내 일상의 중심인 셈이다. 그런 일상을 담담하게 한 달 가량 보냈을 무렵, 미즈키 히로시가 복잡한 표정으로 일거리를 가지고 찾아왔다.

"말씀드릴 게 있습니다."

미즈키가 복잡한 표정을 짓고 있을 땐, 대개 기쁜 나머지 흥분하고 있는 경우일 때가 많다. 이 녀석 세대 전체는 기뻐하거나 슬퍼한 적이 없기 때문에 정말로 흥분했거나 기쁘거나 할 땐 어떤 표정을 지어야 할지 모르는 게 틀림없다.

나는 비교적 지루한 기획서를 검토하던 중이어서 그것이 얼마나 엄청난 일인지도 모른 채 일단 미즈키의 얼굴 표정에 시비를 걸었다.

"어, 또 표정이 이상하군."

미즈키는 내 방, 하얏트호텔의 전용 객실에 있는 스위트룸 소파에 몸을 깊게 파묻었다. 내가 쓰는 스위트룸에선 스미토모빌딩과 커다란 샹들리에가 있는 로비가 보이기도 한다. 그러고는 바로 앞에 놓인 테이블 위 과일 바구니에서 바나나를 집어 3초 만에 먹어치웠다. 이 녀석 세대는 흥분하면 손에 잡히는 대로 먹어버리는 경향도 있다.

"표정이 이상하다니 무슨 말입니까?"

미즈키가 자기 과거에 대해 고백했던 밤이 있다. '고등학교를 졸업하고 시청 토목과에서 일하려고 했지만……' 하는 말로 시작했다. 그리고 그 모든 경위가 지나고, 현재 비디오 제작·유통, 정보 유통, 이벤트 기획, 그밖의 일에도 발을 들여놓게 되기까지 모든 생애가 약 2분 40초만에 끝나버렸다. 고민이나 극적인 전환, 갈등이나 머뭇거림, 대공황이나 떠들썩한 연애 사건 따위 전혀 일어나지 않았다. 그렇기에 자전적 고백이 단순명료해진 거다. 덧붙여 왜 하필 시청 토목과냐고 묻자, '전부터 아라비아의 로렌스를 동경했습니다.' 하는 영문 모를 소리만 되돌아왔다.

"다른 뜻이 있는 건 아냐. 자넨 흥분하거나 기뻐할 만한 일이 있으면 표정이 이상해지거든."

"그렇습니까, 전 잘 몰랐습니다만."

"본인은 자기 얼굴이 어떤지 모르는 게 아닌가."

"아, 그건 혹시 은유입니까? 타인이 본 자기 모습이 진정한 자기 모습이라고, 라캉인가 누군가의 은유였는데."

"라캉이라니?"

"아, 그만하는 게 좋겠습니다. 그보다 말씀 좀 드려도 되겠습니까?"

미즈키는 바나나에 이어 망고도 먹기 시작했다. 능숙하게 칼을 사용하고는 과일즙이 묻은 손을 핑거볼에 씻는다. 시즈오카에 사는 평범한 샐러리맨의 장남이라고 했지만 핑거볼을 사용하는 폼이 나보다 더 자연스럽다. 백년 전 일본에는, 틀림없이 핑거볼이란 물건은 존재하지 않았으리라. 세대차란 바로 이런 것이다.

"뉴욕에 있는 제 친구 얘깁니다만……. 그 모히칸 머리, 기억나십니까?"

미즈키는 그렇게 말을 꺼냈다.

"기억나다마다. 마이애미까지 일부러 와서 도럴 골프 코스를 안내해 준 사람 아닌가. 요시나가라고 했던가?"

"요시하라입니다."

"아, 맞아. 인상은 좀 험악했지만 사람은 좋더군."

"요시하라가 헨리 루코너의 다음 뮤지컬 프로듀스를 의뢰 받았다고 합니다."

뭐라구? 나는 의자에서 벌떡 일어날 뻔했다. 루코너라면 로이드 웨버, 토미 튠, 세고비아 같은 히트 제조기들의 비중 있는 차세대 연출가다. 뮤지컬에 대해 그다지 아는 게 없는 나도 알고 있을 정도다. 평소 눈여겨본 블루칩 종목이었다.

"루코너? 요시하라가 그 정도로 힘이 있나?"

"사실 본업은 영화입니다. 그렇더라도 뉴욕은 아주 넓은 데다, 어쨌든 성격도 좋기 때문에 젊은 놈 치곤 친구도 굉장히 많습니다. 아시다시피, 뉴욕 정도 되면 기성 세대라도 나이트 클럽에 모여 떠들썩하게 놀곤 하니까, 재미있고 영어가 되고 신용만 있으면 누구나 친구가 될 수 있습니다. 요시하라는 친구가 많습니다. 더스틴 호프먼이나 키이스 리처드 같은 사람도 생일 파티에 초대한 모양이더군요. 짐 자무시나 스파이크 리하고도 자주 만나 얘기를 나누는 거 같고, 아트 린저나 피터 셀러도 친구인 것 같고, 패티 스미스도 그렇고."

"그건 알겠는데, 어째서 루코너가 신작 프로듀스를 부탁한 거지? 제작비 10억에, 대박 터지면 100억짜리 세계라구. 일본 자본인가?"

"당연히 그렇겠죠. 집적대는 일본 기업이나 대행사 놈들은 밑을 수 없다고 루코너가 말한 모양입니다."

"그러니까 그게, 액수야 그렇다 치고 격으로만 따져도 마라도나를 일본 리그로 끌어들이는 것과 맞먹는 스케일이라구."

"그러니까 요시하라는 신용은 있지만 실행력이 없는 겁니다. 우리가 한번 해봤으면 싶은데 어떻게 생각하십니까?"

미즈키는 그렇게 말하면서 이번에는 키위를 먹었다.

미국, 조지아, 오거스타 내셔널 골프 코스

헨리 루코너라. 나는 그 이름을 입에 담은 즉시 내 안에서 거품방울이 생기는 걸 알 수 있었다. 그 거품방울은 어렸을 때, 남자라면 누구나 매일처럼 경험했던 것이다. 흥분의 징후라고 말하면 될까. 예전엔 그저 들판을 뛰어다니기만 해도 그것이 몸 안을 헤집고 다녔다. 중학교를 졸업할 즈음부터는 거품방울의 원천은 여자가 주류를 이루었고, 들판에 대한 감각은 점차 희박해져 갔다. 대부분의 남자는 결혼 같은 걸 하게 되면 거품방울을 느끼는 대상이 여자에게 한정된다. 그런 놈은 요즘 여자를 갖지 못한다.

"프로듀스라고 말하긴 했지만 아직 감이 잡히진 않는군."

가슴이 두근거린 나는 과일 바구니로 손을 뻗었지만 이미 사과밖엔 남아 있지 않았다. 어쩔 수 없이 사과를 먹었다. 사과를 씹을 때 나는 맛은 고급스런 느낌이 별로 없다. 미즈키는 능숙하게 키위 껍질을 벗겨 적당한 크기로 자르고는 '하나 드시겠습니까?' 하며 내게 내밀었다. 나는 '고마워.' 라고 말하고 말았다.

"문제는 광고 대행사를 끼고 하느냐 그렇지 않느냐 하는 것뿐이라고 생각합니다."

미즈키는, 남의 것을 먹는다는 생각은 눈곱만치도 하지 않으면서 물컹해서 맛이 없단 표정으로 키위를 먹어치웠다. 내가 사과를 씹는 소리가 묘하게도 한심한 느낌으로 방 안을 울리고 있다.

거품방울은 내 안에서 점점 커져갔다. 끓어 넘치기 직전의 냄비 속과 같았다. 그 느낌을 오랫동안 잊고 살았다는 느낌이 든다. 이를테면 골프만이 삶의 보람인 인간이 라운드하기 전, 온몸으로 느끼는 것, 그것과는 다르다. 골프만이 삶의 보람인 녀석이, '다음 주에 당신은 세인트 앤드루스와 오거스타 내셔널 코스에서 골프 칠 수 있어요.' 하는 말을 들었을 때와 비슷할지도 모른다. 아니, 골프로만 한정해서 말하자면 일반 플레이어와 거품방울은 인연이 없을 것이다. 선택된 아주 극소수의 프로가 메이저 토너먼트에서나 몇 번 느낄 수 있는 '내겐 신이 함께 한다.' 하는 생각에 가까울지 모른다.

독립 프로덕션에서 엄청난 규모의 일을 처리하는 인간들은 뜻밖에도 자기 나이보다 어려 보이는 동안이 많다. 그건 그들이 아이들이나 할 법한 일을 하고 있기 때문 아닐까. 어린 시절은 지났어도 거품방울과 함께, 거품방울을 최우선 순위로 삼으며 살아가기 때문이다. 그 거품방울이 사람의 얼굴을 빛나게 한다.

그건 능력의 한계를 요구하기 때문이다. 모든 존재를 내걸고, 자신의 능력을 최고 한도까지 힘껏 끌어올리고서야 비로소 손에 넣을 수 있을지 모르는, 그 무언가가 있기 때문이다. 그것은 싫고 좋고 하는 문제를 넘어 흥분과 쾌락을 선사한다.

그런 거품방울이 이 세상에 있다는 사실을 모르는 대다수 노예들은 거의 죽은 시체와 다름없는 표정으로 규격 속에서 늙어간다. 거품방울을 알고 있긴 해도 그것은 도저히 손에 넣을 수 없는 것이라며 포기한 자들한테는 도박과 술, 마약과 여자, 거기다 어떤 종류의 종교가 남겨진다.

나는 10년 이상 그 거품방울과 단절돼 있었다. 마지막으로 느낀 때가 언제였더라 그것조차 생각나지 않는다. 분명히 기억나는 건, 학창 시절 악어 이빨 여자의 아버지한테 돈을 받아 로스앤젤레스에 갔던 때다. 그 이후로 나는 온몸이 전율할 듯한 흥분과 인연이 없었던 걸까?

"광고 대행사라."

사과를 다 먹는데는 시간이 좀 걸린다. 반 정도만 먹고 바구니에 도로 집어넣었다. 먹다 남은 사과가 뭔가를 닮았단 생각이 들긴 했지만 그것이 뭔지 고민할 만한 여유는 없었다.

"그다지 내키지 않는 것 같군요. 전 구미가 당기는 얘기라고 생각하는데."

미즈키는 돌려 말하는 법이 전혀 없다. 하고 싶다, 하고 싶지 않다, 싸다, 비싸다, 비교적 맞는다, 맞지 않는다, 가격, 필요, 그런 것들뿐이다.

내가 즐겨보던 NHK의 어린이용 해외 연속극 가운데 미국 서부개척 시대에 부모를 잃고 서로 도우며 씩씩하게 살아가는 형제 이야기가 있다. 연속극 첫 회에, 급류에 휘말려 부모가 죽게 되는데 죽기 바로 직전 아버지가 '이것만은 기억해라.' 하며 전제를 둔 다음, '쉽게 손에 넣을 수 있는 건 가치가 없는 거란다.' 하고 가르친다.

그 교훈은 내게 가슴 깊이 남았지만, 미즈키는 좀 다르다. 그렇다고 딱히 미국화가 되었을 리도 없다고 생각한다. 미즈키는, 이를테면 50미터마다 자동판매기가 있는 상황에서 자란 거다. 벤틀리와 페라리란 자동차를 처음 탔을 때, 태어날 때부터 이런 차를 타는 놈은 가치관이 달라지겠지 하는 생각을 했다. 아니, 그렇다기보다 차를 탔을 때 느낌과 자동판매기의 유무가 그 사람의 가치관을 만들어 간다는 거다.

미즈키도 헨리 루코너를 모르지는 않는다. 현대 뮤지컬계에서 다섯 손가락 안에 꼽히는 연출가란 사실도 익히 알고 있다. 허나, 그 프로듀스를 하는 일에 대해서는 아무런 자부심도 겁도 없다. 자신이 과연 그 일을 할 만한 사람인가, 하는 망설임도 없다.

목마를 때 몇 발자국만 걸으면 반드시 자동판매기가 있던 세대인 거다.

"자네, 광고 대행사를 빼고 어떻게 프로듀스를 한단 거지?"

나는 아주 약간이긴 하지만 초조해하며 물었다.

"헨리 루코너라면 어디서든 달라붙을 거라고 생각합니다. 과거 두 작품 모두 크게 히트한데다, 앤드루 로이드 웨버 같은 사람보다 훨씬 날카롭단 인상도 있고 말입니다. 벌써 소문을 듣고 요시하라 쪽에 언질을 주고 있는 스폰서도 있나 봅니다. 가도카와라든가 아지노모토 그리고 미놀타랑 가네보도 있다는 것 같던데."

"난 지금까지 광고 대행사를 빼고 일해 본 적이 없는데."

"아, 그렇습니까."

미즈키는 결국 이 사람도 이 정도밖엔 안 되는군, 하는 표정을 지었다. 미즈키는 아무것도 모른다.

내가 애틀랜타 하얏트리젠시의 프런트 담당에게 들은 말이지만, 하얏트 체인 사장이 단 한 번이라도 좋으니까 오거스타 내셔널에서 플레이를 했으면 좋겠단 부탁을 하고 수십 년 뒤 마침내 염원을 이루게 돼 첫번째 홀 티잉 그라운드에 서게 된 순간, 너무나도 감격스러워 눈물을 흘렸다고 한다. '쓰지 않는 골프채 있으면 주시겠습니까?' 하기에 미즈키에게 세트로 된 중고 PING EYE2를 주었는데 그 즉시 연습장을 다닌 듯하다. 몇 번쯤 하천 부지와 삼림 코스에서 돌게 한 다음, 오거스타 내셔널에 데리고 가더라도 미즈키는 눈물 따위 흘리지 않으리라.

자넨 몰라, 하고 나는 말했다.

"브로드웨이 뮤지컬은 내 꿈이었어."

그래, 솔직히 말하면 나 자신한테 내 스스로 감동해 눈물이 나올 것 같았다. 처음으로 브로드웨이의 뮤지컬을 본 건 수십 년 전 〈코러스 라인〉이었다.

첫 공연 이후 2주일도 채 지나지 않아, 첫 멤버들의 열기는 기지촌에서 자란 스물여섯 살 청년을 황홀하게 만들었다. 그때 나는, 어떤 것에 대한 의미를 겨우 깨달았다고 생각했다.

그 어떤 것이란, 어렸을 때 들었던 마음을 녹일 듯한 달콤함과 애절함의 비밀이다. 틀림없이 글렌 밀러일 것이다. 우리 아버지는 엔카를 좋아하고, 할아버지는 군가를 좋아했다. 철이 들기 전까지, 나는 엔카와 군가 말고는 다른 노래를 들은 적이 없다. 한 친구의 집이 미군 장교와 양색시에게 세를 주고 있었다. 그 녀석 집에 놀러 갈 때마다 글렌 밀러의 노래를 들었다. 지금 생각하니 〈문라이트 세레나데〉였다. 첫 수음과 첫 섹스도 꽤 선명하게 기억하고 있지만 그때 들었던 〈문라이트 세레나데〉도 충격이었다.

그 뒤로 비틀즈나 여러 다른 노래를 듣기 시작했다. 〈문라이트 세레나데〉가 비록 명곡이긴 하지만 달콤한 스탠더드 팝이었단 점도 있어, 감동의 의미를 오랫동안 잘못 알고 있었다. 기지촌 아이들은 어른을 따라하면서 강한 것, 다시 말해 미국에 끌리게 되고, 강하고 풍요로운 미국을 동경하는 식으로 글렌 밀러의 음악을 받아들인 거라고, 오랫동안 그렇게 생각해왔다. 하지만 그렇지 않았다. 그저 힘이 넘칠 뿐이었다. 〈코러스 라인〉은 힘이 넘쳐흘렀다. 언어니 피부니 인종이니 종교니 가치관이니 하는 모든 걸 뛰어넘어, 보는 사람으로 하여금 기운이 넘쳐나게 하는 의지로 충만해 있었다.

엔카와 군가가 좋지 않단 말은 아니다. 카타르시스란 목적에 있어서는 마찬가지다. 허나 엔카나 군가와 브로드웨이 뮤지컬의 결정적 차이는, 이해하지 않으려는 사람도 이해하게끔 하는 노력이 있는가 그렇지 않은가 하는 점이다.

〈코러스 라인〉 이후, 일을 핑계로 뉴욕에 들러 뮤지컬을 계속 봐 왔다. 헨리 루코너의 〈굿바이 옐로 캡〉은 마약 중독자인 고급 창녀와 택시 운전사의 사랑을 그리고 있는데, 토미 튠의 〈그랜드 호텔〉과 함께 최근에 본 것 중 최고라고 생각하고 있다.

언젠가 스포츠 이벤트를 그만두고 뮤지컬에 손을 대봤으면 싶었다. 그것도 기존의 히트작을 일본에 들여오는 손쉬운 일이 아니라, 직접 프로듀스해 봤으면 하는 것이었다.

"꿈이라구요? 우와, 그럼 구미가 당기시는 겁니까?"

미즈키가 잘 이해하지 못해 오히려 다행일지도 모른다고 생각을 바꿨다. 만일 앞에 앉은 파트너가 나와 동시대이거나 조금 윗세대의 뮤지컬 매니아였다면 어떻게 했을까. 손을 마주잡고 눈물을 흘리면서, 반드시 성공시키자고 혈서라도 쓸 테고 감격한 나머지 여차하면 남자끼리 입이라도 맞추었을지 모른다.

"전 가능하면 대행사를 배제하는 게 좋겠다고 생각합니다."

'당연하지, 이 멍청아.' 하고 소리지를 뻔한 걸 참았다.

"그건 어째서 그렇지?"

"뭐, 대형 대행사야 끝내 주는 게 사실이긴 하지만……. 실은 아직 말하지 않았지만, 전에 2류 대행사에서 심부름한 적이 있습니다."

미즈키가 웬일인지 멋쩍게 웃는다.

"2류라구? 아사츠나 다이이치기획, 뭐 그런 데 말야?"

"아닙니다. 아사츠는 1류 아닙니까. 더 낮은 뎁니다. 시티크리에이션이나 센츄리 광고 같은 데 아십니까?"

"몰라."

"그런 데가 1류 중간쯤 되고 제가 일하던 곳은 그보다도 한 단계 아랩니다. 그러니 덴츠 같은 회사는, 그루지야나 리투아니아 사람이 디즈니 월드를 꿈꾸는 듯한 느낌이었습니다."

미즈키의 비유는 늘 목적에서 빗나가 이해가 잘 안 된다.

"그래서?"

"모르시겠습니까?"

"안 좋은 일이 있었나?"

"아무 말씀 말아 주십시오."

"언짢은 일이 있었으면 처음부터 그렇다고 말하면 되잖아."

"그런 나쁜 기운은 함께 있는 사람한테도 옮겨가기 때문에 좋지 않다고 합니다. 좋지 않은 기억을 털어놔 봐야 딱히 도움될 건 없지 않습니까."

"무슨 일이 있었기에 그래?"

"그냥, 일에 대해선 눈곱만치도 모르는 녀석한테 무시당한 거뿐입니다. 더 이상 묻지 마십시오."

"대행사를 좋아하는 사람은 별로 없어."

"어? 그렇습니까? 카기야 씨도 싫어합니까?"

"그야 난, 개인적으로 좋아하는 사람은 있지. 하지만 전체로 보자면 영 정이 안 가."

"대행사와 농경과 언어란 건 인류의 3대 필요악이 아니겠습니까."

미즈키가 대행사를 꺼려할 줄은 몰랐다. 사실 대행사 녀석들과 능숙하게 논쟁을 하기에 동경하는 줄로만 알았다. 분명, 동경하는 것보다 증오하는 편이 상대에 대해 객관적일 수 있다.

"대행사를 끼지 않고 가능하겠나?"

"사실상 무립니다."

"뭐야, 그럼 안 되는 거잖아."

"언젠가 말씀하셨지 않았습니까. 대형 백화점 그룹 텔레비전 광고에서 거 왜, 훌리오 이글레시아스였습니까?"

"아니, 빌리 조엘이야."

"그때 제작은 하쿠호도였지요?"

"맞아, 빌리 조엘을 쓴단 기획으로 하쿠호도가 프리젠테이션에서 이겼지."

"그리고 마지막 단계에서, 덴츠가 움직인 겁니다."

"정확하게 말하면 스포츠국에 있는 다케히라라는 내 친구였지. 하쿠호도는 기획은 좋은데 아쉽게도 빌리 조엘과 연락이 안되는 거야. 그래서 백화점 그룹 내 선전부가 다케히라에게 전화했고 다케히라는 뉴욕 메츠를 통해 빌리 조엘과 연결됐지."

"그런 식으로 하고 싶습니다."

"무슨 말이지?"

"네트워크만 되어 있으면 문제없으리라 봅니다만."

미즈키는 알고 있으면서, 하는 표정으로 말했다.

미국, 로스앤젤레스, 랜초 파크 골프 코스

네트워크, 요즘 유행하는 말이다.

개인을 단순한 집합으로 묶은 조직이 아니라, 개인이 개인으로서 개성을 살릴 수 있는 유기적인 집단이라고 했던가. 그쪽 방면 비즈니스 관련 책에 나와 있다.

"연줄에, 목적이 생기면 네트워크로서 그 기능이 발생하는 겁니다."

연줄·목적·네트워크, 소리 없이 입술만 달싹거리자 왠지 알 것 같은 기분이 들었다. 그러면서도 진정으로 아는 게 얼마나 될까 하는 생각이 절절히 가슴에 와닿음을 알 수 있었다. 이런 걸 정서적이라고 하는 걸까?

미즈키는 좀 다르다.

현재, 우리는 호텔을 나와 시부야로 왔고 뒷골목에서 다누키 우동을 먹은 다음 파르코 백화점 안에 있는 레코드 가게에 들어가서 옛 중남미 음악 CD를 뒤지고 있다.

오는 도중 택시 안에서 빙수가게 간판을 본 미즈키는, '빙수가게는 돈을 얼마나 벌까요?' 하고 말했다. 참, 엉뚱한 생각을 하는 녀석이군. 빙수가게 주인이 빌딩을 세웠단 소린 들은 적 없는데, 하고 생각하고 있는데, '원가는 거의 없는 거나 마찬가지 아닙니까. 하지만 빙수에 들어가는 팥도 수요가 한정돼 있을 테니까.' 하며 진지한 표정으로 혼잣말을 했다. 별난 녀석이다.

20대 후반의 남자와 내일 모레면 마흔이 되는 남자가 파르코 백화점의 레코드 가게를 어슬렁거리고 있다. 헨리 루코너의 뮤지컬을 프로듀스할 수 있을까? 레코드 가게 같은 곳에 온 건 오랜만이다. 집에서야 레코드 같은 건 조금 있는 것도 상자에 넣어 구석에 처박아 두었을 뿐이다.

쥐꼬리만한 월급을 받을 것 같은 풍채와 패션을 한 중년 남자가 쓰레기통을 뒤지는 개처럼 '우우' 하는 신음소리를 내면서 재즈 재킷을 들여다보고 있다. 카세트 테이프도 수량이 꽤 줄어들었다. 당연한 이야기겠지만 가게 안 80퍼센트를 CD가 차지하고 있다. 눈 깜짝할 사이 새로운 게 퍼져나가 당연한 게 돼 버린다. 벨루가 캐비아가 어떠니, 보졸레 누보가 어떠니, 상하이 게의 계절이 돌아왔다는 둥, 30밀리리터짜리 몰트 위스키는 기본적으로 세 종류가 있느니 하는 화제들. 10년 전에는 존재하지도 않았던 것들이 어느새 상식이 돼 버렸다.

딱히 나는 CD나 상하이 게한테 나쁜 감정을 품고 있는 건 아니다. CD는 편리하고 상하이 게는 맛있다. 옛것을 소중히 여겨야 한단 말을 하려는 것도 아니다. 단지, 당연한 일이 돼 버린 것에……. 그만두자, 피곤해졌다. 예전부터 레코드 가게나 서점은 피곤하다. 책과 음악이 이렇게나 많았던가 하는 생각만으로도 지쳐 버리는 거다.

미즈키 히로시는 자비어 쿠가트의 룸바와 갤 코스타의 삼바, 플라멩코 CD를 30장 가까이 샀다.

헨리 루코너의 신작은 플라멩코 댄서가 삼바를, 삼바 댄서가 플라멩코를 각각 추게 되어 있는 듯하다. 스토리는 아직 정해지지 않은 모양이다.

"삼바가 플라멩코, 플라멩코가 삼바, 그 기획만으로 우리는 돈을 얼마나 벌게 되는 거지."

내가 묻자, 두 손에 CD가 든 비닐을 든 미즈키가 대답했다.

"50억 정도 되지 않겠습니까."

아이스하키의 텔레비전 방영권에 관한 쓰레기 같은 일로 위성 방송의 쓰레기 같은 인간과 이야기를 나누다 지칠 대로 지쳐 늦은 밤 집에 돌아왔다. 그랬더니 겐타로한테서 네 번째 편지가 와 있었다. 이번엔 엽서였기에 내용도 무척 짧았다.

미국은 정이 가지 않는 곳입니다.
브라질 슬럼가보다 쓸쓸하고 지저분합니다.
LA의 랜초 파크에서 열린 작은 토너먼트에 나가보았지만 성적은 그리 좋지 않았습니다.
영어 공부를 좀더 해야겠습니다.
플로리다에 갈까 합니다.
카기야 씨는 플로리다에 간 적이 있습니까?
그럼, 또 연락 드리겠습니다.

디즈니랜드의 미키 마우스가 그려진 만화 엽서였다. 겐타로는 디즈니랜드에 간 걸까? '카기야 씨, 절 기억하고 계십니까?' 하는 말로 시작되는, 브라질에서 프로 축구를 하고 있다며 자신을 소개한 첫 편지는 질 낮은 공책을 뜯어 볼펜으로 빽빽이 적어 보낸 거였다.

'브라질 슬럼가보다 쓸쓸하고 지저분합니다.'
무슨 뜻일까?
겐타로와 50억에 대해 생각하느라 좀처럼 잠이 오지 않았다. 코냑을 여섯 잔이나 마시고, 비디오로 〈코러스 라인〉을 보았다.

형편없는 영화였다.

"우선 50만 정도 필요한데, 어떻게 하시겠습니까?"

다음 날 오전에 호텔로 들어서자 미즈키가 기다리고 있었다.

'50만이라니, 설마 50만 엔은 아니겠지.' 하며 농담을 해도 웃지 않았다.

"50만 달러, 오늘 환율로 약 6천9백6십4만 엔입니다. 이건 제작에 들어가기 전 비용으로, 이미 현실적인 계산이 끝난 것이기 때문에 이번 주 안으로 뉴욕에 송금해야 합니다."

아무래도 감을 잡을 수가 없다. 헨리 루코너 정도 되는 감독이 50만 달러가 없어 난처한 걸까? 출자하고자 하는 개인이나 기업이 뚝 끊어진 게 아닐까?

"루코너는 이제까지 그를 후원하던 스폰서와 관계를 끊으려는 거 같습니다. 그 후원자들이란 영국에서 보험을 취급하고 있는 자산가와 캘리포니아의 신흥 석유·부동산 부자였다고 합니다만, 맘에는 안 드는 모양입니다. 제 친구 모히칸의 말로는 그들이 헨리 루코너에게 〈마이 페어 레이디〉나 〈웨스트사이드 스토리〉 같은 히트작으로, 짜임새 있는 줄거리의 오락 작품을 계속 요구해 왔다고 합니다. 그런데 그렇게 큰 성공을 거둔 〈굿바이 옐로 캡〉도 마약과 누드 장면을 문제삼으며 이러쿵저러쿵 꽤 말이 많았던 모양입니다. 루코너는 그게 거슬렸던 거지요. 그래서 모히칸한테 댄서의 메이크업이나 머리 모양까지 스스로 결정해 자유롭게 해보고 싶다고 했답니다."

역시, 그래서 모히칸이 조언을 한 거로군. 일본인은 부자이긴 하지만 영어가 안 되기 때문에 입도 벙긋 안 한다고.

"모히칸도 뉴욕에서 15년 정도 살았으니까요."

영화나 뮤지컬이나 스포츠 이벤트, 모두 마찬가지지만 기획을 시작하는 단계부터 돈이 필요하기 마련이다. 그것은 총예산의 1 에서 5퍼센트 정도로 당연히 현금이기 때문에 개인으로서는 손 을 대기 힘든 구조다.

"우선 은행에서 대출을 받는 방법밖엔 없지 않겠습니까?"

미즈키가 그렇게 말하는 것을 듣고 나는 고개를 저었다. 이렇 게 큰 프로젝트인 경우, 거래처가 빈털터리란 사실만으로도 거 물급 스폰서는 의심을 하게 된다. 일단 의심을 받은 기획을 진행 시키는 건 무참한 자금난과 차츰 목을 조여오기 시작하는 나날 이 불어나는 이자, 공포와 같은 뜻의 부도만이 기다릴 뿐이다. 그런데다 거대 시중은행이 무제한으로 돈을 빌려주는가 하면 당 연하게도 그렇지 않다. 부동산과 주식, 생산설비 같은 담보나, 확실하게 이윤을 챙길 수 있다는 어떤 보증이 기획안에 드러나 야 한다. 그 보증이란, 이를테면 스필버그가 촬영을 한다거나 다 카쿠라 켄이 출연한다거나, TBS가 텔레비전으로 방영한다거나, 후지·산케이 그룹 계열 회사 직원들이 표를 산다거나, 칼 루이스와 계약한 계약서가 있다거나, 슈에이샤에서 발간한 원작 만화가 초판 50만 부였다거나 하는 식이다. 내겐 그 중 어떤 것도 해당 사항이 아니다.

"헨리 루코너란 이름만으로 돈을 빌려주지 않겠습니까?"

내 친구의 친구가 고다르의 영화 판권을 샀다. 최신작이며 주연은 알랭 드롱이었다. 고다르와 알랭 드롱인데도 배급 회사는 거의 상대조차 해주지 않았다. 이미 한물간 인물이란 이미지가 형성됐기 때문이다. 분명 고다르는 옛날만큼 폭발적인 영화를 찍지 않았고, 알랭 드롱도 이상야릇한 갱 영화에만 출연하고 있다. 그렇더라도 그 둘은 역시 대단한 존재임이 틀림없다. 그런데도 일본에선 배급사조차 제대로 정해지지 않았던 거다. 프랑스 영화 자체의 영향력이 떨어진 탓도 있고, 부동산 불황과 재정 긴축설로 투자 회사들의 움직임이 둔화된 탓도 있다. 허나 그 무엇보다 명명한 건, 과거의 영광이나 미래에 대한 희망 같은 것엔 더 이상 투자를 하지 않는다는 사실이다. 미쓰비시 은행 대출계에 있는 누군가한테 '헨리 루코너를 아십니까?' 하고 묻는다면 코방귀만 뀔 게 분명하다.

"그럼 어떻게 해야 합니까?"

예전의 나였다면 어떻게 했을까. 우선 덴츠에 있는, 입이 무겁고 몇 번 위험한 일도 같이 했던 부장급 친구를 만나 전체 기획의 방향성을 검토하리라. 그런 다음 남아 돌 정도로 예산을 줄 수 있는 스폰서를 골라내고, 텔레비전국에 있는, 역시 부장급 친구와 바에서 밀담을 나눈다. 그러면 이틀만에 1억 정도 되는 돈이 어디선가 굴러들어 올 것이다.

"대행사를 끼지 않고 한다는 건 대행사 사람도 뺀다는 말입니까?"

햇살이 따스해졌다. 호텔 카페 라운지는 점심 식사를 하려는 사람으로 북적거리기 시작했다. 비즈니스 런치가 2천4백 엔으로, 훈제 연어나 테린 같은 미리 만들어 놓은 전채와 컵에 든 수프, 오이와 양상추가 주로 눈에 띄는 샐러드와 비프스튜, 크림소스 치킨이나 광어 뫼니에르 가운데 하나를 선택하는 주요리, 그리고 아이스크림과 커피가 후식으로 포함돼 있다. 나는 죽어도 먹고 싶지 않다. 샐러리맨이나 여사무원들, 결혼식 같은 일로 시골에서 올라온 사람들, 그리고 디즈니랜드라도 가려는지 아이들을 데리고 나온 부모가 익숙지 않은 솜씨로 포크와 나이프를 사용하고 있다. 일본에만 있는, 남녀노소 누구나 이용하는 풀 코스인 셈이다. 그다지 맛이 없는 것도 아닌 데다, 커피값만 해도 7백 엔이나 하는 요즘엔 어찌 보면 싼 편이다. 식기도 노리다케인 데다, 양상추가 시들었거나 훈제 연어가 말라비틀어진 것도 아니다. 허나 나는 먹지 않는다. 일본에서 2천4백 엔짜리 서양 정식을 먹는다는 건 뭔가를 상징하고 있다. 나 아닌 내가 되는 거다.

대행사를 제외하기로 각오했다면 대행사 사람도 제쳐두는 편이 낫다.

"그건 제 생각이랑 좀 다르군요. 그럼 스폰서와 만나는 일도 카기야 씨가 직접 하실 겁니까?"

내겐 대행사 없이 바로 1억 가까이 되는 자금을 빌려 줄 만한 놈이 없다. 게다가 내 개인 신용만으로 이틀, 사흘 안에 돈을 내 줄 기업이 있을 턱이 없다.

"그럼, 어떻게 하실 겁니까? 50만 달러가 없으면 프로듀스 권리가 날아갈 텐데."

집을 담보로 넣고 은행에서 빌리지 뭐.

그러자 미즈키는, '그런 비참한 일엔 마음이 동하지 않는군요.' 하며 미간에 주름을 잡으며 중얼댔다.

짐작한 대로, 세무사는 극구 반대했지만 마누라는 '당신 좋을 대로 하세요.' 하고 침착하게 말했다.

'실패하면 집을 처분하고 아파트에서 살아도 괜찮겠지.' 하며 다짐을 받으려 하자, '그렇게 심각한 표정을 지으면 될 일도 안 된다구요.' 하며 오히려 나를 나무랐다. 아내는 첼리스트다. 아무튼, 스스로 훈련을 쌓아온 인간은 강한 법이다.

우리 집은 십 수년 전에 샀는데 그 동안 땅값이 네다섯 배가 올랐다. 단 융자금이 아직 반 정도 남아있긴 하다. 은행에서는 9천만 엔을 대출해 주었다. 단기 대출로 상환기한은 2년이다.

계약서에 모두 사인을 하고, 다음 날 돈이 들어오자마자 뉴욕의 헨리 루코너 앞으로 송금했다.

미즈키는 루코너한테서 각서나 임시계약서가 올 때까지 송금을 보류하자고 했지만, 나는 마음이 흔들릴까 두려웠다. 생각해 보니, 스스로 위험 부담을 안고 일을 추진한 건 이번이 처음이었다. 위험 부담도 지금은 50만 달러지만 앞으로는 눈덩이처럼 불어날 것이다.

그렇게 획기적인 프로듀스가 시작된 날 밤, 나는 겐타로의 편지와 엽서를 몇 번이고 다시 읽었다. 그리고 '겐타로, 나도 시작했다구.' 하며 편지에 대고 중얼거렸다.

미국, 마우이, 카팔루아 골프 코스

50만 달러를 송금한 뒤, DHL이었는지, OHS였는지 잊어버렸지만 서류 봉투가 도착했다. 두툼한 기획서와 간단한 임시 계약서, 그리고 하와이의 마우이 섬에 있는 콘도미니엄 주소가 적혀 있는 쪽지가 한 봉투 안에 들어 있었다.

일단 임시 계약서와 기획서는 미즈키가 가져가서 13시간만에 번역해 왔다.

'꽤 빠른데, 어디다 부탁했지?' 하고 묻자, '요즘은 어디든 다 그렇습니다.' 하며 즐거운 듯 웃었다.

미즈키는 자기보다 나이가 어린, 좀 이상한 부하를 몇 명 데리고 있다. 그들은 거의 내 앞에 모습을 나타내지 않지만, 나와 미즈키가 있는 방으로 심부름을 오는 경우가 있어 몇 번인가 얼굴을 본 적은 있다. 허리까지 머리를 늘어뜨린 녀석에, 꽤 괜찮은 양복을 입은 녀석, 칼자국이 난 녀석, 머리를 빡빡 깎은 녀석, 가지가지였지만 미즈키가 그들을 대하는 태도는 무척 엄하다.

"넌 느려 터졌어. 시간이란 말야, 모든 객관성 가운데 유일하게 절대적인 거란 말이다."

"그렇게 변명만 늘어놓을 작정이라면 어떤 놈이 와도 상관없지. 그 말은 말야, 너를 대신할 놈은 얼마든지 있단 소리다. 알아듣겠나?"

"알겠나, 이건 상식이란 말이다. 금전이 생겨나는 덴 필연적으로 위험도 따르기 마련이지. 설령 3백 엔밖에 안 되는 돈이라도 네가 위험부담을 안고 상환하지 않는 한, 목을 졸라도 할 말이 없는 거 아니겠나?"

스무 살 전후부터 스물네댓 살짜리 부하들은, 내가 언뜻 본 바로는 결코 느려 터지지도 않았고 변명도 하지 않았으며 위험 부담이란 말도 알고 있는 듯한 면상들을 하고 있었다. 미즈키의 말을 들어보니, 그들은 각각 컴퓨터 프로그램이나 광학 기술, 어학, 마케팅, 킥복싱, 변태 비디오 수집, 내진 건축, 아르데코 패션 분야의 전문가들인 듯하다.

"그놈들은 연줄이나 돈도 없고, 시스템이나 자기 위치가 정해지는 직장도 싫어하는 놈들입니다. 때문에 알래스카에 사는 시베리안 허스키란 개와 마찬가지로 필요 이상으로 엄하게 다뤄야 합니다. 그렇지 않으면 능력을 썩히고 말 겁니다."

미즈키는 이렇게 설명했다. 허나 여느 때와 마찬가지로, 조리 있게 들리긴 하지만 시베리안 허스키에 대한 비유를 갑자기 들이대 더 이해하기 어려워지고 말았다.

하지만 미즈키나 그 이상야릇한 젊은 부하들을 보고 있으면, 극히 평범한 표현이지만 변화의 조짐을 느끼지 않을 수 없다.

샐러리맨 탈출이란 단어가 죽은 말이 된 건 언제부터일까? 샐러리맨 탈출이란 말에는 샐러리맨의 장점과 그것을 거부하는 용기가 함축돼 있었을 게 분명하다. 하지만 그 무렵 샐러리맨 탈출에 성공한 자들은, 생태주의와 같은 풍조가 있었다. 회사를 그만두고 나가노나 야마나시 고원에서 펜션을 경영하는 따위의, 지금 생각하면 웃음거리나 될 법한 경향이 있었던 게 사실이다. 요즘이라면 어떨까. 작은 술집 카운터에서 '나, 지금 다니는 회사 그만두고 기요사토에서 펜션을 할 거야. 여러 가지 힘든 문제가 있겠지. 하지만 자작나무 장작이 타오르는 난로 주위에서 다양한 사람들과 자유롭게 이야기를 나눌 거야. 손수 만든 훈제 연어와 버번 위스키를 즐기며 말야. 어떤 어려움이 있어도 해볼 작정이야.' 하는 말을 지껄이면 옆에 앉은 젊은 여자는 '하하하, 바보 아냐.' 하며 비웃겠지.

변화의 조짐은 대단치 않은 최신 하드웨어, 그리고 그 무엇보다 유통이나 상품 개발을 포함한 소프트웨어가 중시되면서부터 보이기 시작했다. 물론 제3세계에서 들어온 값싼 노동력의 영향도 무시할 순 없다. 요즘 최고 부자는, 일본을 대표하는 기업의 봉급쟁이 사장이 아니다. 개인의 경영 능력을 중요시하는 미국이라면, 아이아코카의 예를 들 필요도 없이 연봉 몇 억쯤 되는 경영자가 존재한다. 하지만 폐쇄적인 사회주의 나라인 일본에서 그런 인물은 전무후무한 상태다.

지금 내가 알고 있는 한 일본 최고의 부자는, 컴퓨터 게임을 포함한 소프트웨어 프로그램을 개발하는 녀석들이다. 그들의 회사는 작다. 작다는 건 인건비가 차지하는 비중이 극도로 적단 뜻이며, 아이디어와 기획만으로도 굉장할 때는 몇 백억이란 매출을 올린다. 더구나 그들은 예전 사람처럼 무지하지 않기 때문에 세무에도 능통해서 여러 가지 대책을 세우곤 한다. 요새는 그런 쪽의 하이테크 소프트웨어 회사를 전문으로 하는 세무 대책 컨설턴트가 있을 정도다.

아이아코카의 얘기가 불쑥 나온 김에 한 마디 더 하자면, 당연한 얘기겠지만 미국의 실제 부자는 트럼프 같은 부동산 재벌회사가 아니다. 현재는 파산 직전인 모양인데, 내 친구들 말에 따르면 트럼프는 거의 지나간 세기의 유물이다. 알짜는 MIT 전자 제어 시스템 연구실이나 코넬 대학 분자생물학 응용교실에 있다. 물론, 일본이 완벽한 아이디어 중심, 소프트웨어 중심의 사회가 되리라고는 생각지 않는다. 하지만 하이테크 소프트웨어 회사가 증가하는 건 분명한 사실이다. 그렇게 되니 옴짝달싹하지 못하는 대기업이나 공무원 같은 걸 지향하는 놈들은, 규모가 큰 하드웨어 상품 개발을 하고 싶은 놈이나 아이디어와 의지가 없는 놈일 수밖에 없다.

미즈키의 젊은 부하 가운데에는 도쿄대 이학부를 나온 녀석도 있다고 한다. 광학 기술 전문가로 스틸용을 이용해 16미리 필름 카메라 렌즈를 눈 깜짝할 사이 만들어 낸다고 한다. 그 녀석은 캐논이나 니콘, 미놀타에도 들어가지 않았다. 이유는 단 하나, 대기업에 들어가면 좋아하는 일을 못 한다는 것뿐이다. '확실히 그런 놈들이 많아졌습니다.' 하고 미즈키는 말했다. '뭐, 저 같은 놈이야 그런 타입이 아니라 그저 좋은 대학이나 대기업에 못 들어간 것뿐이지만 말입니다.' 하며 미즈키가 쑥스러워했다. 허나 그 이유 때문만은 아닌 듯싶다. 입시 공부와 취직 시험에 모든 에너지를 낭비하며, 거대 시스템에 들어가 버리면 절대로 할 수 없는 일이 있을 거라고 일찌감치 깨달았기 때문인지 모른다.

변화는 눈에 보이지 않는 곳부터 시작된다. 나처럼 어중간한 기성 세대가 그 사실을 알 수 있는 기회는 정말로 드물다.

"근데, 이거 정말 훌륭한 기획서군요."

50페이지 정도 되는 〈언 인트로덕션 포 코퍼레이트 스폰서십 (an introduction for corporate sponsorship)〉이란 제목의 파일을 읽으며 미즈키가 감탄한다. 신주쿠에 있는 고층 호텔, 늘 이용하는 그 스위트룸이다. 오늘은 서비스 과일이 없기 때문에 미즈키는 날렵하게 냉장고 문을 열어 코카콜라 라이트를 꺼내 마신다. 코카콜라 라이트 따윌 누가 마실까 하고 좀 이상하게 생각했다. 그런데 '꼴깍꼴깍꼴깍 꼬로로록' 하며 미즈키가 마시는 모습을 보자 굉장히 맛있어 보였고, 나도 꺼내 꼴깍꼴깍 마셨다. 억울하게도 맛만 있었다.

"전 대충 훑어보았습니다만, 이 투자자용 기획서가 갖고 있는 치명적이고 본질적인 약점은 단 하나입니다."

기획서는 머리말, 인트로덕션, 서론 다음에 헨리 루코너를 중심으로 한 제작팀 소개가 나온다. 〈스패니시 · 삼바 & 브라질리안 · 플라멩코〉란 가제의 뮤지컬 시놉시스랄까 개요가 있고, 그 개요에 대한 설명이 나온 다음 이후 일정 그리고 예산안과 예산 내역이 있다. 거기까지가 1부다.

2부는 시장과 금융 상황에 대한 것으로, 우선 브로드웨이 시장의 본질, 현황과 그것을 기초로 한 〈스패니시 · 삼바……〉의 성공 요인이 열거돼 있다. 3부는 기업 스폰서의 가능성이란 주제인데, 투자란 부분뿐만 아니라 문화적으로도 얼마나 이미지가 좋아지는지 하는 점을 과거 예를 들어 설명하고 있다. 산토리 인터내셔널이 〈제롬 로빈스 브로드웨이〉와 그밖에 몇 편을, JSB가 〈윌 로저스 팔리스〉를, TBS가 〈집시〉와 〈지붕 위의 바이올린〉에

각각 스폰서로 참여한 사실을 소개하며 그 효과를 설명하고 있다. 또한 제작 전과 제작 단계에서 주최 기업을 설득할 만한 마케팅 프로모션의 가능성을 20여 항목으로 들고 있다.

　－루코너 씨의 기자회견, 상업 광고와 접목시킨 마케팅 계획, 그밖에도 수많은 PR 기회를 얻을 수 있다.
　－주최 기업의 회사명은 본 극장 이벤트의 모든 유료광고에 게재된다.
　－주최 기업은 초대 손님을 위한 특별 좌석을 예약할 수 있다.
　－주최 기업은 지방과 뉴욕에서 개최하는 오프닝 나이트 파티에 관해 최우선 예매권을 가질 수 있다.
　－극장 로비, 극장 이벤트 관련 상품을 전문으로 하는 점포, 백화점 제휴상품 관련 라이선스 계약 교섭의 기회가 제공된다.
　－주최 기업이 최고 대우 기업으로서 할인 가격으로 구입할 수 있는 입장권이 마련된다.
　－주최 기업은 〈스패니시·삼바……〉 제작 과정을 소개하는 다큐멘터리 제작을 요구할 수 있다.
　－주최 기업의 회사명을 유료광고, 텔레비전·라디오 인터뷰, 그리고 기자회견중에 언급한다.
　－주최 기업은 미국의 지방과 뉴욕 극장 로비에, 제품과 재료

를 전시할 기회를 가질 수 있다.

　－주 최기업의 회사명은 입장권에 표시된다.

이 같은 내용들이다.

마지막에 첨부돼 있는 예산표는 내가 해 온 일, 이를테면 윔블던의 텔레비전 방영에 관한 예산표와는 비교도 되지 않을 만큼 세심한 부분까지 언급돼 있다. 예를 들어보자면, 8주 동안 리허설에 드는 비용이 46만 달러인데, 그 내역은 주연 배우에게 6만2천3백 달러, 악단에게 11만2천4백5십 달러, 무용 감독에게 천3백8십 달러, 무대 감독에게 2만9천4백 달러, 총괄 매니저에게 만9천3백 달러, 극단 매니저에게 만2천2백8십 달러, 언론 에이전트에게 7천9십8 달러……

미즈키의 말대로 정말로 일본에서는 볼 수 없는 기획서란 생각이 들었다. 하지만 이것도 미즈키의 말마따나 치명적이고 본질적인 약점이 하나 있다.

"이 기획서는 헨리 루코너의 명성을 토대로 작성됐습니다."

그렇다.

"헨리 루코너는 지난주에도 뉴욕타임스 일요판에 전면 특집 기사가 나왔습니다. 헨리 루코너란 이름만으로도 뮤지컬이 성공한다는 말이 있을 정도다. 헨리 루코너의 과거 작품은 모두 천문학적인 이익을 올렸다. 뭐 이런 칭찬 일색이지만 그 기사를 읽은 사람들은 놀라면서도 금방 이상하다고 여길 게 틀림없습니다."

다시 말해, 그 정도로 큰 성공을 거둘 게 확실한데 투자가로서 더할 나위 없이 안전한 작품이라면 어째서 아직까지 스폰서가 정해지지 않은 걸까? 이 의문에 대해서, 이 기획서는 아무런 답도 하지 못하고 있다.

임시 계약서는 기획서에 나와 있는 조항들이 포함된 간단한 것이었다. 50만 달러로 내 이름은 공식 프로그램에 실리고, 기자 회견 때도 발표된다. 또한 브로드웨이 특유의 이익 배분 시스템인 로열 풀의, 출자자 명단 1순위로 기재되는 것이다.

나와 미즈키는 지금 에어 차이나의 C클래스에 앉아 있다. 그렇게도 많이 세계를 돌아다녔지만 하네다 공항에 국제선이 있다는 사실은 전혀 몰랐다. 에어 차이나의 호놀룰루행에는 일등석이 없다. 비행기표를 산 건 물론 미즈키다. 우리는 마우이에 있는 헨리 루코너의 콘도미니엄에 초대된 거다.

"보통 초대라고 하면 비행기표도 함께 보내는 걸로 압니다만, 우리가 굉장한 부자라고 생각하는 게 아닐까요?"

미즈키는 내가 준 골프채 세트를 들고 하네다로 왔다. 헨리 루코너의 콘도미니엄이 있는 마우이 카팔루아 베이 호텔의 골프 클럽에는, 테일러 메이드 우드와 PING EYE2의 대여용 세트가 있으니 골프채는 가져오지 않아도 된다고 했지만 그는 꼼꼼하게 챙겨왔다.

"이야, 전 이렇게 골프채를 가지고 국제선을 타 보는 게 꿈이었습니다. 가능하면 나리타 쪽이 더 좋았을 텐데. 하네다는 좀 빈약한 느낌이 듭니다. 저기, 골프백을 메고 다니는 여행객은 심각함하곤 전혀 인연 없는 사람처럼 보이지 않습니까. 골프백을 갖고 다니는 여행객 중에, 자살 시도한 사람은 한 사람도 없지 않을까요."

헌데 헨리 루코너는 뮤지컬을 만드는 사람이다. 본거지는 동쪽일 텐데 어째서 하와이에 콘도미니엄을 갖고 있는 걸까? 플로리다나 바하마에 마련하는 게 일반적인 게 아닐까?

"아, 그거 좋은 질문입니다. 헨리한테 맨 처음 그걸 물어보면 어떨까요?"

미즈키는 벌써부터 헨리라고 이름만 불렀고 기내식도 잘 먹어댔다.

이렇게 해서, 골치 아픈 문제의 연속인 우리의 하와이 여행이 시작되었다.

모로코, 탕헤르, 탕헤르 골프 코스

"마우이 카팔루아 베이 호텔 콘도미니엄이라고 편지에 써 있었지요?"

미즈키는 기내식을 전부 먹어치웠다. 에어 차이나, 일반석 기내식에는 말린 상어 지느러미와 제비집이 나올 줄 알았더니 평범한 스테이크였다. 기내식 스테이크는 에어 프랑스의 F클래스든 에어 인디아의 Y클래스든, 보존법 탓일까 고기 자체가 수축돼 섬유질이 늘어난 것 같은 느낌이 든다. 말하자면 별로 맛이 없다. 그렇기에 내 경험에 비추어 보면 기내식 스테이크를 전부먹는 인간은 해외로 나가는 비행기를 오랜만에 타서 정신없이 들떠 있는 녀석이거나, 평소 스테이크를 못 먹어본 사람이거나,

어지간히 몸이 건강한 녀석일 뿐이다. 미즈키는 필시 모두에 해당될 거다.

"카팔루아 베이 호텔은 콘도미니엄이 아니라 별장입니다."

미즈키는 내 디저트까지 가져가서는 사그리 비웠다. 디저트는 망고와 키위와 달디단 파운드 케이크였다.

콘도미니엄이 아니라 별장이라니, 무슨 소리야? 나는 부동산에는 전혀 관심이 없어 그 둘의 차이를 알지 못한다.

"말하자면 말입니다, 콘도미니엄이란 건 일본 통념으로 말하자면 집합주택이란 이미지가 있지 않습니까. 아니, 콘도미니엄이란 단어의 본뜻은 정치학에서 말하는, 두 나라 혹은 그 이상의 나라에 의한 공동 통치라는 뜻입니다만."

평소에도 그렇지만, 이 녀석은 어떻게 이런 것들에 대해 잘 아는 걸까.

"어쨌든 일본 사람들은 콘도미니엄 하면 맨션 같은 건물을 떠올리지 않습니까? 실제로 일본인의 속물적 성공의 상징인 하와이 콘도란 건 맨션 형식인 경우가 많지요."

콘도란 건 콘도미니엄을 줄인 말이겠지. 미즈키는 '콘도우'라고 발음했다.

"카팔루아 베이 호텔은 조금 다릅니다. 이건, 이익 지상주의인 일본에선 상상조차 할 수 없는 일이지만 은퇴하고 나서 따뜻한 하와이에서 골프를 즐기려는 사람을 위한 양심적인 리조트입니다. 그건 유럽 전통이기도 하고, 미국에서도 리조트 초기 형태인 플로리다 일부에 존재합니다. 후기 들어 대중적 형태인 스키 리조트가 세워지는데, 거의가 솔트레이크시티나 콜로라도, 덴버 같은 데지만, 사회 복지란 구호 아래 그런 리조트 시설이 만들어졌지요. 다시 말해 리조트 관련 회사가 그곳 땅을 매입해 시설을 만들고 그것을 분양해 이익을 올린다는 일본식 발상은 절대로 생겨날 수 없는 겁니다. 무엇보다 사생활을 존중해서 만들었다고 할 수 있습니다. 카팔루아는 바로 그런 곳이지요."

자넨 어떻게 그런 걸 다 아나? 피곤하니까 더 이상 말 걸지 말라는 의미도 담아 그렇게 말했다. 그러자 미즈키는 '잡지에 전부 나와 있습니다.' 하고 대답했다. 마치 내가 무지하다는 듯 웃기까지 했다. 그러더니 '그럼 주무시겠습니까?' 하고 말하고는 5분도 채 되지 않아 코를 골았다. 머리까지 모포를 뒤집어쓰고서 말이다.

호놀룰루 공항의 입국 게이트가 이렇게 북적거릴 줄은 상상도 못했다. 휴가철도, 정월 초하루도, 5월 황금연휴도, 봄방학도 아니다. 그런데도 미국 시민과 영주권 소지자를 제외한, 십 몇 곳이나 되는 외국인 입국심사대 앞엔 일본인 관광객이 수백 명쯤 늘어서 있다. 구불구불 이어진 사슬을 따라 서 있는 게 디즈니랜드에서 놀이기구를 타려고 차례를 기다리는 듯하다. 미국 입국

심사가 엄격한 건 꽤 오래 전부터였고, 뉴욕이나 로스앤젤레스도 줄이 무척 길긴 하지만 이런 적은 처음이다. 대대수가 단체 관광객이기 때문에 떠들어대는 소리가 몹시도 시끄럽다. 현기증을 일으켜 쓰러지는 노인하며, 울어대는 아이들, 빠글빠글한 파마머리와 갈색머리의 호스티스 같은 여자들이 말다툼을 시작하는 등 아무튼 소란스럽다.

"진정한 평등이란 이런 걸 말하는 게 아닐까요."

미즈키가 또 영문 모를 소리를 했다. 분명 F든 C든 Y든 비행기에서 내리기만 하면 이렇게 줄을 서야 하는 걸 두고 평등이라고 말하려는 거겠지.

마우이의 카팔루아 공항까지 하와이안 에어의 프로펠러 비행기를 타고 호놀룰루에서 40분 정도 날아왔다. 도착 게이트도 화물 벨트 콘베이어도 없는 진짜 한적한 공항이었다.

'멋진데요.' 하고 미즈키가 말했다. 나도 눈앞에 펼쳐지는 바다를 내려다보니 한결 기분이 좋아졌지만 마중 나온 사람이 아무도 없었다.

미즈키가 헨리 루코너의 별장 주소를 적은 쪽지를 가지고 전화를 걸러 가다가 뚱뚱한 청소부 아줌마와 부딪쳤다. 마우이는 바로 미국계 스모 선수 다카미야마의 고향이다. 청소부 아줌마도 130킬로그램은 거뜬히 나갈 것 같았기에 68킬로그램인 미즈키는 체구에서 진 나머지 그만 나동그라지고 말았다. 아줌마는 마치 인터뷰하는 스모 우승 선수 같은 목소리로 웃었고, 마침 갑자기 불어온 바람에 그만 쪽지가 날아가 버렸다.

"뭐 기억나는 거 좀 없습니까?"

미즈키는 심문하는 판사 같은 말을, 마치 남의 일이란 듯 말하며 택시 승강장에서 기다리고 있는 내 쪽으로 돌아왔다. 택시 승강장이라고는 해도 도쿄 시내 전철역 앞처럼, TAXI란 표시가 있거나 수십 명이 줄지어 서 있지도 않다. 도착 출구 가까운 도로에 흰색 선이 한 줄 있고, 비행기가 도착할 때마다 손님이 있나 하며 웨곤 택시가 두세 대 설렁설렁 지나갈 뿐이다. '와일레아와 라하이나 단지의 호텔을 순회합니다.' 하고 동체에 꽃 글자를 새긴 무궤도 전차가 정차하기도 한다. 택시 승강장이라기보다 지붕이 있는 시골 버스 정류장 쪽에 가깝다.

"헨리의 콘도 주소, 어디 다른 데다 적어 둔 거 없습니까?"

예전부터 많은 일본인이 꿈꾸었고, 요즘도 연예인이나 지방 사람들이 더욱 동경해 마지않는다는 하와이 제도의 반짝거리는 푸른 바다를 내려다보며, 천만 달러 가까이 되는 기획을 추진한 마흔 살 남자와 그의 조수인 20대 후반 남자가 어찌할 바를 모르고 있다. 그들은 그 기획의 중심이 되는 인물을 만나러 왔으면서도 어디로 가야 할지를 모른다. 이런 일은, 나중에 술집에서 시간을 보내야 할 때 딱 알맞은 얘깃거리가 될 게 틀림없다. 허나

시차와 호놀룰루 입국 심사로 지칠 대로 지친 예민한 신경으로
는 농담 따위나 하며 마음을 달랠 여유가 없었다. 은행을 간신히
설득해 50만 달러를 송금한 지 채 열흘도 지나지 않았는데, 우리
는 마우이에서 미아가 돼 버린 거다.

"여긴 햇빛이 강하니까 차양 아래로 들어가는 게 좋겠습니다."

미즈키는, 무슨 딴 생각이 있는지 자신의 시스템 다이어리를
뒤적이며 말했다. 그런데 어째서 이 녀석은 가장 먼저 솔직하게
주소와 전화번호를 적은 쪽지를 잃어버린 걸 사과하지 않는 걸
까? 그 다카미야마의 조카 같은 청소부 아줌마와 부딪쳐 어이없
이 넘어지는 바람에 잃어버린 쪽지에 대해서 말이다.

"초등학교 다닐 때, 직사광선을 머리에 쪼이면 일본 뇌염에 걸
린다는 말 못 들었습니까?"

미즈키는 손가락으로 머리를 가리키며 웃음을 지어 보이려 했
지만, 내 절망적인 눈빛을 알아챘는지 그만두었다.

자네, 왜 수첩 주소록 같은 거나 보고 있나?

마흔을 눈앞에 두더니 나도 참 성질 많이 죽었구나 하는 생각
이 들 정도로, 부드러운 어조로 미즈키한테 물었다.

"아, 뉴욕 사무실에 물어보면 알지 않을까 해서 그렇습니다.
지금 헨리가 여기 마우이에 있으면 뉴욕 사무실도 문을 닫는 게
아닐까요? 아무튼 전화는 해보겠습니다."

미즈키는 다시 전화를 걸러 가다 방금 부딪친 아줌마와 농담

을 주고받았다. '이제 밀지 말라구요, 아줌마가 눈을 딴 데다 두고 있다가 부딪친 거 아니냐구요, 정말 아파 죽는 줄 알았다구요.' 하면서…… 그러고는 수화기를 들어 두세 번 다시 걸더니 고개를 갸웃거리며 돌아왔다.

나는 정말로 머리카락이 타버릴 정도로 머리가 뜨거워져서 차양 아래 벤치로 옮겼다. 차양 아래엔 일본 시골 버스 정류장에도 반드시 있는, 도대체 뭘 하는지 알 수 없는 노인네 서너 명이 앉아 있었다. 나는 소외감을 맛보았다.

"저, 미국에서는 장거리 전화를 어떻게 합니까? 몇 번이나 전화를 했는데도 이상한 아줌마가 나오고, 그냥 끊어 버리는데요."

미즈키가 실실 웃으며 그렇게 말했다. 나는 맨 처음에 8을 누르고, 그 다음에 1을 누르고 뉴욕이면 지역번호가 212라고 가르쳐 줬다.

미즈키는 다시 시도해 보더니, 또다시 실실 웃는 얼굴로 돌아왔다.

"교환수 같은 아줌마가 뉴욕이면 25센트짜리 동전을 30개 정도 준비하라고 하는데요. 이거 사람을 가지고 노는 것도 아니구. 전화카드 같은 건 안 팝니까? 일본하고 달라서 매점도 없네."

나는 AT&T의 선불카드나, 신용카드 번호를 알려주면 걸 수 있다고 미즈키한테 말하려다 알 수 없는 허탈감을 느끼고는 그만두었다. 그냥 앉아, 하고 미즈키한테 말한 다음 벤치를 가리켰다. 원주민 노인들은 수다 떠는 것도 아니고, 택시나 버스를 기다리는 것도 아니며, 그렇다고 경치를 구경하는 것도 아니면서 벤치를 거의 다 점령하고 있었다. 때문에 나와 미즈키는 허벅지를 맞대고 무릎을 모아 맨 가장자리에 앉아야 했다.

'미국은 정이 가지 않는 곳입니다.' 라고 썼던 겐타로의 엽서를 떠올리고 말았다. 나는 하루에 천5백 달러 하는, 호텔 플라자의 그랜드 피아노가 딸린 로열 스위트룸에 묵은 적도 있고, 바하마를 버진 애틀랜틱 항공의 전세기로 돈 적도 있다. 또 덴버에서 애스펀으로 가는 VIP용 호화 리무진 안에서 한 캔에 4백 달러나하는 캐비아와 한 병에 3백 달러짜리 크뤼거 샴페인을 마신 적도 있으며, 사우스캐롤라이나에 있는 미국 프로골프협회(PGA) 회장의 개인 코스에서 유명한 여자 프로와 농담을 나누면서 골프를 친 적도 있다. 또 웨스트 할리우드 산 중턱에 있는 ESPN 중역의 호화 저택에서 야생 사슴이 수영장 물을 마시러 오는 모습을 바라보면서 풋내기 여배우들과 월풀 욕조에 들어간 적도 있다.

그런데 지금은 마우이에서, 한 편으로 파인애플 밭이 펼쳐져 있는 페인트가 벗겨진 벤치에 앉아 어찌할 바를 모르고 있다. 어느 쪽이 진짜 내 모습일까. 그 답은 이미 분명히 나와 있다. '저 팬 머니' 의 빽이 없는 나는, 겨우 페인트가 벗겨진 벤치에나 앉아서 앞으로 어떻게 할까 고민하는 수밖에 없다. 언뜻 옆을 보니, 미즈키의 눈에 눈물이 가득 고여 있다. 실실 웃던 건 분위기를 바꿔보려는 노력이었던 걸까.

카팔루아 베이 호텔에 전화해 보자, 하고 나는 말했다. 콘도미니엄 주인이라면 당연히 호텔 명단에 있을 터이다.

눈을 반짝이며 전화를 걸러간 미즈키는 2분 뒤에, 울어야 할지 웃어야 할지 모르겠단 표정으로 돌아왔다.

"명단에 나와 있지 않았습니다. 명의가 다르지 않을까 해서, 무조건 전부 알아봤지만…… . 아무래도 유명인이니까 명의는 회사나 사무실 관계자 이름으로 돼 있겠죠. 여기 이러고 있어 봐야 소용없으니까, 어디 적당한 호텔이라도 잡으면 어떻겠습니까?"

나는 고개를 저었다. 냉방이 잘 된 호텔은 매력적이지만, 그곳에 체크인을 한다고 해서 상황이 바뀌는 건 아니다.

시골인데도 마우이의 카팔루아 공항 주위는 꽤 청결했다. 그런데 갑자기 파리 한 마리가 나와 미즈키의 눈앞에 나타났다. 새끼 파리인 듯했다. 망연자실했던 우리는 그 파리한테 왠지 모를 친근감을 느끼게 되었다. 말하자면, 낯익은 건 파리뿐이었던 거다. 자기 손에 앉아 있는 파리를 향해 미즈키가 혼잣말을 했다.

"파리야, 파리야, 마음이 있다면 전해다오. 우리 생각이 헨리한테 닿을 수 있도록, 헨리가 새빨개진 얼굴로 우리 앞에 나타날 수 있도록 말이야. 파리야, 파리야, 마음이 있다면 전해주렴."

미즈키의 독특한 따스함을 알게 되어 나는 웃음을 지었다. 그러자, 파리가 마치 신의 사자라도 되는 양 아주 오래된 구식 재규어를 타고 장신의 금발 남자가 나타났다. 흰색 면바지에 맨발, 요즘은 거저 줘도 입지 않을 것 같은 청색 바탕에 하얀 꽃이 프린트된 알로하셔츠, 선글라스, 남자는 내 이름을 불렀다.

"오늘 일본에서 프로듀서가 온다는 팩스가 들어왔기에, 한번 와본 겁니다."

헨리 루코너였다.

재규어가 도로 공사 소음 같은 굉음을 내며 달리기 시작하자, 헨리 루코너가 내게 물었다.

"모로코의 탕헤르에 유일하게 하나 있는, 9홀짜리 골프장을 아십니까?"

영국, 런던, 웬트워스 골프 코스

모릅니다, 하며 나는 고개를 저었다. '아이 돈 노.' 하고 말했지만 뜻을 풀면 '몰라.'가 아니라 '모릅니다.'처럼 들리는 말투가 되었다. 루코너라는 이름에서 스페인계나 이탈리아계의 얼굴과 영어를 상상했지만, 헨리 루코너는 그 모든 게 영국풍이었다. 얼굴은 알렉 기네스와 닮았다.

"내가 자주 찾는 코스는 이곳 카팔루아의 베이 코스입니다. 뉴욕에 있을 땐 골프를 거의 치지 않지요. 유럽에 있을 땐 심심할 때마다 치곤 했는데, 잉글랜드나 스코틀랜드에서도 좀 했지요. 그런데 여기 베이 코스 말고 같은 코스에서 몇 번씩 플레이를 한 적은 없는데, 웬일인지 그 탕헤르 골프 클럽만큼은 세 번이나 돌았답니다."

훌륭한 코스입니까?

"뭐랄까, 야생 올리브가 무리지어 자라고 있는 숲을 조금 다듬어서 작은 구멍을 내고 깃발을 하나 꽂아 두었다고나 할까요. 잔디가 아니라 평범한 열대성 풀인데다, 캐디들이 줄줄이 있긴 하지만 필리핀도 그렇듯이, 캐디가 다 맨발이지요."

낡을대로 낡은 재규어는 에어컨이 작동되지 않아 창문을 전부 열어놓고 달렸다. 도로 양쪽으로 파인애플 밭이 펼쳐지며 완만한 경사를 이루고 있다. 왼쪽으로는 바다와 킹콩이 살고 있을 것 같은 거친 인상을 주는 섬이 보인다.

"저건 분명 라나이 섬일 겁니다."

'이즈 라나이 아일랜드?' 하며 뒷좌석에 앉은 미즈키는 태연스럽게 헨리 루코너에게 물었다.

탕헤르 골프 클럽 얘기를 꺼낸 건 틀림없이 뭔가를 비유하려는 의도였을 테고, 그 말 다음엔 재치 넘치는 영국풍 이야기가 이어지리라 기대했다. 마치 동경하는 연예인 스타를 만난 고등학생처럼 긴장감을 갖고 기다리고 있었다. 헌데 미즈키는 기가 막힐 정도로 스스럼없다. 루코너는 '예스' 하고 대답했고, '역시 그렇군.' 하며 미즈키는 도가 지나칠 정도로 신이 나 했다. 미즈키도 긴장하고 있는 거다. 탕헤르 골프 코스 얘기는 거기서 일단 막을 내렸다. 무언가 비유하려고 꺼낸 얘기는 아니었나 보다. 그의 별장에 도착할 때까지 루코너는 아무 말 없이 재규어만 몰았다. 당연히 나도 입을 다물었다. 미즈키만이 한 번, '어, 저쪽은 몰로카이 섬인가?' 하고 중얼거렸다.

헨리 루코너의 별장이 있는 마우이 카팔루아 지구의 콘도미니엄 단지는 미즈키가 말한 대로 한적한 곳이었다. 주택가 같은 배치에 사생활을 배려하기 위한 갖가지 장치가 있고, 외부 사람을 거부하는 위압감마저 느껴졌으며 교통량도 적었다. 틀림없는 1급 리조트 시설이었다.

허나 헨리 루코너의 콘도미니엄은 그의 지위와 명성에 비해 검소하단 느낌이 들었다. 나중에 미즈키도 슬며시 그런 말을 건네긴 했다.

카팔루아 지구의 콘도미니엄은 세 개의 골프 코스를 경계로, 아이언우즈, 베이빌라, 파인애플 힐즈로 구분돼 있고, 그 중에는 2억에서 3억으로는 어림도 없을 것 같은 개인 수영장이 딸린 거대한 건물도 있었다.

헨리 루코너의 별장은 목조로 된 다세대용으로 취향은 썩 괜찮았다. 하지만 브로드웨이 최고 수준의 감독이 소유한 별장이라고 하기엔 뭣했다. 그보다는 중견 보험회사 과장이 40년 동안 열심히 벌어 저축한 돈으로, 사랑하는 아내와 둘이서 노후를 보내기 위해 큰맘 먹고 마련한 듯한 느낌이 드는 곳이었다. 침실

두 곳에 욕실 두 곳, 거실 하나, 표준적인 별장이었다.

나와 미즈키는 2층에 있는 방 하나를 쓰게 됐다. 환영주로 마우이산 맥주를 대접받은 다음 2층으로 올라와 짐을 풀면서 미즈키가 작은 소리로 말했다.

"저 같은 놈이 사실 이런 말할 처지는 아닙니다만…… 헨리 루코너란 이름에 비해 이 별장은 좀 시시하지 않습니까?"

자네 처지가 어떤데?

"뭐, 제가 살고 있는 아파트야 여기 욕실보다도 좁으니까요. 자랑은 아니지만."

하긴 기가 죽을 만큼 호화롭진 않지.

"그런데 실제 사정이 이럴지도 모르겠습니다."

실제 사정이라니?

"뜻밖에도 실제 생활은 검소할지도 모른다는 말입니다. 브로드웨이 뮤지컬이라고 하면, 나 같은 사람이야 상상도 가지 않으니 굉장히 화려할 거란 선입견을 갖고 있긴 합니다만. 주연급 말고는 웨이트리스나 호텔 도어맨 같은 아르바이트를 하면서 실력을 쌓는다는 말도 자주 듣는 게 사실 아닙니까. 그런 이면에 있는 검소함이 뮤지컬을 만드는 당사자한테도 해당되는 게 아닐까 하는 생각이 들었습니다."

미즈키의 말이 맞을 거다. 나도 실제로 몇 명 알고 있지만, 확실히 미국에는 상상조차 불가능한 부자가 있다. 허나 그들은 유럽 같은 자본 축적이 없었기에, 어딘지 모르게 신흥 벼락부자란 슬픔이 남아 있다. 물론 일본엔 그런 슬픔조차 없지만. 헨리 루코너는 토미 튠과 어깨를 나란히 하는 당대 최고의 뮤지컬 연출가다. 그야말로 아티스트인 것이다. 검소한 분위기에도 현실감이 느껴지는 법이다.

"근데 전 사실, 이런저런 상상을 하며 가슴 설레던 게 사실입니다."

어떤?

"영화에도 자주 나오지 않습니까. 월풀 욕조에 나체나 수영복 차림의 여자가 서너 명 있고, 그 한가운데서 감독이 시거와 샴페인을 들고 싱글싱글 웃으면서 이렇게 말하는 겁니다."

뭐라고?

"헤이, 미스터 미즈키, 당신은 어떤 애로 할래? 파란 망사? 엉덩이 큰 빨간 머리? 아님 여기 있는 금발이 맘에 드나? 하면서 말입니다. 아, 이러면 안 되는데."

미즈키는 혼자서 떠들고 혼자서 뺨을 붉히며 쑥스러워했다.

'안 되다니, 무슨 말이야?' 하고 묻자, 얼굴을 점점 더 붉히면서 말했다.

"죄송합니다, 그만 흥분이 돼서……."

나는 크림색 면바지에 오렌지색 폴로 셔츠를, 미즈키는 하라주쿠에서나 팔 것 같은 굉장한 무늬의 알로하셔츠에 안드레 아가시처럼 테니스용 나이키 데님바지를 입고 있다. 살이 하얘서 마치 찹쌀떡처럼 희멀건해 보이는 피부라 전혀 어울리지 않았다.

굴곡이 있는 아름다운 페어웨이와 그 건너편에 펼쳐진 만이 내려다보이는 베란다에서 헨리 루코너는 우리에게 살짝 손짓을 했다. 가만가만, 조용히 하라는 듯 둘째손가락을 입술에 대고서. 나와 미즈키는 영문도 모른 채 어설픈 좀도둑처럼 어정쩡하게 발소리를 죽이며 베란다로 갔다. 헨리 루코너는 정수리만 갈색이고 나머지는 모두 새까만 작은 새에게 빵부스러기와 망고 씨를 주고 있다. 맨발로 달구어진 베란다 타일에 발을 내딛은 미즈키가 '앗, 뜨거.' 하며 소리를 내자 새가 날아가 버렸다. '아임 베리 소리.' 하며 미즈키는 안돼 보일 정도로 미안해 했지만 헨리 루코너는 괜찮다며 웃고는 손을 내저었다.

"그 새는 다리 하나가 부러져서 제대로 걷지 못해요. 날기는 하지만."

새가 날아간 쪽을 바라보며 헨리 루코너가 말했다.

"새는, 날 수만 있다면 아무 문제 없이 살 수 있으리라고 생각하곤 하지요. 하지만 한쪽 다리를 못 쓴다는 건 엄청난 난관입니다. 가지에 앉을 수도 없고, 땅을 걸어다니며 먹이를 찾는 데도 무척 고생할 게 뻔합니다. 그래서 난 그 녀석한테만 특별히 먹이를 주곤 합니다만, 어떻게 생각하십니까? 그런 건 그저 위선일 뿐, 새한테도 바람직하지 않은 일이라고 생각하십니까?"

눈앞에 실제로 헨리 루코너가 있단 생각만으로도 다리가 후들거릴 지경인데, 그렇게 의미 있는 비유를 들며 질문을 하다니. 혹시 프로듀서로서 적합한지 시험하고 있는 게 아닐까. 혹 틀린 답이라도 말하면 '이제 알겠습니다. 이렇게 도착하자마자 이런 말 한다는 게 미안하지만, 지금 당장 일본으로 돌아가십시오.' 하는 소리를 듣게 되면 어떻게 해야 하나. 그런 생각으로 목이 바싹바싹 타기 시작했다. 그러니까, 그게, 하며 초조한 마음으로 적당한 말을 찾고 있는데 갑자기 미즈키가 '미스터 루코너, 당신이 맞아요.' 하고 간단한 일본식 영어로 대답했다.

"일본엔 백 고스트란 게 있습니다."

백 고스트, 아마도 미즈키는 배후령(背後靈)에 대해 말할 셈인 것 같다.

"대다수 사람들은 자기 백 고스트가 뭔지 모릅니다. 역사의 위인이나 하찮은 지렁이인지도 모르지요. 하지만 아니 그렇기 때문에 우린 살아 있는 모든 생물을 사랑해야 한다고 생각합니다."

백 고스트의 개념을 보충 설명해 주자, 헨리 루코너는 어찌된 영문인지 상당히 감동했단 표정으로 우리 손을 힘껏 잡는 것이었다.

"당신들은 무척 젊어 보이지만, 앞으로 가장 중요한 파트너가 될 겁니다. 지금 바로 본격적인 회의로 들어갈까요? 아니면 그냥 그린에 나가 하프코스라도 돌면서 서로에 대해 자세히 알기로 할까요?"

그냥 하프, 우리 그게 좋아, 하며 나는 어설픈 영어로 대답했다. 헨리 루코너가 정말로 내 앞에 있단 사실에 나는 아직까지도 마음이 진정되지 않고 있다. 아무래도 회의를 할 수 있는 상태는 아니었던 거다.

카팔루아 골프 클럽 베이 코스. 잘 정비된 미국 골프 리조트란 기대를 저버리지 않고 몇십 대나 되는 카트가 정연하게 늘어서 있다. 반듯하게 유니폼을 차려입은 직원들도 친절하고 신속하게 움직였다. 핫도그 굽는 냄새와, 새들의 지저귐, 갖가지 색깔의 열대꽃들이 비할 데 없는 즐거운 기분을 선사한다.

1번 홀, 472야드, 오른쪽으로 약간 굽어 있는 도그레그 홀이다. 5타가 정규 타수인 파5. 티샷은 언덕을 넘어가도록 쳐 올린다. 헨리 루코너의 자세를 훔쳐본다. 미국의 주말 골퍼에 손색없는 여유 있는 스윙이다. 고정된 자기 스윙이긴 한데, 어디가 어떻게 이상한지는 모르겠지만 아무튼 자세가 좀 어색해 보였다.

미즈키는 연습장에 다니기 시작한 지 3개월밖에 되지 않아 자세가 엉성하다. 나는 어쨌든 간신히 100을 끊는 정도밖에 안 되지만 셋 가운데 제일 낫다고 생각했다.

우선 미즈키가 쳤다. 공의 윗부분을 친 '탑'이어서 공은 포물선을 그리며 날아가지 못하고 비탈을 40야드 정도 굴러갔다. '음, 헤드 업이었나.' 하며 미즈키가 자기 스윙의 문제점을 반성한다. 이어 헨리 루코너. 연습 스윙할 때는 자기 스윙으로 그렇게도 천천히 휘두르더니, 공을 티에 올려놓자 골프채가 눈에 보이지 않는 로봇 같은 동작으로 바뀌었다. 그 탓에 공은 거의 90도 가까이 오른쪽으로 휘어지는 슬라이스가 되면서 오른편 숲으로 들어가 버렸다. 헌데 운 좋게도 나무에 맞았는지, 120야드 정도 전방에 있는 페어웨이로 도로 굴러 나오고 말았다. '와우' 하고 헨리가 소리치자, 미즈키와 나도 '와우' 하고 환성을 질렀다.

나는 완전히 망쳐 버렸다. 레이디스 티까지 공을 날려보낸 다음 3번 우드로 친 두 번째 타는 몇 번이나 헛스윙을 했다. 이럴 때 정말 죽고 싶을 만큼 억울한 건, 헨리 루코너가 '원래 미즈키보다 못한 실력이구나.' 하고 생각하는 거다. 헨리 루코너를 만났다는 압박감과 시차 때문인데도 말이다. 미즈키는 놀랄 만한 골프 실력을 보여줬다. 420야드 정도 남은 두 번째 타를 피치웨지로 공략한 다음 6타만에 공을 그린에 안착시켰다. 그런 다음 단 한 번의 퍼팅으로 훌륭한 더블 보기를 이끌어냈다. 나는 규정 타수보다 3타 많은 트리플, 헨리는 9타였다.

"지금까지 돈 코스 가운데 최고가 어디였습니까?"

헨리가 내게 물었다. 나와 헨리는 같은 카트에 타고 있다.

"웬트워스입니다."

"가장 지독한 코스는?"

"동창회를 겸해 골프 경기가 벌어졌던 군마현의 산악 코스였나. 굴곡이 문제가 아니라, 후반부 9홀은 아예 우드를 사용할 수 없을 정도였지요."

"탕헤르 코스도 엄청나죠. 그런 델 군이 골프 코스로 만들 필요가 있나 하는 생각이 들 정도였습니다. 비가 좀 많이 오는 시기였습니다. 아, 탕헤르는 모로코에 있지만 스페인을 마주보고 있는 항구도시로 비가 꽤 많이 내리는 곳입니다. 잡초는 무성하게 자랐고 발목까지 물에 잠긴 상태로, 거기다 그린은 잔디 없이 벌건 흙만 가득한 코스였습니다. 왠지 모르겠지만, 그런 코스에서 3번이나 플레이를 했습니다. 어째서 이렇게 평범한 공원보다 못한 황량한 곳을 골프 코스로 만들어야 했을까 하는 묘한 기분이 들었지요. 이해하실지 모르겠지만, 이번 작품의 아이디어가 떠오른 건 사실 그 탕헤르 골프 코스에서였습니다. 거기서 무의미하게 골프채를 휘두르는 동안 플라멩코 리듬으로 삼바를 추는 것도 괜찮지 않을까 하고 생각한 겁니다."

일본, 이토, 가와나 호텔, 오시마 코스

2번 홀은 340야드, 파4의 미들 홀, 페어웨이는 왼쪽으로 크게 경사졌다. 약간 오른쪽으로 티샷을 해서 공을 중앙으로 굴러가게 한 다음, 쇼트 아이언으로 그린에 안착시키는 게 정석이 되는 공략 방법이다. 페어웨이 왼쪽, 즉 다운슬로프 깊숙이 티샷을 해버리면 나무 때문에 샷을 제대로 할 수가 없어 규정 타수로 끝낼 수가 없다.

나나 헨리 루코너, 미즈키, 모두 마찬가지지만 규정 타수로 끝낸다는 의미의 '파 온'이란 골프 용어와는 전혀 상관없는 플레이를 전개하고 있다. 플라멩코는 소절로 나뉘는 게 아니며 컴퍼스란 독특한 리듬의 흐름을 갖는다고 헨리 루코너는 내게 줄기차

게 설명했다. 이야기가 열기를 띠면서 스윙이 커지고 빨라지기까지 했다. '저렇게 오른쪽으로 크게 휜 샷은 본 적이 없습니다, 저럴 땐 왼쪽 바로 옆을 향해 티샷하는 게 낫지 않겠습니까.' 미즈키가 눈이 휘둥그레지며 이렇게 말할 정도로, 헨리 루코너는 어처구니없는 슬라이스를 계속 쳐댔다.

나 또한 예외가 아니어서 구르는 공, 뒷땅 치기, 잘못 맞춰 곤두박질 치는 공, 골프채의 타구면 위쪽으로 치기, 조금 구르다 멈추는 공, 높이 뜨는 공……. 하여튼 이 세상에 존재하는 모든 미스샷을 반복했다.

이런 골프를 계속하다간 신체나 정신 건강에도 좋지 않다. 그리고 그 무엇보다 마음에 걸리는 건 헨리 루코너와 신뢰 관계를 쌓아 가는데 있어 마이너스가 되지 않을까 하는 불안감이었다. 마음이 불안하니 헤어날 수 없는 늪처럼 자꾸 악화되기만 했다.

미즈키는 골프 만화에서 배웠다며 피치웨지로 영문 모를 스윙을 연발하더니 유일하게 더블 보기를 따냈다. 헌데 급경사에서 급하게 핸들을 꺾는 바람에 저도 모르게 카트에서 굴러 떨어져 새로 산 알로하셔츠가 진흙투성이가 돼 버렸다.

3번 티잉 그라운드로 가는 길에 작은 매점이 있어 우리는 맥주를 사서 마셨다.

"괜찮아요?"

헨리가 묻자, 밀러라이트를 단숨에 들이킨 나와 미즈키는 예스, 예스, 예스, 하며 땀과 진흙을 훔쳐내며 대답했다. 어쨌든 전진해 보자 하고 적지에서 길을 잃어버린 병사처럼 비참한 표정으로 3번 쇼트홀로 향했다. 3번 홀은 오른쪽보다 왼쪽이 조금 낮은 경사면으로 이루어졌다.

176야드. 거리는 대단치 않지만 바다에서 불어오는 강한 역풍으로 어려움이 예상됐다. 그때 선두를 달리고 있는 미즈키가 갑자기 드라이버를 꺼내들었다. 아무리 그래도 좀 심한 게 아닐까 하며 충고했지만, 융통성 있게 골프채를 선택하는 게 현대 골프의 기본이라며 그대로 쳤다. 엄청난 탑 볼이었다. 다시 말해, 공 윗부분을 쳤기 때문에 뜨지 못하고 굴러가는 공이었다. 허나 마운드에서 두 번 튀더니 그린 가장자리로 안착했다.

"자, 틀림없죠?"

미즈키는 손가락으로 V자를 그려 보였다. 미즈키가 V를 그려 보이자, 무슨 영문인지 주위 풍경이 일본풍으로 보인다. 카팔루아가 아니라 이카호 온천에 와 있는 듯한 기분이 돼 버렸다.

예를 들면 말입니다, 남은 거리는 150야드에 다운 슬롭을 이루는 코스, 게다가 역풍까지, 이런 경우 롱아이언을 이용한 하프 샷으로 굴려 보라는 전술은 쉽게 배울 수 없는 겁니다. 어떤 교습 책이나 비디오에도 안 나오는 내용이죠. 이렇게 자랑스럽게 말하며 미즈키는 여전히 V자를 그려 보였다.

자넨 골프 만화를 너무 봤어, 기술이 없으면 전술이고 뭐고 없는 거야, 하고 말하려다가 말았다. 헛수고가 될 거란 생각이 들었기 때문이다.

바람은 선선했지만 역시 7월의 하와이 햇볕은 따가웠다. 더구나 시차와 긴장도 한몫해서 나는 캔 맥주 하나에 다리가 풀려 버렸던 거다.

헨리가 다음 차례로 쳤다. 4번 아이언이었지만 여전히 50야드 정도부터 믿어지지 않을 만큼 오른쪽으로 휘어졌다. 그런 다음 땅 위에서 한 번 크게 튀더니 공사중인 리츠칼튼 호텔 쪽으로 들어가 기초 공사중인 콘크리트 기둥에 맞았다. 그 반발력으로 다시 페어웨이 쪽으로 퉁겨 나와 벙커를 넘어 오른쪽 그린 가장자리에서 멈췄다.

"미러클."

미즈키가 박수를 치자, 헨리는 복잡한 표정으로 '땡큐.' 하고 말했다. 조금 난처한 얼굴이었다. 그런 게 계속되면 안 된다, 하고 나는 생각했다. 본디 테니스나 골프 그리고 승마나 요트 같은 부르주아 스포츠는 정통이 있는 어떤 반복으로 성립되고, 그것이 바로 전통적인 안정감을 제공하는 원인이 된다. 또 그럼으로써 경기자 사이에 최대 공약수의 친밀감이 생겨나는 거다. 미즈키는 아직 젊기 때문에 그런 사실을 깨닫지 못하고 있다. 내가 하지 않으면 안 된다. 분위기를 정상으로 돌려놔야 한다. 나는 깊게 심호흡을 하고 티잉 그라운드에 섰다.

건너편으로 바다가 보인다. 1월말에 미스 사쿠란보와 갔던 바베이도스의 골프 코스에서도 바다가 보였다. 그때는 즐거웠다. 이게 끝나면 더 즐거운 일이 기다린다. 그런 생각을 하며 골프채를 휘두를 수 있었다. 샌디 레인 호텔의 분홍빛 실크 시트 위로 미스 사쿠란보의 둥그런 엉덩이가 마치 교토의 불상처럼 황금빛으로 빛났다⋯⋯. 안 돼. 그런 생각을 하면 샷이 점점 더 흐트러진다. 즐거운 일을 떠올리면 안 된다. 스윙이 그럭저럭 잘 되면 몇 군데만 고치고 기본으로 돌아와 끝내면 된다. 허나, 어쩌다 100을 끊는 정도의 골퍼에게 위기를 모면해 줄 기초 스윙 같은 게 있을 턱이 없다. 그렇다면 여태까지 어떤 상황에서 좋은 샷을 날릴 수 있었는가를 철저하게 연구해서 참고하는 수밖에 없다. 지금까지 내 쇼트홀 가운데 최고의 샷은 가와나의 오시마 코스 2번 홀. 그때도 역풍이 불었지만 볼은 핀 15센티미터 근방에 딱 달라붙듯 떨어졌다.

그때는, 정말이지 최악의 상황이었다. 당시에도 미스 사쿠란보와 사귀기는 했지만 따로 두 명의 여자가 더 있었다. 그 둘 다 내 생애를 통틀어 최악이라고 할 수 있을 만큼 성격이 더러웠다. 한 명은 넓은 새 아파트로 옮기고 싶다며 돈을 요구했고, 다른 한 명은 하필 임신을 해 버렸다. 모스크바인지 북경인지 기억은 안 나지만, 그곳에서 열리는 마라톤 대회의 방영권 교섭을 겸한 접대 골프였다. 텔레비전국과 대행사 사람들의 비위를 맞추려고 얼굴은 억지로 웃고 있었다. 허나 애인의 임신과 돈 요구라는 한심하고도 심각한 문제로 골머리를 썩고 있는 상태였다. 표면이 올록볼록한 작은 볼을 멀리 떨어진 깃발을 향해 날리는 게 무슨 의미가 있을까. 내가 지금 이런 걸 하고 있을 처지가 아닌데. 이렇게 티 위에 볼을 올려놓으며 첫번째 샷을 준비하는 동안에도 나를 둘러싼 개인적인 상황은 더욱 악화되고 있다. 헌데 구멍에 '딸랑' 하는 소리를 내며 볼을 넣을 때까지, 그 횟수가 네 번이니 다섯 번이니 하며 야단법석을 떨며 연기하는 나는 도대체 뭐냐. 그런 생각을 하며 가와나에서 티샷에 임했던 거다. 자신한테 몹시도 절망한 상태였고, 골프를 하는 기쁨에서도 멀리 떨어져 있었다.

그런 경우, 우선 힘이 없다. 온몸에서 힘이 빠져나가는 느낌이 든다. 하지만 공을 칠 때만큼은 모든 문제를 잊어버려야 한다. 그렇지 않으면 머리카락이 모두 빠져나가거나 위에 구멍이 생길지도 모른다. 그렇게 생각하자 덜컥 겁이 났다. 잊자, 모두 잊어버리자, 하고 자신에게 타이르며 공을 핀에 넣기 위한 어드레스 동작에 들어갔다. 나는 우선 그런 가와나의 상황을 선명하게 떠올렸다. 그러고는 어쨌든 어깨에서 힘을 뺐다.

절망하자, 하고 속으로 중얼거렸다.

그러고는 공 말고 다른 생각은 모두 머리 속에서 지워 버렸다. 미즈키의 실실 웃는 얼굴과, 헨리 루코너란 존재, 여기가 마우이라는 의식, 미스 사쿠란보의 황금빛 엉덩이, 모두 간신히 떨쳐버렸다. 미리 지불한 50만 달러란 금액만이 한쪽 구석에 남아 헛헛한 마음이 커져만 갔고, 그것은 다시 절망감에 보탬이 됐다.

그렇다. 생각해 보면 누구나 심각한 상황에 처하기 마련이다. 러시아나 발트 3국, 유고슬라비아, 이라크, 남아공뿐 아니라 전세계가 비극의 한복판에 놓여 있는 거다. 골프는 극히 짧은 순간 동안 그곳에서 벗어날 수 있게 해주는 기특하고도 우스꽝스런 행위인 거다. 이 세상의 비극이 계속되는 한, 남자에게 끊임없이 문제가 생겨나는 한, 모든 애인이 임신할 수 없는 몸이 되지 않는 한, 골프는 계속해서 사람들을 매료시킬 게 틀림없다.

나는 3번 아이언으로 쳤다. '딱' 하는 기분 좋은 소리가 나면서 공이 날아갔다. 롱아이언만이 갖고 있는, 남자의 오르가슴 곡선 같은 포물선을 그렸고 거의 그린 중앙에 떨어졌다.

"뷰티풀."

헨리가 낮은 목소리로 말했고, 우리에겐 안정감이 깃들기 시작했다.

4번 홀은 321야드로 거리는 큰 문제가 아니지만, 왼쪽으로 휘어진 도그레그였다. 또 오른쪽에서 심한 바람이 불어오긴 하지만 거친 바닷가 바위가 바람을 막아주는 꼴이다. 때문에 페어웨이 왼쪽은 덤불과 노출된 바위로 오히려 안정적이다. 코스 가이드를 보고서 드라이버를 쓰면 너무 멀리 날아갈 위험성이 있다고 판단한 나는 4번 우드인 버피를 집어들었다. 결과는 120야드라는 더 이상 좋을 수 없는 티샷이었다. 미즈키는 스푼을 휘둘러 탑 볼을 쳤고, 나무 줄기에 맞아 코스 옆에 있는 3백만 달러짜리 별장 창문을 깨뜨릴 뻔했다.

"이 근처는 아이언우즈라고 하는 곳인데, 내 별장의 7배에서 8배쯤 되는 고급 빌라라구요. 아마 그 테라스 창유리만 해도 2백 달러는 족히 될 겁니다."

헨리가 그렇게 말하자 미즈키는 눈에 띄게 얼굴색이 변했다. 그러더니 '피치웨지로 티샷을 해도 괜찮을까요?' 하고 진지한 얼굴로 내게 물었다.

"자네도 참 별난 인간이군. 피치웨지를 잘 쓰는 사람이 얼마나 되나? 책 같은 데도 꽤 나오지 않나, 다루기 힘든 골프채라구."

"그건 어프로치 샷에 해당되는 거 아닙니까? 전 피치웨지로 거리를 좁히려는 게 아니니까요. 저 같은 경우엔 골프채를 뒤로 올리며 공을 내려치려 할 때 몸이 구부러지는 버릇이 있습니다. 그렇기 때문에 공을 치는 임팩트 순간에 만회하려 해도 잘 되지 않아 공이 계속 뜨게 됩니다. 어떤 골프채를 쓰든 톱이 돼 버리니까, 결국 톱을 칠 가능성이 가장 적은 피치웨지로 해야 거리가 나온단 말입니다. 아무래도 골프는 공이 위로 뜨지 않으면 시시한 거 아니겠습니까."

"차라리 퍼터를 쓰면 어때?"

"그것도 생각해 봤어요. 〈내일은 맑은 날〉이라는 만화의 제9권에서 사카모토란 연수생이 모든 샷을 퍼터로 치는 대목이 있습니다. 그렇긴 해도 퍼터로 티샷을 하면 저만 눈에 띄겠지요?"

"남들은 신경 안 써."

"게다가 저 같은 경우엔 제 처지나 신분 때문에 아무리 후진 하천 코스나 산악 코스의 입장도 불가능합니다. 그러다보니 쇼트 코스에 자주 가곤 합니다. 조직에 속한 것도 아니고 연줄도 없고. 그래서 한번 해보자 하는 마음이 들면 양배추 밭 옆에 있는 집 근처 쇼트 코스가 고작입니다. 4년 전까지는 양배추 밭이었던 곳인데, 요즘 골프 바람이 불어 쇼트 코스가 만들어진 거죠. 세상에 그런 골프 코스가 또 있을까요, 양배추 밭을 쇼트 코스로 만드는 나라라니, 참. 그건 그렇고 아직도 제대로 손질이 돼 있지 않아 가끔 양배추가 굴러다니기도 하지요. 양배추는 정말로 생명력이 강한 것 같더군요. 그래서 양배추 성분을 추출한 캐비진이란 위장약도 끈질기게 인기를 얻는가봐요."

미즈키는 초조하면 말이 많아진다. '골프공이 양배추만한 크기라면 과연 어떨까요?' 라는 한심한 말을 꺼내기 시작하길래 헨리 차례니까 조용해, 하고 말렸다.

왼쪽 도그레그에서는 오른쪽으로 휘어지는 공을 치는 슬라이서는 헤엄치지 못하는 해군이나 마찬가지다. 헨리는 규정 코스를 벗어난 공을 4번이나 치고 나서 아니나 다를까 한숨을 내쉬었다. 그래도 카팔루아는 여전히 평화로웠다. 미즈키도 3번 모두 3백만 달러짜리 빌라 단지에 떨어지는 공을 쳤다. 우리 뒤로 대여섯 대나 되는 카트가 밀려 있는데도 다들 싱글싱글 웃으며 보고 있다. 저녁부터 시작하는 파티 같은 것으로, 어린아이와 함께 온 부부, 노인, 여성이 많다는 게 특징이지만 일본에는 없는 일이다.

"어떡하면 좋겠습니까?"

헨리가 내게 물었다.

"늘 이렇게 심하게 오른쪽으로 휩니까?"

"그렇게 심하진 않았습니다. 스폰서와 함께 하는 거라서 긴장했나 봅니다."

진지한 표정으로 헨리가 말했다. 이상하게 들리겠지만 나는 눈물이 나올 것만 같았다. 무슨 말을 하는 겁니까, 하고 냅다 소리를 질러댈 것만 같았다. 당신이 우리 앞에서 긴장하고 있다구요? 그런 한심한 소리 하지 말아요. 나는 당신네 나라 군대가 주는 껌이나 초콜릿을 받아 들고 기뻐했던 기지촌 출신이란 말이요. 기지 안에 있던 커다란 냉장고나 푸른 잔디, 야간 조명이 있는 소프트볼 경기장과 주크박스를 동경하면서 자랐단 말이요. 당신은 그런 꿈 같은 나라의 최고 뮤지컬 감독이라구요. 그런 당신이, 나나 이 엉뚱한 젊은 일본인과 함께 있다고 해서 긴장한다는 게 말이 됩니까? 글쎄요, 우린 대단한 거라곤 쥐뿔도 없는 인간들입니다. 뭐 소니나 혼다는 우리보다 대단할지도 모르죠. 하지만 소니와 혼다가 생산하는 제품은 대중 상품이라구요. 엄청난 뭔가가 아니란 말입니다. 하지만 당신은 엄청난 걸 만들고 있다구요. 제발 부탁이니까 긴장 같은 거 해서 그런 어처구니없는 슬라이스 좀 치지 말아 줘요.

"글쎄요, 오른쪽으로 휘어지는 걸 피하려다 보니 자꾸 오픈 스탠스가 되는 것 같군요."

나는 용기를 내어 충고를 시작했다.

미국, 플로리다, 올랜도, 레이크노나 골프 코스

"저도 오랫동안 슬라이서였지요. 그 유명한 잭 니클라우스는 골프의 슬라이서는 인생의 홍역과도 같은 것이라고 말한 적이 있지요."

나는 우선 헨리의 마음을 진정시키기 위해 그런 말을 꺼냈다. 허나 헨리는 '이렇게 자주 홍역에 걸렸다간 죽을지도 모르겠군요.' 하며 씁쓸하게 웃을 뿐이었다. 나는 내가 '홍역'이란 영어 단어를 기억하고 있다는 데 조금 놀랐다.

4번 홀의 세컨드샷, 나는 9번 아이언으로 바다에서 불어오는 바람에 맞서듯 떨어지면서 오른쪽으로 휘는 페이드 볼을 쳤다. 핀 1.5미터 부근에 안착시킨 다음 버디를 획득했다. '뷰티풀'이번에도 헨리가 박수를 쳐준다. 헨리는 10타째인가 11타째에서 그린에 안착시키긴 했지만 아이언을 쓸 땐 슬라이스 볼을 치는 경우가 많지 않다.

"오른쪽으로 휘는 걸 피하려고 몸은 자꾸 왼쪽을 향하게 됩니다. 그렇게 되면 고개가 들리고 슬라이스가 더 커지죠. 그리고 스윙이 좀 빠른 것 같더군요."

우리는 5번 쇼트홀로 향했다. 카팔루아 베이 코스에서 가장 유명한 낭떠러지 너머 그린과 마주하게 되었다. 우리의 플레이가 매우 늦어진 탓에 앞선 조의 모습은 전혀 보이지 않는다.

"스윙을 좀더 천천히 하라는 말을 교습 코치한테 듣긴 했지만 아무래도 안 되더군요."

"어려워서 그렇지요. 테니스도 천천히 하는 스윙은 무척 힘듭니다. 자신이 없으니까 그 동작을 빨리 끝내려다 보니 빨리 휘두르게 되는 것 같습니다. 그리고 스윙할 때 중심축이 확실히 잡혀 있지 않으니까 천천히 휘두를 수가 없는 거겠지요. 춤은 어떻습니까? 발을 높이 그리고 천천히 드는 게 어렵지 않습니까?"

176야드, 절벽 너머에 그린이 있는 쇼트홀. 눈 아래 펼쳐진 바다는 투명도가 높아 가끔 하얀 파도와 함께 물고기 떼도 보인다. 2월부터 5월 무렵엔 고래를 보는 경우도 있다고 한다.

나는 순풍이 부는 속에서 7번 아이언으로 가볍게 쳤고, 공은 그린 왼쪽 가장자리에 떨어졌다. 미즈키는 아무래도 피치웨지를

368야드 파4 제2타 **163**

쓸 순 없겠다 싶었는지, 공 2개를 낭떠러지 아래로 떨어뜨린 끝에 티에서 퍼터로 치는, 밑도 끝도 없는 골프를 여전히 이어갔다.

헨리는, '그렇군, 나는 빠른 동작만으로 일관하는 모던 댄스의 세계에 있기 때문에 천천히 천천히 하는 걸 이해하기 힘들지 모르겠군. 그럼 클래식 발레 같은 감각으로 천천히 스윙해 볼까.' 하며 7번 아이언을 잡았다. 나는 그걸 8번 아이언으로 바꾸게 했고, 공은 바람을 타고 높이 높이 떠올라 그린 한가운데로 떨어졌다.

"공이 곧바로 높이 솟아올라 완만한 굴곡이 있는 그린에 툭 하고 떨어지다니. 세상에 이렇게 멋진 일이 또 있을까요."

헨리는 혼잣말을 하면서 규정타수인 파를 잡았다. 나도 파로 끝냈지만, 미즈키는 10타나 됐다.

6번 홀은 470야드의 직선 홀이며 규정 타수는 5타. 페어웨이 오른쪽은 맹글로브란 열대 수림 골짜기다. 여기서 공이 오른쪽으로 휘어지면, 비록 건축 현장은 없지만 눈이 두 개 아니라 네 개가 달려도 공을 찾을 수 없는 상황이다.

웬일인지 내 샷은 점점 더 능숙해졌다. 페어웨이 중앙에서 그린까지 남은 거리가 200야드밖에 안 되는, 스스로도 믿기 어려운 티샷을 날렸다. '저런 걸 보니 우드가 갖고 싶어지는데. 하지만 그게 바로 미스샷이 될 수도 있지. 너한텐 너만의 골프가 있는 거야.' 이렇게 궁시렁거리며 미즈키는 다시 피치웨지로 쳤다. 바닥은 긁지 않고 깨끗하게 공만 쳐내곤 했지만 겨우 다섯 타째가 돼서야 그린에 공을 떨어뜨렸다. 앞으로 자네한텐 피치웨지하고 퍼터만 빌려주면 되겠군. 내가 그렇게 놀려댔는데도 꿈쩍도 하지 않는다.

"풀 세트를 빌려도 퍼터 하나 값하고 거의 맞먹습니다. 인사치레로 비누 한 번 '치익' 뿌려줘도 서비스 요금은 다 받아내지 않습니까? 세부 항목이 아니라 의지에 따라 금전이 발생하기 때문이죠."

미즈키는 도통 이해하기 어려운 말을 지껄이며 웃고 있다.

"당신은 인내심이 강한 것 같군요."

4번 우드로 그린 바로 옆까지 공을 보낸 헨리가 카트 안에서 내게 그렇게 말했다. 티샷은 또다시 슬라이스를 쳤지만 이번엔 그다지 심하지 않아 오른쪽 러프에서 멈췄다. 그런 다음 두 번째 타가 그린 바로 옆에 떨어진 거다. 내 공은 펄럭거리는 핀이 보이는 페어웨이 한가운데 떨어져, 그 풍경이 마치 옛날 누드 사진에 나오는 욕조 안의 여인 같았다.

인내심이 강할 것 같다고 말한 헨리한테, 나는 내 공을 가리키며 욕조 안에 있는 여인 같다고 대꾸했다. 헨리의 말과는 전혀 상관없이 말이다.

"어떤 의미죠?"

"보십시오, 할리우드 영화나 고풍스런 누드 사진을 보면 거품이 나는 욕조 안에서 길고 매끄러운 다리를 내밀며 웃고 있는 여자가 나오지 않습니까?"

"아아, 생각나는군요."

"모든 걸 허락할 테니 빨리 침대로 안아다 달라는 표정으로 우릴 쳐다보고 있지요."

"그랬지요."

"저 공은 말이죠, '빨리 그린으로 데려가 주세요.' 하고 말하는 것 같지 않습니까?"

그렇게 말하자, 헨리는 배를 움켜잡으며 웃어댔다. 정확하게 말하자면, 배는 나오지 않았으니 배를 움켜잡는 게 무리일 테지만 그런 진부한 표현이 딱 맞아떨어졌다. 누가 뭐래도 미국인다운 유쾌한 웃음이었다. 파트너로서 신뢰할 수 있는 사람이라고 생각한 걸까? 생각해 보면, 누드 사진의 욕조 안 여인이나, 헨리의 이 높은 웃음소리는, 내 이미지 속에만 존재하는 미국이다. 아침저녁으로 미국 국가를 들으며 성조기가 게양되는 것을 본 기지촌 소년인 나로선 그런 구체적인 상상들이 바로 미국이다. 비누거품이 잔뜩 인 욕조에서 길고 매끄러운 다리를 쭈욱 내밀고 머리는 금발에 뺨은 발그레하다. 물론 매니큐어를 예쁘게 바르고 있고, 어두운 그늘이나 심각함도 없으며, 희미하게 주근깨가 보이는 유방은 한결같이 큼지막하다. 실제 이런 여자는 어디에도 존재하지 않을지 모른다. 마릴린 먼로의 전기를 읽어보면, 그녀 또한 어릴 때부터 고생했고 출세하고 나서도 고독으로 고통스러워했다. 내가 생각하는 미국은 내 안에만 있었던 게 아닐까. 그건 그것대로 나쁘지 않았고 그런 일로 감상에 빠지지도 않았다. 허나 바로 옆에 앉아 있는 헨리 루코너만큼은 다르다. 헨리는 분명히 동유럽에서 이민 온 사람이다. 그야말로 진정한 미국인인 거다.

그런 것들을 생각하며 쳤더니, 버피로 공 뒤쪽 땅이나 쳐대는 더프였다. 해서 볼은 10야드밖에 날아가지 않았다. '어? 갑자기 왜 그러시나, 지금까지 최고였는데.' 하며 헨리가 고개를 갸웃거렸다.

"욕조 안의 여자를 침대까지 안고 간 적은 없었거든요."

6번 홀은 나도 헨리도 보기였다. 미즈키는 트리플이었다. 헨리도 미즈키를 그다지 눈여겨보지 않았다. 롱 홀을 피치웨지로 쳐나가는 녀석은 상식을 벗어난 만큼 주목받지 못한다.

7번 미들 홀, 331야드, 오른쪽 도그레그. 티샷은 아래쪽으로 내려치고, 두 번째 타는 위로 올려친다. 거리는 얼마되지 않기 때문에 나도 헨리도 스푼으로 티샷을 날렸다. 미즈키는 계속 피치웨지로 밀고 나갔다간 인상이 더욱 구겨지고, 마침내 짐짝 같은 인생의 대명사가 돼 버릴 거란 사실을 깨달았는가 보다. '좋앗!' 하고 소리를 지르며 처음으로 테일러 메이드 드라이버를 쥐더니 멋지게 공을 날렸다. 허나 티잉 그라운드에서 30야드 떨어진 폭 50센티미터 정도의 샛강에 공을 빠뜨려 버렸다. 좀 지저분해 보이는 물 속에서 공을 꺼내려고 하기에, 거긴 피를 빨아먹는 주혈흡충이 있다구, 하고 거짓말을 했다. 그러자 지금까지 한 번도 본 적 없는 당황한 모습을 보이더니 그만 발을 헛디뎌 허리까지 강 속으로 빠져 버렸다. 그 뒤로 심하게 흔들리더니 그린을 완전히 둘러싸고 있는 벙커에서 3분 이상이나 소비했다. 미즈키는 결국 21타로 그 홀을 마감했다. 나는 파로 처리했으며, 헨리는 3타 째에 그린에 안착시킨 다음 규정 타수보다 1타 많은 보기로 끝냈다.

8번 쇼트홀에서 우리는 간신히 앞 조를 따라잡았다. 골프다운 골프를 치게 된 셈이다. 미즈키는 내가 몇 번이고 사과했는데도 입을 삐죽 내밀며 '주혈흡충, 주혈흡충, 주혈흡충……' 하고 계속해서 읊조렸다. '주혈흡충이 뭐지요?' 하고 헨리가 물어 굿샷을 비는 동양의 주문이라고 하자 미즈키는 또 눈을 부라리며 기분 나빠했다.

8번 홀은 강한 순풍이 불었고 거리도 135야드밖에 되지 않아, 나는 9번 아이언으로 쳤는데도 그린을 넘기고 말았다. 헨리는 그것을 보더니 피치웨지를 사용해 멋지게 핀 80센티미터 근방에 떨어뜨렸다.

미즈키는 자기 주무기인 피치웨지를 사용했지만 주문을 지나

치게 외운 탓에 하프 탑이 돼 버렸다. 공은 왼쪽으로 크게 휘더니 옆쪽에 있는 1번 페어웨이로 굴러가 버렸다. 이제 샛강 따윈 없겠지, 하고 중얼거리면서 다시 피치웨지로 쳤지만 이번엔 지나치게 멀리 가고 말았다. 다시 지나치기를 네 번이나 반복하더니 이젠 멋쩍게 웃지도 않고 나를 노려보았다.

결국 11타로 홀을 끝냈다. 나는 보기, 헨리는 같이 라운드한 적이 있다는 페인 스튜어트의 퍼팅을 능숙하게 흉내내 1타 적은 버디를 잡았다.

'페인은 말이죠, 허리가 아파서 이렇게 웅크리며 볼을 집는답니다.' 하며 볼 집는 방법까지 흉내내 나를 즐겁게 했다. 미즈키는 즐거워하지 않았다.

해가 기울어 9번 홀 페어웨이에 열대 나무의 그림자가 길게 드리워졌다.

'저기 봐요.' 하며 헨리가 등뒤에 우뚝 솟은 산을 가리켰다. 스콜이 산꼭대기를 지나간 듯, 옛 록 앨범 재킷에나 나옴직한 무지개가 선명한 반원을 그리고 있다.

'와, 무지개다.' 하며 미즈키가 주혈흡충 이후로 오랜만에 웃음을 지었다.

9번 홀은 413야드, 완만하게 아래로 경사진 미들 홀. 이렇게 9홀을 돌고 보니, 휴양지 골프 코스치곤 일급이란 사실을 알게 되었다. 거리도 그리 멀지 않고, 기발한 아이디어도 없지만 무엇보다 코스에서 바라보는 경치가 멋지다. 게다가 바람도 계산에 넣어 설계한 듯, 싱글 플레이어가 버디를 노리거나, 처음 골프채를 잡아보는 어린아이가 레이디스 티부터 쳐나가도 충분히 즐길 수 있다. '설계자는 누구죠?' 하고 묻자, 헨리는 아놀드 파머라고 답했다. 그리고 보니, 바로 몇 년 전만 해도 그 발랄한 우산 모양을 상표로 썼던 골프 웨어는 나름대로 사회적 지위를 갖고 있었다.

헨리는 앞 홀에서 버디를 잡아 기분이 좋아졌는지 겉으로 보기에도 스윙이 느긋해졌다. 티샷은 공이 떨어지며 왼쪽으로 흐르는 드로가 되었고 놀랍게도 페어웨이 왼쪽 가장자리 280야드 가까운 지점에 떨어졌다. 나는 목표보다 오른쪽으로 나가게 공을 밀어쳤지만 간신히 규정 코스를 벗어나지 않는 걸로 만족해야 했다.

미즈키는 '레인보우, 레인보우' 하고 주문을 바꿨지만 없는 기술이 새삼스레 나올 턱이 없다. 한 번 헛스윙을 한 다음, 야구에서 더블 플레이를 당할 때 내야수 앞으로 굴러가는 땅볼 같은 걸 쳐냈다. 그럼으로써 약 70야드를 벌었을 뿐이다.

나는 비교적 자신있는 3번 아이언으로 깨끗하게 쳐서 거의 규정 타수로만 끝낼 태세에 돌입했다. 미즈키는 다시 피치웨지 작전을 폈고, 그 모습을 카트를 타고 지나치면서 곁눈으로 보았다. 우리는 헨리의 공이 있는 지점으로 서둘러 갔다. 공은 잘 날아갔지만 큰 나무가 바로 앞에서 그린 쪽을 막고 있었다.

"아까 티샷 같은 땅볼을 칠 수 있으면, 낮게 오른쪽으로 돌려 그린에 떨어뜨리는 것도 가능하겠군요. 이런 경우, 당신이 함께 플레이했던 그 프로였다면 뭐라고 할까요?"

"페인 말인가요? 페인이라면 아마도, 아마추어에겐 핸디캡이 있으니까 장애물이 앞에 있는 경우는 가볍게 페어웨이로 내보라고 할 겁니다. 페인 스튜어트하고는 올랜도에 있는 레이크 노나에서 같이 라운드했지요. 오른쪽으로 굽은 도그레그 롱 홀이 있었는데, 가드 벙커에 발목을 잡히고 말았죠. 물론 그린은 보이지도 않고 핀까지 280야드, 아니 300야드는 됐을 겁니다. '페인, 한 타 차로 역전을 노릴 수 있는 전미오픈 마지막 날 마지막 홀이라고 생각하고 치지 않겠나,' 하고 부탁했지요. 그러자 '평소엔 이런 짓은 절대로 하지 않지만.' 하고 단서를 달더니, 드라이빙 아이언을 빼들어 벙커의 볼을 힘껏 치더군요. 그 공이 40야드부터 오른쪽으로 크게 휘어졌습니다. 엄청난 스윙이었죠. 정말 그린에 뚝 떨어지더군요. '이런 기적 같은 일이 늘 있을 수 있는 건가?' 하고 내가 물었죠. 페인은 두 번 중에 한 번은 실패하니까 절대로 하지 않는다고 대답하더군요. 바로 그린 게 프로다 하는 생각이 들었습니다."

헨리는 그렇게 말하고서 9번 아이언으로 나무를 넘기려고 했지만 뜻대로 되지 않았다. 1타 많은 보기로 끝낼 수 있었다.

나는 주무기인 8번 아이언으로 핀을 노리며 어프로치 샷을 했고 또 파를 잡았다. 미즈키는 피치웨지 다음에 스푼을 사용하는, 융통성을 기본으로 하는 골프를 쳤지만 13타나 쳤다.

그렇게 나와 미즈키, 헨리의 만남은 시작되었다.

독일, 프랑크푸르트, 크론부르크 호텔 골프 코스

저녁은 바비큐였다. 바비큐라고는 해도, 근처 슈퍼마켓에서 'BBQ용' 이라고 쓰인 고기와 적포도주인 나파 밸리를 사와 수영 장 옆 마당에서 굽는 정도다. 연기가 나고 번잡스럽기 때문인지 베란다에서 바비큐를 굽는 건 금지되어 있다고 한다. 그 대신 수 영장 옆에는 의자와 테이블은 물론 가스레인지 식의 큰 화덕이 있다. 고기는 커다란 소 등심 한 덩어리에 17달러였으며, 와인은 한 병에 13달러였다.

미즈키는 이렇게 맛있는 와인은 처음 마셔본다고 했다. 확실 히 맛이 좋았다. 우리는 수영장 표면에 어른거리는 빛을 보면서 기분 좋게 취했다.

"골프를 시작한 계기가 뭔가요?"

현재 브로드웨이를 대표하는 감독이 불그레한 얼굴로 내게 물었다.

"잘 기억나지는 않는군요. 대개 친구가 권해 골프채를 사고 연습장에 다니는 게 일본인들의 전형적인 패턴이 아닐까 합니다."

"그렇군요. 일본에선 골프가 대중적인 스포츠인 거 같더군요. 그런데 어째서 좀더 뛰어난 선수가 나오지 않는 걸까요?"

헨리 루코너는 잔잔한 웃음을 머금은 채 이야기했다. 헌데, 눈은 웃지 않는 그런 유형은 아니다. 연출가나 영화 감독, 혹은 작곡가 같은 부류의 사람과 이렇게 가까이서 이야기하는 건 처음이었다. 좀더 복잡하리라고 생각했다. 가령 웃는 얼굴을 하고 있어도 상대편의 내부 심리를 훤히 꿰뚫는 그런 인간들일 거라고 생각했다. 지금 이야기를 나누고 있는 헨리 루코너한테서는 그런 점을 느낄 수가 없다. 물론 나는 상대가 내 심리를 속속들이 파악한다 해도 그리 거리낄 게 없는 단순한 사내이긴 하지만.

"설명하기가 좀 어렵군요. 아마도 그 점이 현재의 일본을 상징하는 걸지도 모릅니다."

수영장 표면에서 짙은 오렌지 빛으로 물든 하늘과 바다를 볼 수 있다. 나도 여러 곳에서 저녁 노을을 보았지만 이렇게까지 짙은 빛을 내는 석양은 기억에 없다. 미즈키도 스테이크를 순식간에 해치우더니 안드레 아가시 같은 테니스 바지를 입고 기분 좋게 저녁 노을을 바라보고 있다. 하지만 '이렇게 장엄한 선셋이라니 하고, 바보같이 외치는 놈도 없겠지요.' 하며 또다시 영문 모를 말을 지껄였다.

"그렇게 대중적인 스포츠인데 어째서 훌륭한 선수가 나오지 않는 걸까요?"

헨리 루코너가 물었다. 무어라 설명하면 좋을지 모르겠다.

"일본인은 세계에서 활약하는 걸 바라지 않아요."

일단 답을 했지만, 헨리 루코너는 알 듯 모를 듯한 표정을 지었다.

"와이? 와이? 와이? 와이? 일본인들은 워크맨이니 혼다 어코드 같은 걸 전세계에 내다 팔지 않았습니까."

"일본인은 분리시켜 생각해요. 세계와 일본, 일본인, 일본의 모든 것을 특별하다고 생각해요. 때문에 세계라는 시장에서 물건을 팔고 그 물건을 싸고 좋게 만드는 덴 노력하지만, 사람이 직접 나가 함께 즐기거나 플레이를 하거나 하진 않아요. 자신들과 세계 여러 나라 사람들은 다르다고 생각하기 때문에, 2000년 동안 자기들끼리만 살아 왔기 때문에, 갑자기 바꾸는 건 어렵지요."

헨리는 아직도 이해하지 못하겠단 표정을 하고 있다. 무리가 아니다. 일본인도 이해하고 있지 못하다. 이런 질문에 답하는 게 가장 어렵다.

"하지만 우리나라 헝가리 얘기인데 말이죠. 내가 그곳에 있었을 때니까 독일 통일 전이었고, 동유럽이 민주화되기 전이었지요. 일본의 스미토모와 미쓰비시 지사가 있었어요. 일본인들은 발음이 좀 특이했기 때문에 눈에 잘 띄었어요. 외국어는 곧잘 했지만 말이죠. 해외로 나갈 의지가 없는 국민이라고는 생각되지 않는 게 사실입니다."

수영장은 허리가 굵은 호리병 모양이고 물 속에는 조명 장치가 되어 있다. 감색과 흰색 타일 모양이 흔들리며 비춰 보였고, 표면에는 야자와 부겐빌레아가 그림자를 드리웠다. 미즈키는 이렇게 기분 좋은 곳은 정말 태어나서 처음이라는, 동시에 이런 곳에선 어떤 표정으로 있어야 하는 걸까를 생각하는 듯한 얼굴 표정으로 조용히 와인을 마시고 있다. 조금씩 음미하며 마시는 모양으로 보아 마음이 느긋한 모양이다.

헨리가 물어 보는 내용은 모든 외국인들이 공통으로 갖고 있는 의문이기도 하다. 나는 이제까지 몇 번이고 이런 질문을 받았지만 신중하게 답한 적은 한 번도 없다. 값진 차와 같이 미묘한 맛이기 때문에 아무리 설명해도 이해하기 어려울 겁니다, 하는 말로 얼버무려 왔다.

"그럼 헨리, 옛날 이야기로 비유해서 이야기해 볼 테니 들어 봐요. 옛날, 어느 곳에 사방이 바다로 둘러싸인 작은 나라가 있었지요."

"그거 비유라고 할 수도 없는 거 아닙니까?"

미즈키가 웃으며 말했다. 조금 화가 났지만 내가 생각하기에도 비유가 아닌 것 같았다. 그래서 '시끄러워, 조용히 좀 하라구.' 하며 타박하지 않고, '충고 고마워. 하지만 중간에 일본어가 들어가면 리듬이 끊어진다구.' 하고 말한 다음 이야기를 계속했다.

"2천 년이란 긴 세월 동안, 그 나라는 갖가지 정치적 변화를 겪으면서 자기들만의 생활 방식을 지켜 왔습니다. 이렇다 할 종교도 없었고 당연히 언어도 하나였으며 위대한 발명 같은 건 없는 대신 예술이나 음악, 오락이 풍요로웠지요. 그 나름대로 즐기며 산 셈이죠. 딱 한 번, 중국의 침략을 받게 됐지만, 때마침 태풍이 왔고 중국 배는 전부 침몰해 버렸습니다. 정말 운이 좋았지요. 말하자면, 그 나라는 다른 나라의 침략은 전혀 받지 않았던 거죠. 그 결과 이런 사고 방식이 생겨난 겁니다. 예를 들자면, 그 나라에선 어떤 걸 결정할 때, 철저히 따지거나 설득하기보다 모두가 조금씩 참는 방향으로 가자는 방식을 택한 거죠."

말을 하면서도, '이게 아닌데.' 하는 생각이 들었다. 역시나 헨리가, '그건 이상국가가 아닌가요?' 하며 흥미로운 듯 눈을 반짝였다.

"그렇습니다, 그게 바로 일본이죠. 얼마나 멋있어요. 모든 이의 마음이 아름다워진 겁니다."

이 다음 말을 어떻게 해야 이해할 수 있을까.

미즈키는 말 걸지 말라는 내 말을 듣고서, 해질녘 골프장에서 있었던 주혈흡충 소동이라도 떠올린 걸까. 수영장 가장자리에 앉아 발을 물에 담그고 찰싹찰싹 수면을 때리며 남극의 밤을 즐기고 있다.

허나 그 허연 얼굴은 화려한 빛을 내는 수영장 쪽을 향하고 있는 게 아니었다. 때문에 딱히 어디가 그런지는 모르겠지만 지혜가 모자라는 듯 보일 수밖에 없다.

"정말로 아름답죠. 솔직히 말해, 이렇게 해외에서 일을 하다 일본으로 돌아가면 '휴' 하는 안도의 한숨이 나옵니다. 공기 자체도 촉촉하게 느껴지죠. 그리고 그런 아름다움을 상징하는 건 여자들의 다리입니다."

'아, 또 한심한 말을 하는군.' 하는 눈으로 미즈키가 내 쪽을 보고 있다.

"나이를 먹으면, 결국 여자의 다리에 눈이 가게 되지요. 그렇지 않습니까? 저도 여러 나라 여성들의 다리를 보기도 하고 만지기도 해봤지만, 일본 여성의 다리가 가장 아름답다고 생각합니다."

헨리가 고개를 갸웃했다.

"아뇨, 난 스페인 사람이라고 생각해요. 객관적으로 말해서 스페인 사람이에요. 프랑스인은 좀 단단하다 싶고, 이탈리아인은 장딴지가 너무 가늘어요. 영국인은 물론 더 이야기하고 싶지도 않고, 포르투칼인은 조금 허전한 기분이 들지요. 뜻밖에도 독일인과 러시아인은 비슷한 데가 많지만 미묘한 뉘앙스랄까 그런 게 없어요. 북유럽으로 말할 거 같으면, 뻣뻣한 털은 제쳐둔다 해도 그레타 가르보를 보면 알 수 있듯이, 기본적으로 굴곡이 없어요. 그럼, 흑인 여성의 다리는 어떻게 생각하죠?"

여자 다리 얘기라면 뭐, 하는 얼굴로 미즈키가 싱글싱글 웃고 있다.

"흑인 여성의 다리는, 다리라고 하는 육체의 일부를 뛰어넘지 못하고 있죠. 다시 말해, 사실주의에 머물러 있으며, 아직 상징주의 영역에까진 오지 않았다고 생각해요."

내가 그렇게 말하자 미즈키가 '오, 과연.' 하는 표정을 지었고, 헨리도 고개를 크게 끄덕였다.

"그럼, 미국인의 다리는 어떻게 생각하죠?"

나는 역습을 감행했다.

"미국 여성의 다리는, 서해안과 동해안이 다르고 뉴욕이나 LA 같은 대도시와 지방도 다르죠. 하지만 그건 스니커즈란 고무창 운동화 때문이라고 말할 수 있겠죠. 스니커즈, 얼마나 귀에 거슬리는 말입니까? 하이힐과 스니커즈를 비교해 봐요. 발레 무용가 니진스키와 레슬러 헐크 호건 정도로 차이가 난다고 생각지 않나요? 그럼, 당신에게 질문 하나 하죠. 중국인, 한국인, 필리핀인, 일본인의 차이를 말할 수 있나요?"

"먼저, 필리핀에 대해 말하자면 그들은 가장 촉촉하다고 할 수 있죠. 다루기 쉽고 개방적입니다. 다음으로 한국 여성은 비타민이 풍부하단 느낌이 들죠. 중국인은 발가락과 발 자체에 성적인 의미를 응축시켰기 때문에 다리는 그것을 지탱하는 것으로서 받아들여지고 있습니다. 모든 열쇠는 식물에 있는 거죠. 일본 여성의 다리는, 세련된(sophisticate) 쌀 때문에 세련된 다리가 될 수밖에 없었습니다."

"그건 어떤 다리인가요?"

"듀크 엘링턴의 명곡 중에 'Sophisticated Lady'란 곡이 있죠. 그 sophisticate를 말하는 겁니다. 아시다시피 '소박한 데가 없는, 닳고닳은, 세련된'이란 의미를 갖고 있죠. 야마가타에는 야마가타 쌀이, 아키타에는 아키타 쌀이 있듯 야마가타 여성한테는 야마가타 다리가 있는 거죠. 미국에는 그런 게 없겠지요. 모두 빵과 핫도그와 햄버거, 코카콜라 다리가 아닙니까? 발육은 빠르지만, 곧 꺼칠꺼칠해지지 않습니까?"

"최근에 오디션을 통해 일본 여성들을 볼 기회가 많았죠. 하지만 그녀들의 다리는 잘 올라가지도 않았고, 도무지 세계 최고란 생각은 들지가 않았습니다."

"내가 말하는 건 육체적인 게 아닙니다."

"그럼, 무엇을 말하는 거죠?"

"좀더 세밀한 부분이죠. 만져 본 느낌 말입니다."

"당신은 그럼, 방금 예를 든 나라 여성들의 다리를 모두 만져 보았단 건가요?"

"대체로."

헨리는 얼굴을 붉혔다. 벌떡 일어서서 화가 난 건가 하는 생각이 들었지만, '일부에 지나지 않겠지요?' 하는 말에 '물론 그렇습니다.' 하고 내가 대답하자 웃기 시작했다.

"그렇군요. 부럽습니다. 나는 일본과 한국, 중국, 필리핀 여성은 전혀 몰라요. 물론 훌륭하겠지요?"

"명예를 걸겠습니다."

내가 그렇게 말하자 다시 웃기 시작했다. 우리는 수영장 옆 마당에서 헨리의 빌라 거실로 장소를 옮겼다.

"내가 처음으로 본 골프 코스는 프랑크푸르트 교외에 있는 크론부르크란 작은 도시의 샤토 호텔에 딸린 것이었지요. 세상에 이렇게 아름다운 곳이 있다니 하는 생각이 들었습니다. 그때만해도 난 댄서였고, 공연을 위해 왔다가 본 거지요. 열네 살 때쯤인가에 빈을 거쳐 망명한 건 그 10년 뒤의 일입니다. 물론 그 골프장이 서방에 대한 동경을 상징하는 건 아니었습니다. 단지 아름다운 경관이라고 생각했을 뿐이죠. 부다페스트는 철과 암석의 도시여서 당신의 표현을 빌리자면 그 골프장이 세련된 것으로 보였을지도 모르지요……. 당신이 말하기를 일본인들은 개인적인 자격으로 일본 밖으로 나가고 싶어하지 않는 특성을 가지고 있다고 했는데, 어째서 당신은 내 뮤지컬을 후원할 생각을 했지요? 듣자하니, 당신은 기업 소유주도 아니고 에이전트도 아니라고 하던데요."

그 이유는, 하며 나는 천천히 말을 꺼냈다.

"복잡합니다."

내 머리 속에 미군 기지 안의 멋진 잔디가 펼쳐졌다.

"복잡합니다만, 간단하게도 말할 수 있죠. 나는 미군 기지촌 옆에서 자랐습니다. 소년에게 미국은 그야말로 세계 그 자체였습니다. 재즈와 대중 음악을 좋아하게 되고, 실제로 미국을 찾고 나서는 브로드웨이 뮤지컬을 좋아하게 됐습니다. 최근 10년 동안은 당신의 작품을 좋아했습니다. 그래서 신작 아이디어를 듣고 난 다음, 내 손으로 해야겠단 생각을 했습니다. 샤토 호텔의 골프 코스와는 좀 다르겠지만, 미군 기지 안에도 잔디가 있었습니다. 그 잔디는 무척이나 부드러워 보였기에 누워 있으면 기분이 정말 좋을 거라고 늘 생각했죠. 허나, 오해하지 않으셨으면 합니다만, 나는 낭만적인 꿈을 좇고 있는 것은 아닙니다. 이건 어디까지나 비즈니스입니다. 기본적으로는, 당신의 재능에 투자하면 이익을 올릴 수 있으리란 확신이 들었기 때문에 스폰서가 될 것을 결심한 겁니다."

헨리와 나는 코냑을 마시면서 이야기를 나누었고 굳게 두 손을 맞잡고 악수도 했다.

그런 다음 미즈키는 금세 코를 골기 시작했지만, 나는 좀처럼 잠을 이룰 수가 없었다. 거품경제가 한풀 꺾인 일본에서 앞으로 약 5억 엔이나 되는 돈을 모아야 한다. 어떻게 하면 좋을까?

미국, 사우스캐롤라이나, 와일드 듄 골프 코스

　나와 미즈키는 헨리 루코너의 빌라에서 나흘 동안 묵었다. 이틀째 되는 날과 그 나머지 날도 첫째 날과 그다지 다르지 않은 일정으로 보냈다. 다시 말해, 도쿄에선 생각할 수도 없을 만큼 이른 아침에 일어나 헨리가 끓여 주는 짙은 카페오레를 마시고, 헨리가 하는 대로 마멀레이드를 펴 발라 토스트를 먹었다. 때론 내가 계란 프라이를 만들기도 했다. 또, 그때까지 나온 헨리의 뮤지컬 곡을 모은 CD를 듣거나 비디오를 보기도 하며 빈둥빈둥 오후를 보냈다. 기분이 내킬 땐 골프를 쳤고, 그런 다음 근육을 풀기 위해 수영장에서 가볍게 수영을 했다.

　이윽고 해질녘이 되면 베란다에서 장엄한 석양을 바라보며 앱

솔루트 보드카로 만든 블러드메리를 마셨고, 그런 다음 셋이서 분담해 저녁 식사 준비를 개시한다. 예를 들면, 헨리는 돼지고기와 콩을 재료로 하는 포크빈즈를 만들고, 내가 아보카도 샐러드를 만들고, 미즈키가 찬 날두부에 간장과 양념을 곁들인 히야얏코를 만드는 식이다. 교대로 한 사람씩 부엌에 들어가고 남은 두 사람은 술을 마시며 요리 솜씨를 평한다. 헨리는 그밖에도 럼칩과 고향 헝가리의 미트볼 수프와 황새치 토마토소스 찜을 만들었다. 나는 랍스터 오르되브르와 파와 소시지 볶은 것과 붉은 피망을 넣은 계란을 만들었지만, 미즈키는 끝까지 히야얏코로 밀어붙였다. 히야얏코 위에 찐 가리비를 얹었을 땐 헨리도 인사치레로 '브라보'를 했다. 허나 낫토를 얹었을 땐 완전히 무시됐다. 모든 게 우호적으로, 평화적으로 지나갔다.

미즈키는 '보통, 이런 자리는 좀더 에로틱하게 일이 진행되는 거 아닙니까? 명색이 제작자와 연출가의 만남인데…… . 나이를 먹을 만큼 먹어 사리분별이 분명한 중국인 주방장과 푸딩 같은 엉덩이를 자랑하는 하녀와 영국인 신사가 집사를 맡고 있는 겁니다. 그리고 제각각 젊고 발랄한 애인을 옆에 끼고 있고, 책상 위엔 하얗고 긴 마약 흡입 라인이 있거나 하고 말입니다. 신경을 극도로 소모하는 토론을 한 다음엔 '으음, 아흥.' 하는 신음소리로 피로를 풀고 말이죠. 그렇게 되면 뭐, 전 귀찮은 존재가 될 테지만 말입니다. 골프와 손수 만든 요리란 건 왠지 이런 자리에 어울리지 않는단 느낌이 듭니다.' 하는 의문을 제기했다.

사흘째 되는 날 오후엔 헨리의 에이전트가 계약서를 들고 왔다. 첫번째 안은 대금 지불에 관한 거다. 정식 계약에 사인할 때 백 6십만 달러, 사인 후 4주 안에 2백 2십만 달러라고 쓰여 있다. 그 내용을 보자 자금을 마련해야 한다는 중압감이 더해져 왔다. 그런 마음으로 뜨거운 포옹을 나누고, 나와 미즈키는 하와이안 에어에 올랐던 거다.

그러나 돈 씀씀이 감각이란 건 무서운 놈이다. 4년에서 5년 전쯤 됐을까. 그렇다, 후지 텔레비전이 포뮬러원(F1) 그랑프리를 방영하기 시작했을 때부터다. 스포츠계에 돈이 물밀듯이 밀려들기 시작했다. 윔블던이나 월드컵, 르망과 같은 초특가 상품에서부터 하와이 노스쇼어 윈드서핑 선수권이나 멕시코시티 앤두로 대회나 데이토나 비치볼 대회, 서해안 치어리더 경기와 같은 한 단계 아래에 이르기까지 우리는 그저 나도, 나도, 나도, 하며 달려드는 일본의 스폰서들을 정리하기만 하면 됐다. 농협이나 일본 전통 옷 제조업체부터 공동 묘지 사장에 이르기까지 스포츠에 돈을 쓰고 싶어 안달을 했다. 지금은 전혀 다르다. 나는 그 사실을 정말로 뼈저리게 느끼게 된다.

……오랜만에 편지를 씁니다.

지금은 사우스캐롤라이나에 머물고 있고, 조금 큰 대회에 출전할 수 있게 됐습니다.

플로리다의 잭슨빌과 포트로더데일에서 좋은 성적을 거둬, 포인트를 얻었던 게 도움이 됐나 봅니다.

이곳 사우스캐롤라이나에서는 존 댈리를 우연히 만나, 연습 라운드를 가졌습니다. 50킬로그램 가까이 체중을 줄이고, 전미 프로대회에서 좋은 성적을 거둬 여기서도 그가 왔다고 소란을 피우는 모양입니다. 그런데도 완전히 무명인 저와 마침 동년배라며 잘 대해 주었습니다.

사우스캐롤라이나의 와일드 듄이란 곳인데 지금까지 라운드 했던 코스 중에서 최고였습니다. 상당히 까다로운 영국풍(전 사실 영국을 잘 모릅니다만) 링크스 코스였습니다(존 댈리와 연습한 코스는 힐튼헤드였습니다).

페어웨이가 좁으며 곳곳에 덤불이 있었고, 러프는 볼이 사라질 정도로 깊었으며, 그린은 마치 고양이 이마처럼 좁았습니다. 하지만 아이언을 다양하게 사용해 공동 4위를 기록했고 다시 포인트를 받았습니다.

그 와일드 듄 코스 말입니다. 코스가 생긴 게 1753년이라고 합니다.

무슨 뜻인지 아시겠습니까?

미합중국 역사보다 더 긴 겁니다.

그 국가의 건국보다 더 오래된 골프장이 있는 나라라니, 그런 데가 또 있을까요?

참 재미있습니다.

그리고 사우스캐롤라이나에 와서 놀란 게 하나 있습니다.

정말로 쓸쓸한 시골이었단 겁니다.

어제 묵었던 모텔에는 노인 부부가 많았는데, 저녁 식사로 햄버거를 먹고 있었습니다(상파울루의 슬럼가에서도 저녁으로 햄버거 같은 걸 먹진 않습니다).

노인들의 그 쓸쓸한 얼굴……

오락거리라곤 TV밖에 모르는 그 끔찍이도 쓸쓸한 얼굴, 그건 무엇일까요?

브라질은 국가가 파산하기 직전까지 가는 극심한 상황에서 모두가 어려운 생활을 하고 있지만 그렇게 쓸쓸해 보이는 표정의 노인은 없었습니다.

시장에 가면 끝이 보이지 않을 정도로 많은 통조림이 산처럼 쌓여 있는데, 미국의 시골 사람들은 어째서 그렇게도 쓸쓸해 보이는 걸까요?

그리고 정말로 하찮은 기사입니다만, 골프 다이제스트에 실렸으므로 오려서 보냅니다(골프 다이제스트입니다).

그럼, 또 편지 드리겠습니다. 언젠가 제 플레이를 보러 와주십시오.

가와기시 같은 골퍼는 일본의 보도진을 끌고 온 것 같습니다만, 저처럼 나라를 버린 사람은 그다지 인기가 없을지도 모르겠군요.

오랜만에 겐타로한테서 편지가 도착했다. 동봉된 골프 다이제스트의 기사는 댈리 뉴스라고 하는, 존 댈리를 다루는 코너에 실린 짤막한 기사였다.

〈축구선수 출신의 일본인 플레이어가 2번 아이언으로 댈리의 비거리를 뛰어넘어!〉 하는 표제가 붙어 있었다.

힐튼헤드에 나도는 소문에 따르면, 예전에 브라질에서 축구를 했다는 젊은 일본인 골퍼(브라질 이민자라면 2세 혹은 3세?)가 연습 라운드에서 2번 아이언을 가지고 댈리보다 뛰어난 비거리를 보였다고 한다. 드라이버도 거의 바꾸지 않았다고 한다.

현재 댈리의 드라이버 비거리는, 페인 스튜어트나 잭 니클라우스보다는 20야드, 커티스 스트레인지보다는 30야드나 길다. 만일 그 소문이 사실이라면 정말로 주목할 만한 일본인 플레이어가 나타난 셈이다. 글쎄, 비거리가 골프의 전부는 아니지만, 자동차나 전자 제품뿐 아니라 골프 상금까지도 일본이 휩쓸어 버리는 악몽만은 보고 싶지가 않은 거다.

겐타로는 편지에 나라를 버렸다고 썼다. 헨리 루코너는 그런 일본이라는 나라를 이상국이 아니냐고 했다. 나는 해외를 나다니며 대도시의 별 다섯 개짜리 호텔이나 개인용 수영장이 달린 리조트 빌라에 머물며 여러 회의에 참가했다. 그것만으로도, 어쩐지 일본과는 관계없이 살며 내키는 대로 즐기고 있다는 착각에 빠질 수가 있었다.

스스로 일본을 버렸다고 말하는 사람과 몇 번 만난 적이 있다. 그들은 멕시코시티, 스웨덴이나 브라질에 산다. 잉카에 매료되었다거나 가족간 갈등에 넌덜머리가 난다거나 꿈을 좇거나 하는 이유로 그 땅에 정착했던 거다. 하지만 그들은 모두 일본인을 상대로 가이드를 하고 있었다. '일본의 그 습한 공기와 답답한 인간관계를 견딜 수 없었지요.' 하고 말하던 그들도, 예외없이 일본의 돈으로 생활하고 있었던 거다.

파리나 뉴욕, 런던 같은 도시에서는 일본어밖에 할 수 없는 사람도 몇 년이고 문제없이 살아갈 수 있다. 그저 목숨 붙이고 살아가는 게 목적이라면 말이다.

파리에서 낮에는 일본인 관광객을 대상으로 하는 면세점에서 일하고, 밤에는 가라오케 바에서 호스티스를 했던 여자가 있다고 하자. 그녀는 4년 동안 5백만 엔 정도 저축했고, 프랑스어 단어를 천 개 정도 익혔다. 그럼에도 일본으로 돌아온 그녀는 '파리에서 4년 동안 살았어요.' 하고 말할 수가 있는 거다.

뉴욕이나 런던의 라면 가게에도 이런 사람들이 일하고 있는 경우가 많다. 그게 나쁘다고 말할 생각은 없다. 단지 그 도시에서 살기만 해도 무언가를 알 수 있으며, 일본에서는 깨닫지 못했던 걸 깨달을 기회도 있으리라고 본다.

허나 그런 인간들을 보면 왠지 화가 나기도 하고 서글퍼지기까지 한다.

뉴욕의 리무진 서비스는 망명자의 집합소가 되고 있다. 내가 계약 맺고 있는 애사더란 회사는 이스라엘인이 중심이지만, 백인계 러시아인, 리투아니아인, 아르메니아인, 우크라이나인, 폴란드인, 아일랜드인, 방글라데시인, 나이지리아인 등 인종이란 인종은 모두 볼 수 있다. 한창 인기 있는 디스코테크에 가면 낮에는 라면 가게에서 일했던 젊은 일본인이 춤추는 모습을 자주 볼 수 있다.

애사더란 회사의 운전사들은 결코 디스코테크에 가지 않는다. 애사더의 운전사 중에는 일본을 동경하는 사람도 있다. 애사더의 운전사들은 필사적으로 영어를 배우려고 한다. 물론 발음도 나쁘고 억양도 이상하지만, 그들은 그런 것에 개의치 않는다.

나는 애사더의 운전사처럼 살고 싶단 생각은 하지 않는다. 모두들 고달퍼 보인다. 양복은 늘 같은 걸 입고 있으며, 그것도 백화점 바겐세일 코너에나 있을 법한 것들뿐이다.

내 일은, 일본의 돈으로 해외 이벤트 권리를 살 때 그 일을 중개하는 것이다. 일본의 돈이 없다면 나는 일을 할 수가 없다. 헨리 루코너와 만난 다음 본격적으로 돈을 모으기 시작해야만 했고, 그 일로 몇몇 은행을 돌면서 거품이 사라진 처참한 실태를 알게 되었다. 벽에 부딪힌 나는 일본의 돈에만 의존했던 내 모습을 깨닫게 됐고, 점점 더 겐타로가 빛나 보였다. 그렇게 지칠 대로 지친 나는 미스 사쿠란보한테 위안을 받고 싶었다.

"그 동안 왜 그렇게 뜸했어. 전화도 없고……. 조금 걱정했다구."

그녀는 옅은 보라색 원피스를 입고 호텔 바에 모습을 나타냈다. 허리가 보기 좋게 잘록했으며, 야마가타의 맛 좋은 쌀로 키워진, 스키로 단련된 탄력 있는 다리가 검은 스타킹 안에 숨어 있다. 그녀가 다른 테이블에 앉아 있는 남자들 사이를 통과하는 순간 잔잔한 긴장감이 흘렀다. 아름다운 여자를 옆에 끼고 걷는 건 자존심을 세워 주는 기분 좋은 일이었다. 허나 나는 지금 그런 걸 즐길 만한 여유가 없다.

"당신 좀 이상해 보여."

미스 사쿠란보는 내 잔을 보며 그렇게 말했다. 나는 데킬라 스트레이트를 마시고 있었던 거다. 이제까진 미스 사쿠란보 앞에서 데킬라를 마신 적이 없다.

"그렇게 소금을 핥으면서 데킬라를 마시다니, 싸구려는 상대하지 않던 당신이 대체 어떻게 된 거야?"

미스 사쿠란보는 드라이셰리 온더락을 주문했다. 나이 어린 웨이터가, 미스 사쿠란보의 가슴과 가슴 사이 계곡과 내 얼굴에 재빨리 시선을 보내다 거두었다. '부럽구나, 이제부터 룸으로 올라가 한판 벌이겠군.' 하는 표정을 지었지만, 피곤한 나로서는 그런 게임을 즐길 만한 여유가 없었다.

"데킬라는 옛날에 자주 마셨지, 학생 시절에 말이야."

"그런 모습으로 술 마시는 걸 보고 있자니, 나까지 기분이 가라앉는 거 같아. 얼굴이 많이 야위었는데, 상황이 그렇게 안 좋은 건가?"

"나쁘고 자시고가 아냐. 어째서 신문이고 잡지고 한 줄짜리 기사도 싣지 않는 거지? 이건 정말 대대적인 숙청이야. 지점장과 간부가 모두 바뀌었어. 내가 아는 사람은 정말이지 한 사람도 남아 있지 않더군. 정말 이 나라다운 방법이야. 이만큼 노골적으로 본때를 보여주는 인사를 단행하면, 금리를 올리지 않아도 충분히 긴축 효과를 올릴 수가 있겠지. 정말 머리가 휙휙 도는 놈들이야."

"하지만 거품이 꺼져서 잘 됐단 사람도 많던데."

"당신 사업은 어때?"

"내가 빌린 돈이야 쥐꼬리만한 뻔한 거고, 게다가 미쓰비시하고만 거래하니까. 미쓰비시는 그리 문제 될 게 없는 회사잖아. 그래서 돈은 모았어?"

나는 고개를 저었다. 모처럼 그녀를 만나고 있는데도, 오늘밤
은 그녀를 확실히 만족시켜 줄 자신도 없다.

"미국에서는 말야, 먼저 부동산으로 밑돈을 만들고 그 다음엔
주식으로 돈을 모은 다음 그 돈을 영화에 투자했다가 마지막엔
브로드웨이 뮤지컬로 깡통을 차는 게 정석인 거 같더군."

당신은 처음부터 빈털터리인데 무슨 문제야? 그렇게 말하고서
미스 사쿠란보는 웃었다.

변함없이 아름다운 웃음이다.

영국, 스코틀랜드, 턴베리 호텔 & 골프 코스

"그러게 말야. 처음부터 빈털터리인 놈이 뮤지컬이 가당키나
할까?"

미스 사쿠란보가 셰리를 마시는 모습을 보자 마음이 편안해졌
다. 달그락달그락 소리를 내며 유리잔 안에서 얼음을 움직여 목
은 젖지 않은 채 셰리를 1센티미터 정도 마신다. 다른 한 손으
로는 능숙한 솜씨로 젖은 입술을 가볍게 닦아낸다. 누가 그렇게
마시는 방법을 가르쳐 주었을까? 셰리 온더락은 이렇게 마시는
겁니다, 하고 가르쳐 주는 교습 같은 게 있을 리 없다. 그러니 혼
자서 터득했을 텐데, 무척이나 섹시하다. 10대는 물론, 20대 전
반이라 해도 그렇게 마시는 건 불가능하다. 분명 무언가가 필요

하리라. 사회성이라든지, 다도라든지, 전체적인 양으로 따질 때 몇 cc여야 하는 정액이라든지. 하지만 지금 난 즐거운 마음으로 그런 것들을 생각할 수가 없다.

"당신답지 않아. 늘 당신이 말했잖아, 가능한가 가능하지 않은가가 아니라 할 건가 하지 않을 건가가 문제라구."

오늘밤 같이 있어 줄래?

스스로도 한심하다고 느껴질 만큼 작은 목소리로 물었다.

"더더욱 당신답지 않아. 난 도쿄에선 절대로 외박하지 않는다는 거 알고 있잖아? 동생하고 함께 살고 있다구, 조신하지 못한 언니가 되고 싶진 않아."

미스 사쿠란보의 동생과 만난 적은 없다. 전화로 목소리만 알고 있을 뿐이다. 미스 사쿠란보와는 나이 차이가 좀 나는 듯 아직 대학에 다닌다고 한다. 나와 있었던 일을 모조리 이야기하는 모양이다. 미스 사쿠란보의 말을 빌리자면, 성인들의 교제란 이유에서다.

"아니, 내가 말하는 건 그런 의미가 아냐. 외박을 하라는 게 아니라 뭐랄까, 위로를 받고 싶다고 해야 하나."

위로를 받고 싶다고 말한 뒤, 나조차도 영문을 모를 격렬한 자기혐오의 감정이 엄습해 왔다.

데킬라를 단숨에 마셔 버렸다. 멕시코는 그다지 맘에 들지 않는 곳이었다. 멕시코는, 멕시코 요리도 그럭저럭 먹을 만하며 데킬라나 코로나 맥주도 맛이 괜찮고 이국적이기도 하기 때문에 일본인들 사이에서 인기가 있다. 라틴 아메리카 여러 나라 중에서 가장 잘 알려진 곳이기도 하다. 볼리비아, 페루, 아이티, 콜롬비아, 파라과이는 알려진 바가 적다. 나는 늘 멕시코시티에서 인디오와 틀어지곤 했다. 그런 일 때문에 맘에 들지 않는 건 아니다. 내 소중한 미소니 스웨터가 인디오들이 사용하는 색과 비슷해 고급스러워 보이지 않는 탓도 아니다. 선진국이 아닌데도, 무언가가 딱 끝나 버렸단 인상을 주는 나라였기 때문이다.

허나 그런 걸 떠올릴 때가 아니다. 나는 늘 이렇다. 이렇게 돈 때문에 일이 풀리지 않는 대책 없는 상황에 다다르면, 결국 다른 걸 생각하고 만다. 뇌가 달아나고 싶어하는 거다. 그럴 땐 모든 일이 뜻대로 풀리지 않게 된다.

내가 지금 원하는 건, 지금까지 몇십 번은 됨직한 미스 사쿠란 보와 나누는 섹스다. 거기서 느끼는 친밀한 분위기다. 이곳을 애무해 주었음 싶은 곳에 이미 혀가 와 있는 해방된 편안함. 그건 여자라곤 구경도 못 해본 놈처럼 침대에서 서두른다고 얻을 수 있는 게 아니다. 침대로 올라가기까지 보내야 할 일정한 시간이 있어야 한다. 허나 난 그 시간을 만들어 낼 만한 체력이 없다. 두 사람만이 지닌 추억을 이야기하거나, 그 사람한테만 얘기할 수 있는 어린 시절 일화로 웃거나 하면서 천천히 그리고 깊게 취한 다음 긴장을 푼다. 각자 따뜻한 물로 샤워를 하고 나서, 털끝만

치라도 이성이 남아 있다면 그 마지막 한 방울까지 쫓아낸 다음 나체와 부끄러움과 성욕을 선명하게 아로새긴다. 그러고는 콜럼버스나 마젤란이 신대륙을 향해 출항하듯 침대로 향한다. 그런 시간을 마련하는 건 체력인 거다. 때문에 단순히 스트레스를 풀 목적으로 하는 섹스는 돈을 지불할 수밖에 없는 건지 모른다. 그렇지만 난 지금, 그런 섹스 뒤에 오는 자기혐오가 두려워 미스 사쿠란보한테 위로받을 수밖에 없다.

"당신, 정말 왜 그래? 힘든 상황이란 건 알겠지만, 같이 있는 사람도 생각해 달라구. 옆에 있으면서도 아무런 도움이 되지 못한다고 생각하면 괴롭지 않겠어?"

그녀는 따뜻한 말투로 미국 영화에 나오는 여자처럼 말한다. 아, 또 현실과 무관한 게 머리에 떠올랐다. 요즘 미국 영화는 도대체 왜 그런 걸까. 남자는 변명만을 늘어놓고 여자는 결단을 내린다. 액션 영화의 주인공 또한 가족 문제로 갈등을 겪는 게 사실성 있는 설정이라 여기는 듯하다. 놈팡이나 어린아이, 때론 개가 영화를 이끄는 경우도 있다. 정의에 호소하기 위해 억지로 악당을 만든다.

헨리가 아직 각본을 완성하지 않았다. 때문에 헨리의 변호사는 1주일 정도 뒤에 계약서 초본을 보내겠다고 한다. 내 변호사가 그것을 검토하는 2주 동안 여유가 생기는 셈이며, 거기다 변호사끼리 이야기를 나누는데 1주일, 그러면 정식 계약이 이루어진다. 그렇다. 이때 백 6십만 달러가 필요하며, 그 뒤 4주 안에 2백 2십만 달러……. 서로 계약서에 대해 합의하지 않았기 때문에 조금 늦출 수도 있을 거다. 아무리 그래도 1개월이 못 되는 기간 안에 5억 엔을 마련해야 한다.

'집을 담보로 넣고 돈을 빌려 영화를 만들었습니다.' 그렇게 말하는 인간을 대단하게 여기는 어리석은 인간이 이 나라엔 많다. 하지만 내 집은 이미 오래 전에 계약금을 마련하기 위해 담보로 들어간 상태다. 당연한 말이겠지만 그건 뽐낼 일도 아니며 내세울 일도 아니다. 계약금으로 송금한 돈은 50만 달러. 내 집을 담보로 넣고 돈을 좀더 빌릴 수 있겠지만, 다시 한달 뒤에 송금해야 할 2백 2십만 달러는 도저히 어찌해 볼 수 없는 액수다.

그런 생각이 머리에서 맴돌고 있는 동안, 눈앞에 데킬라가 담긴 스트레이트 잔이 5개나 늘어서 있었다.

"어쨌든 다 마실 거지?"

미스 사쿠란보는 셰리 잔을 비우더니 다리 꼬는 방향을 바꿨다. 검은 스타킹 안에 있는 장딴지 끝 하이힐이 미세하게 흔들리고 있다. 어디서 이런 하이힐을 찾아내는 걸까. 검정 에나멜에 테두리만 골드, 마조히스트라면 무릎을 꿇고 볼을 비벼댈 것 같은 위엄 있는 하이힐이다.

"당신은 그런 표정으로 고통을 심화시키려고 바에 있는 거야? 바는 이런저런 일을 잊고 취하기 위해 있는 거라구."

나는 눈앞의 데킬라 잔을 들고 그 흐릿한 투명의 액체를 잠시 바라보았다. 취하기 위해 있는 거라는 말을 듣고서 '그래, 맞아.' 하며 단숨에 털어넣으면 점점 더 피학적으로 변할 것 같다. 거짓말이라도 상관없으니 데킬라를 단번에 들이켜야 할 근거를 찾아야 한다. 그런 게 있을 리 없음은 이미 알고 있다. 하지만 찾아야만 하는 거다. 겐타로가 2번 아이언으로 존 댈리보다 멀리 공을 보냈다고 했다. 그거다, 그걸로 하자. 그건 건배할 만한 가치가 있다.

"맞아, 그래야 한다구. 근심은 떨쳐 버리고 술을 좀더 마신 다음 이 바에서 알몸으로 춤을 출 만큼 흥겨워지라구."

상파울루 축구팀에서 브라질 흑인 선수들과 어깨동무를 하고 찍은 겐타로 사진을 떠올렸다. 눈이 부신 듯 가늘게 떴지만 그 녀석은 무언가에, 예를 들면 일본의 돈 같은 거에 의존하거나 하지 않았다.

알몸으로 춤을 춰? 이 여자는 나에 대해 오해하고 있는 건 아닐까? 혹시 기운을 차린 새벽에는 등뒤에서 점막이 찢어질 정도로 삽입을 하고 마침내 오르가슴을 선사해 주진 않을까 하는 고문을 연상케 하는 성기를……. 두 잔째 데킬라를 비웠다. 식도에서 전신으로 뜨거움이 번져 나간다.

"뭐? 알몸으로 춤을 추다니, 무슨 말이야?"

미스 사쿠란보가 웃고 있다.

"당신이 정말 알몸으로 춤을 출 거라곤 생각지 않아. 상징적으로 말했을 뿐이야."

세 번째 데킬라 잔에 손을 뻗었다. 상징적? 그렇게 나쁘지는 않군. 헌데, 이런 상황에 놓인 우리한텐 어째서 술밖에 마실 게 없는 걸까? 미국 서해안 쪽에 있을 때, 누가 권해서 몇 가지 마약을 흡입해 본 적이 있다. 하지만 일본에선 무리다. 마약을 구하기가 어렵다거나 체포될까 두렵다거나 하는 이유가 아니라 습기 많은 일본엔 맞지 않으니 등의 온갖 이유를 늘어놓으며 결국 인내심을 가져야 한단 뻔한 결론을 맞아야 하는 게 화가 나는 거다. 인내심을 갖는다고? 대체 무엇에 대해. 자신을 압박하며 끝까지 해결의 실마리를 찾으려는 노력. 한계에 다다를 때까지 생각하는 걸 멈추지 말아야 한다. 그런 걸 어리석다고 생각지 말아야 한다. 그게 바로 인내심을 갖는 거다.

"난 그런 춤은 안 춰. LSD와 마리화나와 코카인, 거기다 술을 5리터쯤 마신 다음, 고려인삼 한 뿌리를 먹고 호랑이 뼈와 사슴 뿔과 과라나 초콜릿을 먹어도 그런 춤은 추지 않아. 당신은 뭔가 잘못 생각하고 있는 거야."

데킬라 네 잔째. 멕시코는 위대하다고 생각한다. 선인장에서 이런 걸 만들어낸 민족은 대단하다.

코로나 맥주도 맛이 좋고, 〈엘 토포〉란 영화도 대단했다. 시케이로스나 리베라의 그림도 훌륭하며, 혁명가 사파타도 위대했다. 헌데 나는 무슨 수로 5억이란 돈을 마련해야 하는 걸까? 기업에 기획서라도 가지고 가기 위해서는 대행사를 거쳐야 한다. 플라멩코와 삼바, 브라질과 스페인, 올림픽까지 포함돼 있다. 대행사는 거품 붕괴 속에서 살아 남은 우량 제조업을 소개해 주리라. 하지만 난 엘 토포이며, 시케이로스며 사파타다. 이 세상의 필요악이며 언어나 화폐만큼의 역사도 없는 대행사를 거치느니, 차라리 데킬라를 백 잔 마시고 알몸으로 춤을 추는 게 더 낫다고 본다.

"나도 당신이 알몸으로 춤을 출 거라곤 생각지 않아. 빗대서 한 말이라구."

"난 말야, 세상 어느 누구보다 섬세한 인간이야. 내가 당신 처녀성을 빼앗았다고 나란 놈을 야만인으로 생각하고 있는 거 아냐?"

처녀성을 빼앗았다는 말만은 목소리를 죽여 말했는데도 주위까지 들린 모양이다. 옆 테이블에 있는 놈이 '어?' 하는 표정으로 나와 미스 사쿠란보를 쳐다본다. 순간 미스 사쿠란보의 얼굴이 붉어지는 듯했지만, 그녀는 그런 일로 흔들리거나 하는 여자는 아니다. 다섯 잔째 데킬라. 틀림없이 이 다음 잔부터는 데킬라인지 보드카인지 신선주인지도 모르고 마시게 되겠지.

"당신이 섬세한지 그렇지 않은지는 아는 바 없어. 그런 것을 알 만한 위치에 있는 것도 아니구. 하지만 이것 하나만은 말해 두고 싶어."

미스 사쿠란보는 한숨을 내쉬더니, 셰리 한 잔을 더 시키는 대신 10잔의 데킬라를 두 사람 앞에 늘어놓았다. 마셔야겠다. 그런 다음 내 대신 그녀가 알몸으로 춤을 추면 되지 않겠는가.

"나는 잠시 눈꺼풀에 뭐가 씌었다거나, 나이도 먹을 만큼 먹었으니 아무 남자면 어때 하는 자포자기의 심정으로 당신을 만나는 건 아냐."

뭐야, 나를 칭찬하고 있는 거잖아.

"조금 취했기 때문에 하는 말이지만, 나는 존경하고 싶어. 내 남자를 말야, 존경하고 싶다구. 그러니 제발, 존경심을 느낄 수 있는 태도를 보여줘."

"그럼, 가르쳐 주지 그래."

"뭘 말이야?"

"어떤 타입을 존경하지?"

미스 사쿠란보는 웃고 있다. 나는 새로 온 열 잔 중에선 한 잔째, 그녀는 세 잔째 데킬라. 자기 일을 성실히 해내는 남자라고 말하지 말아 줘. 약한 마음을 보이지 않는 남자라고 말하지 말아 줘.

"글쎄, 가장 중요한 건 무모한 일을 한다는 거야."

이제 몇 잔째인지도 기억나지 않는다. 언제 일어나 어떻게 계산을 마치고 방까지 왔는지도 거의 기억나지 않는다. 정신을 차리고 보니 방에서도 데킬라를 마시고 있었다. 미스 사쿠란보는 슬립 한 장만을 걸친 모습으로 눈앞에 있었고, 눈빛은 그 옛날 만화 주인공처럼 불타고 있다.

"뭘 무모하다고 하는 거지?"

"그 질문 벌써 열 번째라구. 말하자면, 그건 터무니없는 일을 한단 거야. 여자로서는 이해할 수 없는 일을 하는 거구. 여자라면 절대로 하지 않는 일, 체계와 순서가 없는 일, 전략이 서 있지 않은 일을 하는 거라구. 나도 장사꾼이지만, 난 당신 같은 일은 하지 않겠다고 늘 생각해. 나는 가능한 한, 잘 팔릴 것 같은 좋은 사진을 선택하고, 꽃을 꽂아 두거나 하며 늘 사무실을 잘 꾸며 놓지. 내 친구들도 인테리어 공사나 플라워 디자인, 유명인 인터뷰를 한다든가 여러 가지 직업을 갖고 있어. 하지만 당신 같은 일은 절대로 하지 않아."

오, 눈빛이 이상하게 변하는군. 엉덩이도 빛나기 시작했단 얘기다. 그렇지만 그녀가 하는 말은 옳은 듯하다.

"당신이 하는 일을 백 퍼센트 파악해야겠단 생각은 없어. 그런 건 가능하지도 않을 테고. 다른 사람이 백 퍼센트 파악할 수 없는 일을 당신은 계속하고 싶은 거지? 턴베리의 조금 긴 미들 홀에서, 50야드 남은 세컨드샷을 드라이빙 아이언으로 힘껏 치는, 그런 일이라구. 대부분의 일은 이해할 수가 있어. 다만 자기자신조차 이해할 수 없는 일을 하는 경우에만 무모란 후광을 다는 거라구."

'여기부터 말야?' 하며 내가 허벅지 사이를 손으로 가리키자, 미스 사쿠란보는 '쉿' 하며 내게 안기더니 사자처럼 귀를 짓씹기 시작했다.

미국, 애리조나, 스콧데일, 피니션 골프 코스

그 뒤로는 익숙한 세계다. 어디에 이런 에너지가 남아 있었던 걸까. 나 자신도 믿을 수 없을 정도로 키스, 키스, 애무, 애무, 발기, 발기, 섹스, 섹스, 섹스……

지껄이는 것조차 짜증날 정도로 피곤했던 게 사실이었다. 헌데 심장이 마구 펌프질하며 비명을 지르는데도 둘 다 허리 돌리기를 그만두지 않는다. 데킬라가 가득 고여 선인장이 돼 버린 머리 한구석에선, 순간 이래도 되는 건가 하는 생각이 스친다. 나는 왜 이렇게 어리석은 걸까? 이렇게 동물 같은 섹스나 하고 있을 땐가? 서른을 넘긴 성숙한 여자와 이제 곧 마흔이 되는, 오래전에 반환점을 돈 남자가 이래도 되는 걸까. 고등학생처럼 얼굴과 얼굴을 맞대고, 모공 수를 전부 셀 수 있을 만큼 가까이, 반편이처럼 사랑한다고 속삭이고 있다.

지금 당장 달려 보라고 하면 10미터도 못 가 쓰러져 버리리라. 그런데도 이 행위만은 가능한 거다. 그게 아니었다면 인류는 존속할 수 없었을 거라고, 그렇게 말하면 아무 일도 아닌 듯하다.

그럼에도 정말로 뜻밖이다 싶은 것까지 생각난다. 예를 들자면, 그 부끄러운 종군위안부에 관한 일은 확실히 일본다웠다. 일본 군대는 무기와 식량 모두 불충분했지만 여자만은 비열한 방법으로 확보하고 있었던 셈이다. 눈을 감고 귀를 막아 버리고 싶은 역사다.

허나 그런 어리석은 피는 나 같은 놈한테도 흐르고 있는 거다. 지금 하고 있는 섹스 또한 딱히 자랑할 만한 게 못 된다. 또다시 생각이 가지를 쳐 여기까지 이르고 말았다.

그렇다고는 해도 욕망이, 삶 혹은 죽음보다 절실한 경우도 분명 있다. 암사자인 미스 사쿠란보가 몸을 뗄 때마다, '그래, 그래, 그래, 거기 계속해 줘.' 하고 말할 때마다, 헌신적으로 쾌감이 한계에 다다를 때까지 해줄 때마다, 곧바로 '오오오오오오' 하며 이래도 되는 걸까 하는 반성과 함께 쾌감이 밀려든다. 그러면 침대에 몸을 쓰러뜨릴 수밖에 없다. 어쩌면 반성 같은 건 해선 안 되는 건지도 모른다. 지금은 욕망이 그 무엇보다 절실하기 때문에. 실제로 나는 오늘 저녁 그녀를 만나기 전보다 백 배, 천

배 기운이 넘치고 있지 않은가.

폭풍우와 같은 시간이 지나간 다음 나는 미스 사쿠란보의 머리카락을 쓰다듬으면서 끊임없이 속삭였다.

"다시 카리브 해로 여행갈까. 그 뒤론 아무 데도 가지 않았잖아. 애리조나에도 가자. 애리조나는 정말 최고였지. 지난번엔 레지스트리 리조트란 데 머물렀던 거 기억하지? 피니션이란 호텔이 있어. 애리조나에 말야. 그 바위와 모래투성이 산을 배경으로 떡 하니 서 있는 굉장한 리조트 호텔이지. 물론, 리딩 호텔 그룹이야. 레지스트리 리조트는 밖으로 나가 퍼블릭 골프장으로 가야 했지만, 피니션은 호텔 안에 골프장이 있거든. 다시 바위산을 보면서 골프를 치는 거야. 그러고는 밤, 낮, 아침 할 것 없이 쭉 같이 있으면서 쉴새없이 섹스를 하자. 내가 당신 사랑하는 거 알고 있지? 사랑해. 나는 당신을 애리조나의 사막만큼 사랑한다구."

미스 사쿠란보는 밤늦게, 내가 깨지 않게 살그머니 침대에서 일어나 집으로 돌아갔다. 여행을 제외한 어떤 경우에도, 그녀는 결코 외박을 하지 않았다. 평소처럼 짧은 편지가 테이블에 놓여 있다.

오늘밤 초대는 고마워.
오랜만이라 좀 지나쳤단 감이 없진 않지만, 기운을 내라구.

기운 없는 당신을 보면 마음이 아프니까.

나는 몇 번이고 몇 번이고 다시 읽었다. 기운을 내라구, 하며
실제로 소리를 내어 읽곤 했지만, 변호사한테 걸려 온 아침 첫
전화가 행복한 기분을 망쳐놓고 말았다.

"이거, 정말로 사인할 생각인가요?"

그러려고 필사적으로 스폰서를 찾고 있는 게 아닌가.

"이거, 읽어보기는 한 거죠?"

변호사는 내 고등학교 후배다. 어렸을 땐, 늘 교실에서 실례를
한 놈처럼 금방이라도 울음을 터뜨릴 듯 나약해 보이는 녀석이
었다. 헌데 도쿄대학에 가서 사법시험을 통과하더니 곧 변호사
가 되었다. 세무 쪽 전문가이며, 의뢰인도 많다. 어렸을 때 교실
에서 실례나 하던 녀석들 중에서 가장 높은 지위에 오른 녀석이
아닐까?

가볍게 쭉 훑어봤어.

"일본에서 초연하고 싶단 항목이 있는 거, 알고 있습니까?"

뭐라구?

"그렇게 쓰여 있습니다. 21조 D항입니다."

하고 싶다니 그건 또 무슨 말인가.

"쌍방은 성의 있는 대화를 나누고, 초연은 일본에서 할 것을
희망한다, 이런 항목입니다. 영어 표현 치곤 약한 편이지만, 꽤

분명하게 쓰여 있습니다.

기다려 봐, 생각 좀 해볼게. 그리고 오후에 그쪽에다 전화를 넣어보지 그래.

나는 호텔로 미즈키를 불렀다.

"아닌 밤중에 홍두깨 격이군요."

미즈키는 늘 그랬던 것처럼, 마셔도 되느냐는 말은 생략한 채 너무도 자연스럽게 냉장고 문을 열고 콜라를 꺼내 들었다. 그러고는 '푸아' 하는 요란한 소리를 내며 마셨다. 시선은 미스 사쿠란보의 향기가 남아 있는 침대 쪽을 향해 있다. 이런 중요한 때에도 정사를 나누는구나, 하는 얼굴로 '아닌 밤중에 홍두깨' 하고 중얼거리며 혼자서 웃는다.

이런 때 꼭 웃어야 하나. 이건 정말 보통 문제가 아냐.

"알고 있습니다. 준비도 물론 쉽지 않겠죠. 첫 공연을 브로드웨이에서 하고 싶어하지 않는 이유가 대체 뭘까요?"

나로서도 그걸 모르겠다. 대개 브로드웨이 뮤지컬을 후원하는 일은, 간단히 말해서, 돈만 마련하면 그걸로 끝이다. 보험 같은 것도 있다. 하지만 일본에서 첫 공연을 하게 되면 그건 전혀 다른 얘기가 된다. 돈만 마련해서 끝나는 게 아니다. 공연 자체를 프로듀스해야 한다. 적어도 프로듀스를 전문으로 하는 회사는 있어야 한다. 하지만 대행사가 없으면 그건 거의 불가능에 가까운 얘기다. 해외 단체가 하는 일본 공연에 대해, 대행사 이상으로 힘과 노하우를 갖고 있는 덴 실제로 한 손으로 꼽을 정도밖에 안 되는 게 현실이다. 게다가 우린 지금 스폰서가 필요하기 때문에 대행사는 반드시 개입하게 된다.

결론은 늘 똑같은 곳을 맴돌고 있다.

'대행사를 통하지 않는다면 어떤 방식으로 스폰서를 구할 수 있을까?'

미즈키는 항상 표정에 변화가 없다. 이들 세대는 어떤 때 놀라고, 어떤 때 미칠 듯이 기뻐하며, 어떤 때 슬퍼하는 걸까?

저기 말야, 하고 나는 물었다.

이런 얘기 하는 거 내키진 않지만, 자넨 말야 이런 때 어떻게 그렇게 태연자약할 수가 있나.

"그 태연자약이란 단어는, 매우 침착하고 느긋한 태도를 보인다는 의미입니까?"

그래, 그런 뜻이지. 냉정하다는 말이 아니라, 늘 이도 저도 아니란 느낌이 드는 말이지만 말야.

"그런 말을 할 때입니까? 일본에서 첫 공연을 한다는 건 심각한 문제라구요."

알고 있어. 그 침착한 태도 속에 뭔가 해결책이 들어 있진 않을까 하는 생각이 들어서 말이야.

"해결책은 단 하나, 스폰서를 구하는 일입니다."

하나마나한 소리야. 그런 뻔한 말은 하지 말라구. 자네 세대는 다 그런가? '감동할 수는 있을까?' 하고 기대했다가 배반당한 적이 많았기 때문에, 다시는 그런 감정을 겉으로 드러내지 않겠다고 작정한 건 아닌가?

"무슨 말 하시는 겁니까? 정말 약해지셨군요. 그런 건 세대 같은 거 하곤 상관없는 일입니다."

그런 이상한 말투 좀 쓰지 말게. 존칭을 쓰려면 '무슨 말씀을 하시는 겁니까?' 가 올바른 거니까 말야.

"세대 같은 거 하곤 상관없는 일이라고 늘 말씀하셨지 않습니까. 세대란 건 애매한 것뿐인 이 나라 안에서도 가장 애매한 거라고, 그렇게 말한 게 바로 카기야 씨입니다. 그럼 따져 볼까요. 첫번째로, 지금까지 이 나라에서 감동하는 아버지나 형 세대를 본 적이 있습니까? 전쟁 땐 어땠느니 하는 말들을 곧잘 하지만, 그런 것에 감동하는 건 바람직한 일이 아닙니다. 마음 아파하는 건 이해할 수가 있겠지만, 승리했다고 기뻐하는 일 또한 바람직한 일이 아닙니다. 요즘 얘기를 해볼까요. 예를 들어, 제가 아는 사람은 고교 야구가 감동을 연출하느니 뭐니 하며 떠들어댑니다. 고교 야구를 하는 건 지금이나 옛날이나 마찬가집니다. 그러니 달라진 건 미디어란 하드웨어뿐인 게 분명하죠? 라디오가 모노크롬 텔레비전이 되고, 다시 컬러 텔레비전이 되었으니 앞으론 차차 하이비전이 돼 가겠지요. 그뿐입니다. 고교 야구를 하는 건 예나 지금이나 변함없이 어리석은 놈들뿐입니다. 점차 보는 사람의 상상력을 제한하는 방향으로 하드웨어가 진보하고 있을 뿐입니다. 상상력이 없는 세계에서 풍부한 표정으로 살아갈 수 있는 사람은, 상당한 혜택을 받은 사람이거나 상당한 바보 둘 중 하나겠지요."

미즈키는 나를 부추기고 있는 거다. 미즈키가 지금 단숨에 떠들어댄 내용은 늘 내가 중얼중얼 혼잣말처럼, 주문처럼 떠들어대던 것들이다. 나도 이제 어지간히 약해졌나 보다. 다른 사람의 표정을 일반적인 것으로 받아들여 마음에 두다니. 이런 것도 일종의 감상주의다.

"스폰서를 구해야 합니다."

그렇다. 허나 난 일본에서 첫 공연을 한단 소릴 듣고 엄청난 충격을 받았다.

미즈키, 내가 왜 그랬을까.

"정신 좀 차리십시오. 쉽게 말하자면, 스폰서를 구하는 게 좀 더 어려워지리란 게 문제입니다. 스폰서만 구한다면 프로듀스해 줄 놈들은 얼마든지 있습니다. 그런 건 대행사 없이도 가능합니다. 첫 공연을 일본에서 하는 것도 얼마든지 가능합니다. 그러니 문제는 우리 안에 있는 게 틀림없다고 생각합니다."

미즈키는 옳은 말을 하고 있다. 미즈키가 이렇게 머리 좋은 녀석이었던가? 아니면 내가 정액을 낭비한 탓일까?

"헨리 루코너는 틀림없는 최고 수준의 뮤지컬 연출가입니다. 하지만 단순히 그것만으로 스폰서를 구할 수 있으리란 생각은 우리도 하지 않았습니다. 이건 틀림없이 뜰 수 있다, 하는 요소를 주제나 음악에서 찾고 싶어합니다. 물론 가장 중요한 요소는 브로드웨이 뮤지컬이 갖고 있는 사회적 지위입니다. 브로드웨이 뮤지컬이 일본에서 상업적으로 성공을 거두는 건 뭘 의미하겠습니까. 그건 이미 브랜드니까, 브로드웨이에서 히트한 작품이 일본에서 실패한 적은 아직까지 단 한 번도 없습니다. 모든 건 브랜드, 그리고 권위가 있다는 데 있습니다. 그 작품에 권위를 붙여 주면 이 나라 사람들은 기뻐합니다. 하지만 일본에서 첫 공연을 하는 이런 작품엔 권위가 없으니까요."

그래, 바로 그거야.

"저쪽은 왜 일본 첫 공연을 생각했을까요?"

변호사에게 전화를 걸어보게 했는데, 헨리 쪽에선 첫 공연을 일본에서 하는 건 엄청난 명예이기 때문에 우리가 기뻐할 거라고 생각했다는군.

"오 마이 갓. 무슨 말인지 알겠습니다. 하와이에서 분위기가 정말 좋았지 않았습니까. 그러니까 그게, 경의를 표해야겠단 생각으로 그런 게 아닐까요. 진심으로 경의를 표한 겁니다. 그런데 그런 경의를 순수한 마음으로 기쁘게 받아들일 수 없는 우린 대체 뭡니까?"

일본에서 첫 공연을 갖는다는 걸, 엄청난 영광이라고 생각할 기업은 없는 걸까.

"대기업이어야 합니다. 미쓰비시나 소니, 혼다. 그런 데 연줄이 있습니까?"

나는 고개를 저었다. 이제까지 대행사에 안주하려던 태도가 부메랑이 되어 돌아온 거란 생각이 든다.

"그런 어두운 표정으로 고개를 저으시면 안 됩니다. 대기업의 고위 간부와 연줄이 있을 리 없지요. 있다면 처음부터 괴로워할 필요도 없었을 거구."

그렇게 말하고는 미즈키는 또다시 웃었다.

"아, 죄송합니다. 또 의미 없이 웃어서. 그럼, 어떻게 하실 작정입니까? 일본에서 첫 공연을 갖는 건 원치 않는다고, 그쪽에다 말할 겁니까?"

그것도 좀 억울하단 생각이 드는군. 해보지도 않고 말야. 게다가 그쪽 불황도 상당히 심각한 모양인데. 헨리 루코너의 작품은 바보처럼 아무 생각 없이 웃고 즐기는 미국적인 작품이 아니니까. 그런 이유도 있는 게 아닐까. 일본에서 첫 공연을 갖자고 한데는.

"지금은 감정 같은 거 돌볼 때가 아닙니다. 거품이 꺼진 뒤에 남은 건 대체로 대기업밖에 없을 겁니다. 영문은 알 수 없지만, 가진 건 돈밖에 없다던 사람들이 모두 사라졌단 뜻이겠지요? 하지만 이 거품 붕괴를 통해 정말로 자정작용이 될까요. 케네디 암살과 비슷하다는 생각도 드는데 말입니다."

어쨌든 누군가와 만나야 한다.

"불 같은 정열과 의지겠지요?"

미즈키한테서 불 같은 정열과 의지란 말을 듣자, 어제 미스 사쿠란보를 만난 일이 머리에 스쳤다. 그녀의 엉덩이와 '무모한 일을 한다는 거야.' 하던 말……

우선, 대기업과 만나자. 고위 간부가 아니더라도, 현재 대기업들이 갖고 있는 대강의 방침은 알 수 있겠지.

나는 그렇게 말했다. 미즈키가 끄덕였다. 일본에서 갖는 첫 공연이란 충격이 거꾸로 전화위복이 된 셈이다.

미국, 콜로라도, 볼더 퍼블릭 골프 코스

우리와 가장 가까운 대기업 연줄은, 어처구니없게도 미즈키가 거래하고 있는 미쓰비시 은행 외근 영업 직원이었다.

우리는 신주쿠 역 동쪽 출구 쪽에 있는, 케첩이 흥건한 나폴리 스파게티가 나오는 곳에서 그를 만났다. 머리를 붉게 물들여 무 자치 뱀을 생각나게 하는 웨이트리스가 있는 카페였다. 그는 30 대 전반이었으며, 미즈키의 예금 계좌 담당이다.

이마 윗부분은 머리숱이 많이 빠진 상태였으며, 만나자마자 나를 위아래로 훑어보았다. 호모여서가 아니라, 내 양복이나 시 계, 구두가 어떤 건지 확인하기 위해서였다. 나는 휴고 보스의 양복을 입고 있었으며, 시계는 카르티에, 구두는 부르노 매리였다. 코부시자와라고 자신을 소개한, 엔카 제목에나 나올 법한 이름의 이 대머리 사내는 그 명품 브랜드들을 복잡한 표정으로 바라보았다.

고작 이런 인간밖에 상대할 수 없었던 이유는, 물론 미즈키가 이런 놈을 선택한 데 있었다. 허나 우리가 미쓰비시와 혼다, 소니, 이 셋 중에서 최대한 찾아낸 게 이 정도였다. 나는 그 세 군데 대기업을 상대한 적이 없다. 미즈키도 마찬가지다. 혼다와 소니에서 우리가 알고 있는 사람이라고 해야, 고작 혼다 클리오에서 판매 아르바이트를 하고 있는 녀석과 소니 빌딩에서 안내원으로 일하는 여자아이뿐이었다. 그러니 우선 은행 쪽 상황이나 들어보려고 코부시자와와 자리를 마련했던 거다.

나는 생선초밥이라도 먹이려고 했지만, '카페 쪽이 낫습니다.' 하고 미즈키가 말했다.

'품성이 좋은 사람 같진 않으니 우리를 모르게 하는 편이 나을 것 같습니다. 게다가 생선초밥 같은 걸 먹으면 왠지 모르게 비굴한 느낌이 들어 얼토당토 않은 말을 지껄일 수도 있습니다.'

미즈키의 말대로 하기로 했다.

나와 미즈키는 커피를, 코부시자와는 카레덮밥을 주문했다. 카레덮밥, 오랜만에 들어보는 음식 이름이다.

'뭐 음료수라도 드시겠습니까?' 하고 미즈키가 권하자, '그럼 저도 커피를 마시겠습니다.' 하고 작은 목소리로 말했다. 그리고는 카레덮밥보다 먼저 나온 커피를 프림이나 설탕은 전혀 넣지 않은 채, 벌컥벌컥 마셨다.

"미즈키 씨한테 전화로 설명을 듣긴 했지만, 솔직히 말해 무슨 말씀을 듣고 싶은 건지 잘 모르겠습니다. 제가 오늘 무슨 이야길 해야 되는 겁니까? 은행 내부 일은 말할 수가 없습니다만."

카레덮밥을 이렇게 맛없게 먹는 사람은 처음 본다.

"아니, 특별한 뜻은 없습니다. 저 같은 놈도 미쓰비시 같은 일본 최고 은행에 계좌를 갖고 있다는 걸, 상사한테 직접 보여드리고 싶었을 뿐입니다. 마침 신주쿠에 볼일이 있어 왔다가 코부시자와 씨와 세상 돌아가는 이야기라도 해볼까 한 겁니다. 부담스럽게 생각하지 않으셔도 됩니다."

미즈키가 하는 말은 사람을 안심시키곤 한다. '그건 걱정할 일이 못 됩니다.' 하고 미즈키가 말하면 정말로 별일 아니라는 생각이 들기까지 하니 이상한 일이다. 얼굴 탓일지도 모른다. 미즈키는 확실히 별일 아니라는 표정으로 말하고 있다.

'그런데 경기는 좀 어떻습니까?' 하고 지나가는 말처럼 미즈키가 묻는다.

"상당히 어렵습니다."

그렇게 맛없게 먹을 거면 차라리 먹지를 말지 하는 생각이 들 정도로, 맛없게 카레덮밥을 우겨 넣으며 코부시자와가 대답했다.

"그렇긴 해도, 경기가 좋고 나쁘고를 떠나서 돈 있는 사람과 그렇지 않은 사람은 있기 마련이지요. 잘 헤쳐나가는 사람과 그렇지 않은 사람도 있기 마련입니다. 나 같은 사람은 뭐랄까, 도브 강에 떠 있는 부초 같은 인생이라고나 할까요. 그런 존재가 아닌가 하는 생각이 듭니다만."

이야기가 이상한 쪽으로 흐르고 있다. 아무리 외근 영업직이라 해도 금융 쪽에 있으니 요즘 돈 흐름에 대해서는 조금이나마 알고 있으리라 생각해서 만난 거다. 헌데 코부시자와는 무언가 착각하고 자기 신세를 고백하기 시작한 거다.

미즈키는 '호오, 계속 말씀하십시오.' 한다. 중간에 이야기를 끊어 버리면 좋겠는데 오히려 다음 얘기를 재촉하고 있다.

"제가 이래 뵈도 2년 동안 미국 대학에 있었습니다."

미즈키는 '그런 녀석은 요즘 발에 채일 정도로 많다.' 하고 내심 생각하겠지만 '호오, 어느 대학입니까?' 하고 다시 묻는다.

"콜로라도입니다. 볼더라고 하는 곳인데 매우 한적한 대학촌이었습니다. 작지만 흑인이나 푸에르토리코인이 없어 깨끗한 곳이었습니다."

흑인이나 푸에르토리코인이란 대목에서, 요즘 같은 세상에 뭐 이런 상식 없는 놈이 다 있나, 나카소네보다 못한 놈이로군, 하는 표정으로 우리는 서로의 얼굴을 쳐다보았다. 이 녀석한테 어떤 의미 있는 정보를 듣는 건 아무래도 무리일 것 같다.

"그곳에 9홀짜리 퍼블릭 코스가 있었습니다. 주말엔 혼자서 그곳을 한바퀴 돌곤 했지요. 요금이 얼마일 거라 생각합니까?"

미즈키는 '싸겠지요.' 하며, 그런 건 흥미없어하는 느낌으로 말한 게 틀림없다. 그렇지만 신세 타령에 취해 있는 코부시자와 한테는 그런 게 들릴 리 없다. 카레덮밥의 누런 밥알 하나 하나가 지나간 행복한 날들을 생각나게 하는지 입을 우물우물거리며 재차 물었다.

"대답해 보십시오. 얼마라고 생각하십니까?"

10달러 정도 됩니까?

"어림없습니다."

코부시자와는 만나서 처음으로 웃는 얼굴을 보이며, 카레덮밥 숟가락을 좌우로 흔들었다.

"3달러입니다. 일반인은 5달러지만, 학생은 3달러였습니다. 마침, 전 학생이었으니까요."

미즈키는 '우와, 그렇게 쌉니까?' 하며 당신이 학생이었다는 것쯤은 알고 있어, 이 멍청아! 하는 말투로 응했다. 하지만 코부시자와의 눈은 허공을 응시하고 있다. 행복하기만 했던 볼더 시절을 떠올리고 있으리라. 정말 어리석은 놈이다.

"그게 진짜죠. 그런 게 진짜 대중 스포츠인 겁니다. 이 나라는 대체 뭡니까? 교통 정체에 온종일 계속되는 일에, 골프를 치러 나가서도 플레이하는 동안 내내 접대용 멘트나 지껄여야 하고.

게다가 못 들어도 3만에서 4만 엔은 들어가죠. 요즘은 규슈나 홋카이도 같은 데로 비행기를 타고 가서 이틀이나 사흘 정도 골프를 치다 오는 게 유행하고 있죠. 전 말입니다, 그건 좀 우스운 일이라고 생각합니다. 그렇지 않습니까? 우습다는 생각이 들지 않습니까?"

그렇군요. 자연스럽지 못한, 아니 자연스럽지 못합니다.

"왜냐하면 규슈엔 규슈만이 갖고 있는 아름다움이 있는 겁니다. 그럼에도 다들 골프, 골프, 골프, 그저 골프뿐입니다. 외국인들은 그렇지 않습니다. 안 그렇습니까?"

글쎄요. 나는 쓴웃음을 지으며 그렇게 말했다.

'미국인들 또한 사우스캐롤라이나나 하와이, 애리조나에 골프를 치러 갑니다.' 하고 말할 뻔했다. 하지만 눈치챈 미즈키가 '참으세요.' 하는 뜻으로 무릎을 두드리기에 그만두었다.

"돈을 취급하면 말이죠, 돈이 어디서 어떻게 생겨나 어디로 흘러가는가 하는 건 모르게 돼 있습니다. 물론 단순히 돈을 만져보기만 하는 저 같은 말단은 특히 그렇지요. 그야 최근엔 폭력단 쪽 관계가 시끄러워져서, 그 부분만큼은 다르지만 말입니다. 무슨 말을 하고 싶은가 하면, 어떤 데는 어쩌면 이리도 돈이 많을까 하는 생각이 들 정도로 많단 겁니다."

어쩔 수 없이 나도 짜증이 나기 시작했다. 이런 카페에 들어온 건 정말 오랜만이다. 최근엔 그리 볼 기회가 없었던 인간들이,

맛없는 커피와 세계 어느 곳에도 없는 간단하기 그지없는 식사
'를 하며, 하나도 즐겁지 않단 표정으로 오후를 보내고 있다. 학
생, 세일즈맨, 호스티스로 보이는 여자, 카바레 웨이터 같은 남
자, 모두들 빈곤해 보인다.

"나는 이미 줄서기에서 밀려 버렸으니 이제 아무런 미련도 없
습니다. 더구나 돈이든 무엇이든, 혹 다른 회사든 어차피 상황은
늘 같을 테고."

"그렇지 않습니다. 코부시자와 씨는 어디 가든 잘 할 거라고,
거 왜 다른 은행 지점장님이 말했다고 하지 않았습니까."

미즈키가 무자치같이 가는 눈을 가진 웨이트리스에게 두 잔
째 커피를 주문하면서 그렇게 말했다.

"그 지점장님은 이제 없습니다."

마치 종말이라도 맞은 듯한 눈빛으로 코부시자와가 말했다.

'예? 없다니요?' 하며 미즈키가 사뭇 놀란 체했다.

"사람 사는 세상엔 어처구니없는 얘기도 있기 마련이죠. 그 지
점장은 정말 좋은 사람이었습니다. 저도 가라오케에서 알게 돼
친분을 쌓았지요. 마흔이 되기도 전에 도코로자와 인근에 자기
집을 세웠을 정도로 대단한 사람이었습니다만, 엄청난 사건에
휘말리고 말았습니다."

미즈키한테는 고백을 이끌어내는 힘이 있는 모양이다. 목사로
는 어울릴지도 모르겠다.

"야나이라고 하는 사람입니다. 아, 미즈키 씨도 알고 있지요? 야나이 지점장이 어느 날 택시를 탔습니다. 긴자에서 마셨던 듯합니다. 그리고 피곤했던 모양인지 다리를 운전사 쪽으로 뻗었나 봅니다. 사이드브레이크가 있는 거기로 말입니다. 운전사가, 손님 다리 좀 치워 주시지요, 했고 그게 싸움으로 번진 겁니다."

'자주 듣던 얘기로군요.' 하며 미즈키가 다시 고백을 유도했다.

"그 운전사가 '야, 이 자식아, 너 잘난 척하지 마.' 하고 말했답니다. 그 말을 들은 야나이 씨도 열이 받아, 내릴 때 결국 '내가 ○○하고 잘 아는 사인데 말야, 당신 같은 인간은 당장이라도 모가지야, 알아?' 하고 말했다는 거죠. 그런데 그 백발의 택시 운전사가, 알고 보니 신바시에 임대 빌딩과 주차장을 모두 열 군데나 갖고 있는 엄청난 부자였던 겁니다. 게다가 그 지점장이 다니던 은행과 50년이나 거래해 온 큰손이었던 거죠. 그뿐만이 아닙니다. 그 운전사의 두 아들은 모두 변호사였지요. 그 변호사 아들들이 이러이러한 불쾌한 일이 있어서 예금을 전부 인출하겠다며 정식으로 문서를 통해 통보한 겁니다. 야나이 씨는 정말 따뜻하고 성품 좋은 사람이었는데……. 다른 은행 직원이긴 했어도 전 그런 인물을 목표로 삼았을 정도입니다. 특히 공공기금으로 보증해 주는 대출을 정말 잘 운용했죠. 요즘은 도쿄까지 출근하는 데 전혀 문제가 없는 도코로자와에 자택을 세운 건 뛰어난 선견지명이었다고 생각합니다. 그런데 그 모든 게, 한 사람의 인생이 하루 아침에 무너질 수 있다니, 정말로 무서운 세상이란 생각이 들더군요. 술에 취해 욱하는 마음으로 내뱉은 몇 마디 때문에 말입니다."

'으음, 뭔가 좀 뒤틀렸던 걸까. 아무리 부자라도 모가지를 자른단 말은 몹시 거슬릴 게 당연할 테니.' 하며 목사 같은 말투로 미즈키가 감상을 말했다. 어째서 이렇게 긴급한 때 이런 얘기나 듣고 앉아 있어야 하는 걸까. 어이가 없었다. 미즈키는 무슨 이유로 이런 한심한 이야기를 듣고 있는 걸까?

"그렇습니다. 야나이 씨는 그 운전사 아들들이 보낸 정식 문서로, 저로선 정식 문서란 게 어떤 건지 상상조차 안 가지만……."

틀림없이 법률적으로 하자가 없는 통고였겠지요.

"그런 것 같습니다. 생각해 보면, 모르면 모를수록 가장 무서운 게 법률인 것 같습니다. 야나이 씨는 바로 본점으로 불려가 거의 사형 선고와 같은 해고 통지를 받았겠지요. 게다가 부인과 둘이서 그 운전사 집을 찾아가 사죄해야 했습니다. 부인과 둘이서 말입니다. 어째서 이 나라는 그런 어처구니없는 짓을 시키는 걸까요?"

부인은 아무 관계가 없는데 말이죠. 어쩌면 본보기 같은 건지 모르겠습니다.

"봉건 시대의 잔재가 아닐까요? 텔레비전 사극 같은 걸 보고 있으면 부인도 같이 목을 자르고 자결하거나 하지 않습니까. 야나이 씨는 그때 일을 나한테 말하면서 마치 어린아이처럼 엉엉 소리 내며 울었습니다. 그리고 뭐가 제일 분했는지 아느냐고 하면서 이런 말을 했습니다. 그 운전사 집이 정말로 엄청나다고 하더군요. 백곰 가죽이 깔려 있고, 금송아지가 있는 그런 엄청난 집이 아닙니다. 맨션 한 층을 텄는데, 그 바닥에 깐 마루도 인조 재료가 아니라 천연 재료라고 했습니다. 저는 그런 것들 이름도 잘 모르지만, 인도 자단이니 오크니 하는 것이겠죠. 거기서 부인과 함께 엎드려 조아렸던 모양입니다. 얼마나 딱한 얘기입니까."

정말로 마음이 무거워지는 얘기였다.

허나 그 이야기에 이어, 코부시자와는 실로 흥미 있는 개발업자 이야기를 꺼냈던 거다.

미국, 마이애미, 도럴 골프 클럽 블루 코스

그렇게 절로 눈물이 날 만큼 딱한 사람이 또 있을까 하고 생각했는데, 코부시자와는 접시에 조금 남은 노란 밥알 몇 알을 스푼에 얹어 먹은 다음, 이야기를 시작했다.

"좀 뜬금없는 개발업자가 있습니다."

"개발업자라구요?"

미즈키가 재빨리 반응을 보였다. 불황이라는 무시무시한 두 글자가 전체 분위기를 대변하고 있는 현재 일본에서, 개발업자란 단어는 거의 죽은 말이나 다름없는 상황이다. 그럼에도 불구하고 코부시자와의 말투에는 왠지 모르게, 가슴 설레는 무엇이 있었던 거다.

"그렇습니다. 이건 저희 은행 거래처 얘기가 아닙니다. 물론 주거래은행은 코긴입니다만."

'코오긴?' 하고 미즈키가 알 듯 모를 듯한 소리를 냈다. 그래서 내가 작은 소리로 일본 흥업은행을 말하는 거야, 하고 가르쳐 주었다.

"은행이고 증권이고 할 것 없이 안 좋은 일만 계속되고, 물론 엑스포나 올림픽 행사도 없으니 이게 아마도 올해 들어선 거의 유일한 희소식일 겁니다. 이 나라엔 이제 축하해야 할 일이 거의 없는 상황이니까요."

내가 '아, 말씀중에 죄송합니다만.' 하고 끼어들며 일단 그의 말을 끊었다.

코부시자와는 아마도 회사 동료와 마누라, 그들 말고는 집 근처 술집 주인 정도밖엔 이야기 상대가 없으리라.

그러다 보니 정해진 대화 상대가 아닌 다른 사람과 약간의 긴장감을 갖고 이야기를 시작하자 흥분한 모양이다. 죄다 고백해야 속이 풀리는 고백병이라도 걸린 것 같았다.

이것도 있어, 저것도 있어, 하며 자신의 어두운 부분을 죄다 떠들어대기 시작한 거다. 그것도 상대가 재미있어하는 내용이 아니라, 자기 내부에 있는 쓰레기를 내다 버리듯 마구 지껄여댔다. 결국 자기 마음대로 하고 싶은 말만 해버리기 때문에, 듣는 사람으로서는 받아들이기 어렵다기보다 거의 고문에 가까운 괴

로움을 느끼기 마련이다. 하지만 요즘 들어선 무척이나 듣기 어려워진 개발업자란 말을 꺼낸 지금, 나나 미즈키나 무언가를 기대할 수밖에 없었다.

그러니까 그게 어떤 개발업자를 말하는 겁니까?

"아, 그렇군요. 아는 사람이 많지 않을 겁니다. 이즈에, 그것도 아는 사람이 거의 없는 이즈 서쪽 지방 작은 마을에 2천억 엔 가까운 돈을 쏟아부었다고 합니다. 말하자면 리조트 단지를 만든단 겁니다. 그러니까 그게 외국 자본으로 짓는 호텔 2동과 별장인데, 이 별장이 30피트 요트를 계류할 수 있는 부두가 딸려 있는 것으로 최저 3억 엔이나 하는 상상도 할 수 없는 빌라란 겁니다. 하지만 자격 심사가 엄격하고, 기업이 투자를 위해서 마구잡이로 사 모으는 것도 거부하고 있는 형편이죠. 300호가 있는데, 이 나라엔 아직 부자가 넘쳐나고 있는 상황이라 두 달만에 완전히 매진되어 버린 겁니다. 단 두 달만에. 게다가 아직 완공도 되지 않았는데 말입니다. 그런 일로 업계에서 유명해진 겁니다. 골프장도 있는데, 그 골프장을 니클라우스가 설계했다더군요. 호텔이 외국 자본이긴 해도 리츠 쪽하고 페닌슐라니 말 다한 거 아닙니까. 실내 수영장엔 열대식물원이 함께 들어서는데, 스페인의 유명한 건축가가 설계한 정말 대단한 곳이라고 합니다. 어쨌든 귀족적이며, 폐쇄적인 좀 묘한 곳입니다. 일반적으로는 거의 알려져 있지 않지만, 경제지 같은 걸로 유명해지고 말았습니다.

벌써 난리들입니다, 다 팔려 버렸다고 말입니다. 그런데 그걸 하고 있는 사람이 보통 사람입니다. 보통 사람이란 표현은 너무 막막한가? 뭐라고 하면 좋을까요, 맨주먹으로 시작한 사람이라고 하면 좋을까요? 물론 나도 실제로 만난 적은 없습니다. 카페에서 커피를 마시면서 다른 은행 외근 직원한테 들은 겁니다. 잡지에서 읽기도 했고 말입니다. 잡지라곤 해도 서점에서는 팔지 않는 겁니다. 상류층이나 재계 고위층 정도만 통신판매로 사서 읽는 겁니다만."

자넨 상류층도 아니고 재계 고위층도 아니지 않은가, 하고 말할 뻔했지만 나는 그 개발업자에 대해 좀더 자세히 듣고 싶었다.

"이름은 말입니다, 이와시타라고 합니다. 프랑스인가 벨기에인가 아무튼 그쪽 사람하고 일본인의 혼혈인데 예전엔 시청 직원이었다고 합니다. 그것도 재벌 자제가 경영 수업을 위해 시청 근무를 했다거나 그런 것도 아닙니다. 아버지가 학자고 어머니가 외국인입니다만, 학자이면서 좌익 투사였던 모양입니다. 아무튼 지극히 평범한 시청 직원이었습니다. 머리는 좋았던 듯하지만 고졸이고 말입니다. 그래요, 고졸입니다, 요즘 같은 시대에……."

고졸, 요즘 같은 시대 하는 말을 듣자 미즈키가 복잡한 표정을 지었다. 미즈키는 이해되지 않는다는 듯 코부시자와를 노려보다가, 이윽고 분노가 이와시타에 대한 공감으로 바뀐 듯한 표정을 지었다.

우리는 이와시타를 만나러 가기로 했다. 이와시타는 아직 40대 중반이며, 시청 직원에서 시작해 일단 시즈오카에 있는 일본 철도의 역 청사 재개발 프로젝트로 명성을 얻었다. 이어서 하코네 최고급 별장 단지의 환경보전 컨설턴트가 되었다. 그리고 그 다음으로 맡은 일이 이즈에 리조트 종합 단지를 세우는 프로젝트였다. 본디 그곳 지주들은 공업단지를 세울 계획이었으나, 환경단체의 반대에 부딪혀 보류가 된 상태에서 이와시타에게 개발을 맡긴 거다.

코부시자와와 헤어진 뒤 며칠 동안, 나와 미즈키는 역할을 나누어 이와시타에 관한 자료를 모으고 다녔다. 이와시타는 완전한 독립 개발업자였다. 2천억이란 거대 프로젝트의 중심에 있으면서도 실제로는 검소한 생활을 하고 있으며, 동물을 좋아하는 환경보호주의자였다.

우리는 다음과 같은 이와시타의 인터뷰 기사를 읽고 나서 그를 만나야겠다고 결심했다.

……광고는 필요한 만큼의 최소한으로 충분하다고 생각합니다. 제가 처음으로 착수한 일본 철도의 역 청사 재개발 사업 때부터 쭉 같은 생각을 해 왔습니다. 대중은 더 이상 바보가

아니며, 무언가 가르친다거나 그저 권위만 있으면 된다는 생각
만으로는 결코 다가갈 수 없습니다. 숫자는 적어도 상관없으며
가격이 비싸도 개의치 않습니다. 정말로 좋은 걸 만들면 누구
나 그에 대해 지불합니다. 이 나라는 그 정도로 성숙했다고 생
각합니다. 그건 무슨 뜻일까요? 광고 대행사 시대가 끝나가고
있음을 의미하는 겁니다. 전, 늘 써먹던 구태의연한 방식이라면
더 이상 광고 대행사와 손잡지 않을 겁니다. 제가 만들고 있는
건, 과거의 의미를 답습하는 그런 광고가 필요 없습니다.

먼저 미즈키가 우리 프로젝트를 대략 설명하는 편지를 워드프
로세서로 작성했다. 그리고 그 편지에다 헨리 루코너와 계약한
계약서 사본을 첨부했다. 30분이라도 좋으니 만날 시간을 내주
었으면 좋겠다며 의사를 타진해 보았다.

"그런데 어째서 이와시타란 사람을 주목하는 겁니까?"

"난 이와시타에 관한 정보를 얻기 위해 자네가 코부시자와를
불렀다고 생각했는데, 사실 그건 아니지?"

"물론입니다. 그리고 그런 데다 신경 쓸 여유도 없었습니다.
하지만 좀 묘하더군요."

"뭐가?"

"그 코부시자와의 입에서 개발업자란 말이 나왔을 때, 어쩐지
이제까지완 다른 알 수 없는 두근거림을 느꼈습니다."

"나도 그래. 확실히 코부시자와는 '뜬금없는 개발업자가 있다'고 했지."

"그렇습니다. 2년 전이라면, 아니 적어도 1년 전까지만 해도 발길에 채일 만큼 흔한 게 개발업자였습니다. 그렇지만 이 엄청난 불황기에 개발업자라니, 듣기만 해도 설레는 게 당연하지요. 그런데 여기저기 알아보니, 착실히 무언가를 하고 있는 사람이 꽤 있더군요. 그 사람 말고도 프랑스에서 영화를 만들고 있는 사람도 있었고, 아주 없진 않았습니다."

그런 이야기를 하고 있을 때, 사무실 대신 쓰고 있는 호텔 방으로 전화가 걸려왔다. 이와시타의 비서한테서 온 것이었다. 시간은 월요일 오후 2시. 얼마나 상식적이고 온당한 시간대인가.

"바로 연락드리지 못 해 죄송합니다."

비서는 차분한 목소리로 말했다. 내 친구 중엔 여자의 전화 목소리에 과잉 반응하는 녀석이 있다. 그렇다고 딱히 못된 전화를 걸거나 하는 건 아니다. 사무적인 여자 목소리에 욕정을 느낀다는 거다. 그 중에서도, 호텔 전화 교환수가 최고라고 했다.

'그래서 난 말야, 늘 교환수한테 모닝콜을 부탁하곤 하지. 교환수가 마지막에, 알겠습니다. 그럼 편히 쉬십시오, 하고 그 특유의 억양으로 끝맺으면 그 느낌은 정말 뭐라고 표현할 수가 없다구.' 하고 말했던 녀석이다. 이와시타의 비서는 그 녀석이 좋아할 만한 목소리였다.

"이와시타 씨는 지금 플로리다 쪽으로 출장을 가셨습니다. 다음 달 중순까지 돌아오지 않습니다. 보내주신 자료는 모두 팩스로 이와시타 씨한테 보내 드렸습니다. 이와시타 씨가 지금으로부터 3시간 뒤에 그쪽으로 전화를 드리고 싶다는데 괜찮겠습니까?"

나는 '예, 괜찮습니다.' 하고 대답해 버렸다. 미즈키가 음흉하게 웃었다.

정확히 세 시간 뒤에 플로리다에서 직통전화가 걸려 왔다. 오후 5시 4분, 플로리다는 오전 3시 4분이다.

"이와시타라고 합니다."

그 말에 나는 떨지 않으려고 주의를 기울이면서 내 이름을 말했다.

"이렇게 전화로 말씀드려 죄송합니다."

힘있는 저음이었다. 순간 나는, 조금 전 차분한 목소리로 전화한 비서와 이와시타가 침대 위에 뒤엉켜 있는 모습을 상상하고 말았다. 미남미녀 커플이지만 그런 걸 상상할 때가 아니기 때문에 바로 지워버렸다. 만약 조금이라도 긴장한다면 목소리가 불러일으키는 이미지에 지고 만다.

아닙니다. 그런데 지금 어디 계십니까?

"마이애미에 있습니다."

아직 안 주무시는군요.

"아시는지 모르겠지만, 마이애미는 밤이 길기 때문에."

저도 두 번 정도 가본 적이 있습니다.

"골프로 말입니까?"

아닙니다. 일 때문이었습니다. 보내드린 편지에도 썼지만, 전 스포츠 이벤트와 관련된 권리를 중계하고 있습니다. 마이애미는 키 라르고에서 열린 요트 대회와 키비스케인의 립튼 테니스 토너먼트 때문에 3년 전에 두 번 간 적이 있습니다.

"편지와 자료는 대단히 흥미 있는 것이었습니다. 하지만 구체적으로 저한테 무얼 바라는 건지 써 있지 않더군요."

저, 이렇게 전화로 말씀드려도 괜찮겠습니까?

"물론입니다."

저는 지금 스폰서를 찾고 있습니다.

"역시 그랬군요."

제 나름대로 이와시타 씨의 프로젝트를 검토해 보았습니다만, 그 중에서도 호텔에 주목했습니다. 호텔 개장과 쇼 완성이 거의 동시가 아닐까 생각했습니다. 물론 헨리 루코너와 한 계약대로라면 말입니다.

"그렇군요, 하지만 제가 짓고 있는 호텔은 라스베가스 같은 데가 아닙니다."

알고 있습니다. 설계도를 보니 8백 명을 수용할 수 있는 볼륨이 있던데, 거긴 어떨까 하고 생각했습니다.

"도쿄에서 230킬로미터 떨어진 호텔 볼륨에서 첫 공연을 하는데도 헨리 루코너가 좋아할까요?"

헨리를 알고 계십니까?

"물론 개인적으로 만난 적은 없습니다. 하지만 작품은 알고 있습니다. 상당히 도회적인 사람입니다."

이와시타 씨. 전, 이 프로젝트를 대행사 없이 진행하고 싶습니다. 왜냐고 묻는다면 정확하게 답할 수 있을 것 같진 않습니다. 허나, 언젠가 이와시타 씨도 인터뷰에서 그런 말씀을 하신 걸로 알고 있습니다만.

"나는 당신만큼 독립적이진 않습니다. 때문에 내 프로젝트엔 대행사가 들어가 있습니다."

아, 그렇습니까?

"헌데, 호텔 볼륨은 그다지 탐탁지가 않습니다."

그렇습니까.

"홀을 만드는 건 알고 계시겠지요?"

예, 영화관도 들어가는 큰 건물이지요.

"영화관 세 개와 작은 홀도 세 개 계획하고 있습니다. 예산 문제도 좀 있고 하니 만나서 이야기를 나누었으면 합니다만."

제가 바로 마이애미로 가겠습니다.

그렇게 떨리는 목소리로 말하자, 이와시타는 귀를 의심할 만한 말을 하기 시작했다.

　"우연이란 건 참 무서운 겁니다. 나흘 전이었던가, 도럴의 블루 코스에서 벤 호건 투어가 열렸는데 상위 20위 안에 든 프로와 아마추어 중에 일본인 한 사람이 있더군요. 그 골퍼한테 당신 이름을 들었습니다……."

미국, 캘리포니아, 칼즈배드, 라 코스타 리조트 골프 코스

JAL 뉴욕행은 앞으로도 한참 동안은 예약이 불가능했다. 때문에 나와 미즈키는 UA 비즈니스 클래스로 미국 동해안까지 날아갔다. 마이애미로 가는 것에 대해 미즈키는 안 하던 사양까지 했다. '나 같은 건 가봤자 귀찮기만 하지 않을까요?' 하며 말이다.

UA 탑승권을 끊으러 갔을 때, '마이애미는 어디를 거쳐서 가는 겁니까?' 하고 물을 정도였으니 본디 해외에 관해서는 자신 있는 편은 아닌 듯하다. 그리고 그 무엇보다, 우리가 이와시타란 인물에게 부담감을 느끼고 있는 탓도 있었다. 전화로만 이야기 했을 뿐인데 부담감을 느낀다는 게 뭣하지만, 나는 이와시타와 같은 유형에 대해 잘 알지 못한다. 프랑스인지 벨기에인지 모르겠지만 그쪽 혼혈이란 것도 상관이 있을지 모르겠다. 뭐라고 해야 좋을까. 그에 관한 모든 게 품위가 있었던 거다. 이와시타가 이즈의 작은 어촌에 세우려는 리조트 단지는 하나부터 열까지 유럽의 초일류만을 모아놓은 것이었다. 나는 그것에 관한 목록을 미국으로 출발하기 바로 전에 볼 수 있었다. 미즈키와 함께 도쿄의 사무실에 들렀을 때, 요염한 목소리의 비서가 그 자료들을 건네주었다. 게다가 도쿄 사무실은 미나미아오야마나 유라쿠쵸가 아니라 나카노쿠의 아라이야쿠시마에 역 근처 단독 주택 안에 있었다. 아는 사람 집을 빌려쓰고 있다고 한다. 한편으로 비서의 용모가 미스 사쿠란보보다 못하다는 것에 묘한 안도감을 느끼기도 했다. 사무실 소파에는 하얀 커버를 씌워 놨는데, 쇼와 시대 초기를 연상케 하는 고풍스런 응접실이었다. 그곳에서 주로 홀에 관한 자료를 살펴볼 수 있었다. 홀 내부에는 레스토랑과 세 개의 바가 있고, 그 테이블보에서 식기 하나 하나에 이르기까지 이와시타의 가치관이 드러나 있었다.

　나는 무심결에 질문을 던졌다. 훌륭한 건 틀림없지만 과연 수지타산이 맞을까요? 비서는, '전 확실한 건 모릅니다만.' 하는 말로 전제를 두고서 '이와시타 씨는 늘 말씀하시곤 합니다.' 하고 말했는데, 그 말투는 '그 사람을 사랑하고 있습니다.' 하는 것으로 들렸다. '도쿄에 있는 레스토랑이 그렇게 터무니없이 비싼 건 토지와 인건비 탓이다. 이즈의 땅은 거의 거저나 마찬가지다.

게다가 밀라노나 파리, 리용 같은 데서 유명한 요리사를 초빙하는 어리석은 짓도 하지 않을 거다. 일본 사람들은 예를 들어, 미슐랭에서 별 하나를 받았다고 하면 별거 아니라고 생각하지만, 상식과는 달리 그것조차 대단한 요리다. 초일류 요리사가 아니더라도, 일본인들은 흉내조차 내기 힘든 맛을 낸다. 그런 요리사가 그쪽에는 무수히 많다. 그 요리사한테 배우려는 현지 젊은 요리사도 많다. 도쿄 최고급 레스토랑과 비교해도 결코 뒤지지 않는 맛을 낼 수 있다. 그러면서도 가격은 3분의 2에서 절반을 유지할 수 있다. 바로 그런 시스템이기 때문이다…….'

UA는 현지 시간으로 저녁에 도착하므로, 뉴욕에서 하룻밤 묵지 않을 수가 없다. 그저 하룻밤 묵기만 하면 되므로 JFK와 라과디아 사이에 있는 퀸스 지구 비즈니스 호텔로 정했다. 엄청나게 거대한 갓 지은 컨벤션센터 옆에 있었기 때문에, 그 나름대로는 청결했지만 참으로 보잘것없어 보이는 호텔이었다. 놀랍게도 로비 옆에 초밥을 파는 바가 있어 그곳에서 생선초밥을 먹었다. 나나 미즈키나 시차와 긴장으로 정신을 차리지 못했기에, 맛있는지 맛없는지도 모른 채 참치초밥과 새우초밥을 먹었다.

"뭐가 뭔지 잘 모르겠습니다. 정말 생각지도 못한 곳까지 와버렸구나 하는 생각이 드는데, 원래 일이란 게 이런 겁니까?"

햇볕에 그을린 수염 기른 남자가 카운터 안에서 초밥 요리사로 일하고 있었다. 우리는 그게 보기 싫어 테이블 쪽에 앉았다.

흡연석을 달라고 하자, 화장실 통로 바로 옆 테이블로 안내했다. 미국에서는 마치 마녀 사냥 때처럼 흡연자를 박해한다.

초밥 바는 초밥을 파는 식당이란 느낌이 들지 않았다. 뭐랄까, 교토의 기온마츠리 포스터 같은 게 붙어 있어, 일본 기업 홍보센터 같은 느낌을 주었다. 요리사들은 모두 일본인이었지만, 하나같이 '일본인 같은 건 상대하지 않는다구' 하는 표정으로 비흡연자인 깔끔한 퀸스 손님들을 유창한 영어로 응대하고 있었다. 이렇게 차분하지 못한 초밥집은 처음이었다.

"이런 분위기의 초밥집이 뉴욕에 많이 있습니까?"

여긴 뉴욕이 아냐.

"그렇지만 이 냅킨이나 수저 봉투에도 뉴욕이라고 써 있습니다."

여긴 퀸스라구.

"퀸스는 뉴욕이 아닙니까?"

맨해튼이 아니란 말이라구. 난 전 세계를 돌아다니며 여러 초밥집에 가보았지만, 이런 덴 처음이야.

"그런데 모두들 영어가 유창하군요. 생선초밥이 국제적인 요리가 되었단 뜻인가?"

메뉴 말고도 주문서란 게 있었다. 그건 물론 영어로 쓰여 있는데, 예를 들어 TEMAKI란 초밥 종류 밑에 KAPPA나 TEKKA 따위로 세분해 놓았고, 그 옆에 컴퓨터로 처리할 수 있는 공란이 있다. 그곳에 도장을 찍고 수량을 적어 넣으면, 요리사가 15분 안에 주문한 것을 가지고 나오는 방식이다.

"합리적이군요, 일본의 회전초밥도 이렇게 하면 좋겠는데 말입니다. 일본 문화도 이렇게 전세계에 받아들여지고 있는 거겠지요?"

정말 그렇게 생각하는 건가?

"그럴 리가 있겠습니까? 왜냐하면 이렇게 한심한 초밥은 태어나서 처음 먹어 보니까요. 제가 시즈오카 출신 아닙니까. 생선을 정말 맛있게 먹을 수 있는 곳이죠. 이렇게 기도 안 차는 가게가 어떻게 생겨난 겁니까? 이 초밥집은 대체 무엇 때문에 이렇게 된 거죠?"

나도 자세한 건 모르겠지만, 이 옆에 있는 컨벤션센터처럼 보이는 정체 모를 건물에 어떤 일본 기업이 자본 출자를 한 게 아닐까? 혹은 처음부터 끝까지 일본 돈으로 지어진 건지도 모르지. 그래서 시장 조사도 하지 않고 이 호텔을 지어 버렸고 말야. 그런데 이 호텔에 레스토랑을 내면서 이쪽으로 유학 온 덜떨어진 아들 녀석을 부른 거야. 그런 다음 반년 정도 초밥집에서 배우게 하고, 그 친구들과 함께 레스토랑을 운영하게 한 거지. 이런 사연이 있는 게 아닐까.

내가 그렇게 말하자, '아, 그럴지도 모르겠군요. 하하하하하.' 하며 미즈키가 힘없이 웃었다.

242 무라카미 류

싱글 침대가 두 개 있는 방을 얻었지만 깜빡깜빡 잠이 들다가도 금세 깨곤 해 도무지 깊은 잠을 잘 수가 없었다. 눈이 떠질 때마다 '여기가 어디지?' 하는 생각이 들었다. 여긴 퀸스에 있는 이상한 호텔이구, 지금 난 마이애미로 가는 중이지, 하며 자신한테 일러주어야 했다.

이와시타는 우연히 겐타로와 만났다고 했다. 겐타로란 이름은 말하지 않았지만, 키가 크고 까무잡잡한 일본인 프로 골퍼인 동시에 나를 알고 있는 사람이라면, 겐타로 말고 다른 사람은 있을 수 없다. 이와시타는 만났다는 말만 했고, 나도 그 이상은 묻지 않았다. 그러니 겐타로가 아직까지 마이애미에 있는지, 아니면 다른 곳으로 떠났는지 알 수가 없다.

미즈키도 잠이 오지 않는 모양이다. 몇 번이나 뒤척였다. 하지만 둘 다 남자끼리 한 방에 있으면서 '잠이 안 오는군.' 하고 서로에게 말하기가 싫었나 보다. 결국 자는 척을 하며 하룻밤을 보냈다.

서둘러 호텔을 나왔더니 라과디아에 있는 아메리칸 에어 카운터에 3시간이나 일찍 도착하고 말았다. 카페테리아에 들어가 커피와 도넛으로 아침 식사를 했다. 미즈키도 눈이 충혈되어 있다. 도넛은 어젯밤 먹은 초밥보다 몇십 배나 더 맛있다.

마이애미는 초여름이어서, 관광객은 그다지 많지 않았다. 알

렉산더란 호텔은 모든 객실이 스위트룸으로 되어 있지만, 비수
기였기에 성수기 요금의 절반 가까이밖에 받지 않았다.

'여기가 마이애미 해변이로군.' 하며 미즈키가 얼빠진 목소리
로 말했다.

"마이애미비치 룸바라도 부르고 싶군요."

이와시타가 묵고 있는 코코넛 글러브란 호텔로 시급히 전화를
걸었다. 이와시타는 부재중이었으며, 내게 남긴 메시지를 전화
교환수가 읽어 주었다.

'〈조즈 스톤크랩 레스토랑〉에서 8시에 만납시다.'

나와 미즈키는 서로 다른 침실을 차지한 다음, 약속 시간까지
남은 6시간을 죽은 듯이 잠만 잤다. 전화해 달라고 부탁한 시간
에 교환수가 전화를 걸어 잠을 깼다. 그런 뒤에도, 이대로 잠을
더 자게 해주면 10만 엔 정도는 내겠다고 중얼거릴 정도로 잠이
깨지 않았다. 미즈키는 코끼리 무늬가 새겨진 속옷 하나만을 입
고서, 마치 해부하기 전 개구리 같은 얼굴로 멍하니 앉아 있다.

나는 욕실 거울을 보며 면도를 하다가 무심결에 '너도 늙었구
나.' 하고 내뱉었다. 생각해 보니, 미스 사쿠란보와 여행을 다녀
온 이후로 골프나 테니스도 거의 하지 않았다. 골프나 테니스를
한다고 해서 늙지 않는 건 아니지만, 어깨와 가슴 쪽 근육이 모
두 처지고 말았다. 처진 근육은 돼지 비계를 베어다 놓은 것처

럼, 아랫배에 깔끔치 못하게 달라붙어 있다. 미즈키가 새 셔츠에 팔을 껴 넣으면서 '뭐하고 계십니까?' 하고 욕실을 들여다본다.

나이가 들었단 생각을 하던 중이야, 하고 웃으며 말했다.

"아직 젊어 보이십니다."

미즈키가 개구리 같은 표정으로 말해 주었지만, 자기 노년을 상상하지 못한다면 아무 일도 할 수 없는 거다.

7시 30분에 호텔에서 나왔다. 초여름의 마이애미엔 아직도 태양이 높이 떠 있다. 갑자기 겐타로가 보고 싶어졌다. '겐타로의 2번 아이언샷이 보고 싶다.'고 생각했다.

이탈리아, 사르데냐, 포트 체르보, 페베로 골프 코스

이와시타는 〈조즈 스톤크랩 레스토랑〉 밖에서 마티니 잔을 들고 기다리고 있었다. 자기 소개를 하고 악수를 나눈 뒤, '손님이 상당히 많군요. 안이 꽉 찼습니다. 한 시간 정도 기다려야 한다는군요.' 하며 볕에 그을린 얼굴로 말했다.

키도 그다지 크지 않았고, 얼굴 생김도 유럽인과 일본인의 혼혈이란 이미지가 그리 강하지 않아 나와 미즈키는 마음을 놓을 수 있었다. 이와시타는 말투나 패션도 수수했다.

〈조즈 스톤크랩 레스토랑〉은 마이애미 해변 북쪽 끝에 있다. 내가 아는 한, 스톤크랩을 요리하는 레스토랑 중에서는 세계 제일이다. 도쿄인지 오사카인지 일본에도 지점이 있다고 하지만,

맨해튼의 할렘가에 있는 아폴로 극장도 일본에 지점이 있으니 딱히 뭐가 어떻다는 건 아니다.

미즈키가 마실 것을 주문해 들고 오겠다며 안으로 들어갔지만 좀처럼 돌아오지 않는다. 혼잡하기 짝이 없는 곳이라 카운터로 다가가기도 어려우리라. 나도 예전에 왔을 땐 주문하는 데 상당히 애를 먹었다. '마티니' 하고 부탁하면, '올리브입니까, 레몬입니까, 식초에 절인 오이입니까? 진입니까, 보드카입니까?' 하고 되묻고, 보드카라고 대답하면, '앱솔루트입니까, 스미노프입니까, 핀란디아입니까?' 하고 묻는다. 또 '진'을 달라고 하면, '탱커레이입니까, 봄베이입니까, 비피터입니까?' 하고 일일이 묻는다. 그러다 보니 어리둥절해 하는 동안 다른 손님에게 주문 순서를 빼앗겨 버린다. 유명한 레스토랑인데, 여름에는 영업을 하지 않기 때문에 조금 있으면 마지막이란 생각으로 손님들이 몰려들고 있는 거다. 바가 손님으로 넘쳐 마실 것을 살 수 없을 때, 밖에서 기다리는 손님한테 맥주를 팔려는 장사꾼이 다가온다. 나는 밀러라이트를 한 병 샀다. 이와시타는 마티니를 찔끔찔끔 마시면서 석양을 바라본다. 참으로 안정돼 보이는 사람이다. 나는 마침내 물어 보고 말았다.

일본인 골퍼는 아직 마이애미에 있습니까?

"아닙니다, 바로 서해안으로 이동한다고 말했습니다. 샌디에 이고였던가? 아니, 칼스버그라고 했던가? 라 코스타라고 하는 유명한 리조트 호텔 코스에서, 벤 호건 투어의 상위 20명이 다시 경기를 하는 모양입니다. 홀마다 승패를 가리는 매치플레이라고 했습니다. 물론 상위 20명이긴 해도 두 사람은 메이저 투어에 출전했으니, 말하자면 뛰어난 신인 20명이라고 보면 되는 거죠. 하지만 존 댈리나 크렉 페리가 활약하고 있기 때문에, 벤 호건 투어의 인기도 완전히 정착된 것 같습니다."

골프를 좋아하시는 모양입니다.

"예, 잘 치지는 못하지만 좋아합니다. 그리고 요시다 군이라고 했던가, 그 당신 친구는 상당한 파워를 가졌더군요. 그 친구가 편지를 전해 달라고 부탁했는데, 제가 그만 깜빡 잊고 호텔에 두고 왔습니다. 나중에 사람을 보내 전해 드리겠습니다."

아닙니다. 아직 여유가 있으니까 천천히 주십시오.

"저는 다른 조에 속해 코스를 돌고 있었지요. 그가 속한 조는 제 다음다음이었습니다. 갤러리가 따라다니기에 마지막 홀 티샷과 세컨드샷을 보러 갔습니다. 도럴 블루 코스 18번, 연못 같은 건 볼 수 없는 쇼트홀이었습니다. 그가 어렸을 때 만난 적이 있다고 하던데, 친척 관계나 그런 겁니까?"

아닙니다. 제가 하숙하고 있던 집 근처에 그의 집이 있었지요. 근처 공터에서 자주 축구를 하곤 했습니다. 겐타로, 아니 그는 처음엔 축구선수였습니다.

"예, 스페인과 브라질에 있었단 얘길 들었습니다. 실례지만,

카기야 씨는 그에게 어떤 후원을 하고 계십니까?"

아니, 그런 건 없습니다. 겐타로가 무슨 말이라도 하던가요?

"감사하고 있다는 말을 하더군요."

감사?

"예, 어린 시절 축구를 하면서 이런 말을 들었다고 합니다. 좋아하는 걸 하라고. 자기가 가장 좋아하는 게 무언지 찾아야 한다고. 그리고 그걸 찾는 건 매우 어려운 일이라고……"

이와시타는 눈을 가늘게 뜨고 석양을 바라보면서 한 마디, 한 마디씩 끊어가며 꾸밈없는 자연스런 말투로 말했다. 아니, 내가 그런 말을 겐타로에게 한 적이 있었던가? 나는 조금 놀랐다.

당시 나는 삼류 대학에 다니고 있었다. 물론 돔페리뇽이나 캐비아, 샤토 라투르, 자라탕, 백핸드 볼, 벙커 샷, 윔블던, 오거스타, 몬짜, 니노 세루치, 페라가모, 후배위 같은 것도 모르는 이름 없는 굶주린 청년이었다. 시험삼아 두개골을 갈라 무엇이 들어 있는지 살펴보았다면, 벌거벗은 여자와 불고기정식밖에 없었으리라. 그렇게 흔해 빠진 가난한 학생이 바로 나였다. 그런 내가 코흘리개 꼬마와 축구를 하면서 좋아하는 걸 하라느니 어쩌느니 그런 말을 할 수 있었을까? 믿을 수가 없다. 만일 내가 무슨 말을 했다면, 아마도 이런 내용이었을 게 뻔하다.

'누나가 있으면 소개해 줄래, 혹은 야한 속옷이 걸려 있는 아

파트 좀 가르쳐 줄래……'

그게 아니라면, 이미 그 시절의 나를 깡그리 잊어버리고 만 걸까? 자연스럽게 이야기를 끌고 나가려면 어떻게 해야 좋을까, 하고 생각했을 때다. 미즈키가 정체불명의 붉은 색 칵테일을 양손에 들고 나타나는 바람에, 겐타로의 이야기는 거기서 그치고 말았다. 미즈키한테 이게 뭐냐고 묻자 '뭐라고 뭐라고 하는 여기 명물이라더군요.' 하고 얼빠진 얼굴로 대답했다. 한 모금 마셔보니, 옛날 불량식품 가게에서나 팔던 계피사탕과 무언지 알 수 없는 독한 술을 섞은 듯한 이상한 맛이 났다. 혀가 새빨갛게 되진 않았을까?

뭣 때문에 이런 걸 주문한 거야?

"바텐더가 제멋대로 만들어 주었다구요."

바텐더도 영어가 서투른 일본인이 귀찮아서, 가까이 있는 아무 거나 적당히 섞어 만들어 준 게 분명하다. '조금 마셔 보시겠습니까?' 이와시타한테 권해 보았지만, 그는 고개를 저으며 거절했다.

절대로 주위를 두리번거리지 말라고 일러두었는데도, 미즈키는 조즈 스톤크랩 레스토랑 안을 약 3분 동안이나 어리둥절한 표정으로 둘러보았다.

레스토랑 안은 그다지 호화롭다고 할 수는 없지만, 정성을 들여 맛있는 것을 먹자는 분위기로 넘치고 있다. 작은 체육관 정도 크기였으며 천장이 높고, 크고 작은 테이블이 빽빽이 들어서 있다. 물론 비어 있는 테이블 같은 건 없다. 웃고 떠드는 왁자지껄한 분위기 속에서 생굴을 껍질에서 떼어내는 사람, 보스턴 클램차우더를 입에 떠 넣고 있는 사람, 나무 망치를 두들기며 스톤크랩과 격투하는 사람 등 다양한 모습을 볼 수 있다. 그 사이사이를 검은색, 흰색, 갈색 유니폼을 입은 웨이터들이 헤엄치듯 미끄러져 나간다. 검은옷은 상당한 팁을 챙길 수 있어, 우수한 직원은 5년이면 집을 세운다는 주문 담당이다. 그리고 하얀 셔츠에 붉은 타이를 맨 사람은 내일의 검은 유니폼을 목표로 열심히 일하는 젊은 예비군이다. 그들은 주문한 음식을 테이블까지 나른다. 그리고 갈색 턱시도를 펄럭이며 다니는 흑인들은 식사가 끝난 테이블을 정리한다. 레스토랑이라기보다 생선이나 야채 시장 같다.

우리는 맨해튼 클램차우더에 생굴과 생대합, 그리고 스톤크랩 5인분을 주문했다. 이와시타의 영어는 완벽했다. 이 레스토랑은 매우 소란스럽기 때문에 이와시타는 이곳에서 일 얘기를 하려는 게 아님이 분명하다. 여기서는 마이애미에서 알게 된 일본인 친구와 잡담을 즐기고 싶은 거다. 흥미가 있다면, 한적한 바나 호텔 방으로 자리를 옮겨 본격적으로 이야기를 시작하면 된다. 그게 미국식 비즈니스 방식인지, 아니면 라틴 방식인지 잊고 말았다.

어쨌든 나는 이 만찬을 이끌어 나가야 한다. 우리는 대형 은행이나 종합상사, 대행사 같은 곳을 등에 업고 만나는 게 아니다.

미즈키는 한심하게도 생대합 맛에 마음을 빼앗긴 모양이다. 게다가 시차에 적응하지 못한 탓도 있어 무슨 목적으로 이곳에 와 있는지조차 잊은 듯했다. 이런 때 나와 이와시타가 긴장감과 경계심을 풀 수 있게, 자연스럽게 한마디한다면 그도 거의 완벽한 직원이라 할 수 있다. 하지만 시즈오카 출신인데다 근본적으로 실무파에 지나지 않는 그한테, 이런 상황에서 그 이상을 바라는 건 가혹한 일인지도 모른다.

마이애미를 좋아하십니까? 이야기의 실마리는 무난한 게 좋다. 이 말로 이와시타가 초대한 것임을 확인한 셈이다. 요리를 칭찬하는 것도 무난한 방법이지만 오늘 같은 상황에선 그리 좋은 방법이 아니다. 식사비용은 내가 지불할 가능성이 높다. 그러니 생대합이나 클램차우더 맛을 치켜세우는 건 자칫 잘못하면 자화자찬이 되어 버릴 수도 있다. 그런데 스톤크랩은 털게와 마찬가지로, 껍질을 깨고 살을 발라내 드레싱을 곁들여 먹는 즐겁고도 번거로운 절차가 있기 때문에 대화 시점을 잡기가 어렵다.

이와시타는 거대한 앞발에서 발라낸 살을 막 입에 넣은 터라, 잠시 기다리란 손짓을 하더니 포도주를 두 모금 정도 마셨다. 포도주는 알맞게 차가운 캘리포니아 샤브리다.

"마이애미가 싫단 사람은 대체 어떤 사람일까요?"

거꾸로 이와시타가 내게 물었다. 아들의 사립 유치원 입학 때 있었던 면접이 생각났다. 시험 당하고 있단 생각이 들었지만, 아마도 처음으로 대면한 상대와 나누는 모든 대화는 상대를 시험하는 내용일 것이다. 시험과 대답. 이 같은 도식을 상대방이 눈치채지 못하게 하면서도, 깔끔하게 일에 관한 대화를 나눌 수 있는 능력을 갖추려면 앞으로 10년 혹 20년이 걸릴지도 모를 일이다.

마이애미가 싫단 사람을 한 명 알고 있습니다, 하고 말했다.

그 사람은 예전에 같이 일한 적이 있는 대형 대행사 영업 직원이었습니다. 마이애미가 무척 싫다고 했지요. 헌데 그 사람이 싫어한 건 마이애미뿐만은 아닌 것 같습니다. 뉴욕이나 로스앤젤레스, 시카고도 싫어한다고 했습니다.

"미국을 싫어한단 말입니까?"

아닙니다, 하와이는 좋아한다고 했습니다. 영어를 전혀 못한다거나 하는 이유는 아니었던 듯합니다.

"헨리 루코너의 뮤지컬 말입니다만, 전문 흥행사를 개입시킬 생각입니까?"

이와시타는 화통한 목소리로 갑작스레 물었다. 내 목소리는, 굳이 설명하자면 소곤소곤하는 분명치 않은 유형이다. 때문에 이렇게 넓고 사람이 가득한 레스토랑 같은 곳에서 대화하는 건 영 자신이 없다. 이와시타는 나보다 체구가 좀 작은 편이지만,

목소리는 호세 카레라스처럼 강하고 호감이 가는 테너 쪽이다.
불리하다는 생각이 들었다. 사업 얘기를 할 땐 목소리가 큰 놈이
유리한 법이다.

　지난번에 이야기했는지는 모르겠지만, 이번 기획은 일본에서
첫 공연을 하게 됩니다. 때문에 기존의 흥행사가 갖고 있는 노하
우는 통하지 않으리라 생각합니다. 하지만 구체적인 계획이 있
는 건 아닙니다.

　"그렇게 먼 훗날 얘기를 하는 게 아니지 않습니까? 5년 후도
아니고, 시기는 언제로 생각하고 계십니까?"

　내년 봄을 목표로 잡고 있습니다.

　목소리에 힘을 싣지 않으면, 내 목소리는 레스토랑의 웅성거
림 속으로 사라져 버리고 만다. 허나, 목소리에 힘을 실으면 안
정감이 없는 듯한 느낌이 든다. 그래, 누가 뭐래도 부탁하는 처
지에 있는 놈이 밀리는 법이다.

　"흥행사를 개입시키지 않을 작정이라면, 카기야 씨가 모든 걸
처리하는 겁니까? 그런 일이야말로 쉽지 않을 텐데요. 일본으로
건너온 뮤지컬 멤버들 도시락까지 챙겨야 할 테고……. 비현실
적인 생각이 아닌가 합니다."

　제가 건방진 건지도 모르겠습니다만…… 저는 지금까지 대행
사들과 손잡고 주로 스포츠 이벤트를 일본 미디어에 파는 일을
해 왔습니다. 그건 정말 너무나도 명확하고 단순한 구조입니다.

미디어와 대행사, 그리고 스폰서가 전부라고 말할 수 있습니다. 그리고 그 사이사이에, 마치 여름날 파리 꼬이듯 고만고만한 일과 관련된 이익을 좇는 무리들이 있습니다. 그 시스템의 핵심에 있는 건, 미국이나 유럽에서 어떤 지위를 갖고 있는 걸 들고 와서 조금씩 조금씩 아무것도 모르는 일본인들한테 보여주는 일입니다. 그런 일을 하면서, 전, 공허함보다는 뭐랄까, 두려움을 느끼게 된 겁니다.

"두려움?"

우리가 어떤 가치관도 키워 오지 않았다고 해야 할까요. 이제까지는 그럴 필요가 없었던 겁니다. 하지만 이제부터라도 무엇이 좋고 무엇이 싫은지 표명해 나가지 않으면, 점점 더 세계와 멀어질 것 같은 느낌이 듭니다.

"세계와 멀어진다는 건, 과연 나쁘기만 한 일입니까? 자기 길을 지켜나가면 되는 것 아닙니까?"

자기 길을 가겠다고 결정했다면 자기 길을 가는 게 무언가, 또 그 길이 어떤 길인가 하는 것을 설명할 필요가 있다고 생각합니다. 게다가 그건 정치가가 할 게 아닙니다. 뭐라고 설명하면 좋을까요. 예를 들어 미술이라고 한다면, 훌륭한 일본인 예술가가 배출돼 그를 전세계에 소개하는 시스템이 가능하다면 그게 가장 바람직하겠지요. 하지만 그건 시간이 걸리는 일입니다. 그러니 먼저 우리가 좋아하는 그림은 이런 거다 하는 걸 표명하는 겁니다. 그러니 르누아르라면 이야기가 되지 않겠지요. 하지만 헨리 루코너의 신작이라면, 어느 정도는 무언가를 전할 수 있지 않을까 생각했습니다. 이런, 잘난 척 제 얘기만 한 것 같군요. 다시 말해 전 단순히 헨리 루코너의 뮤지컬을 좋아할 뿐입니다. 그걸 제 스스로 해보고 싶단 생각을 했을 뿐입니다. 물론 그건 무모한 일이란 걸 알고 있습니다.

"방금 미술을 예로 들어 말씀하셨지만, 미술은 조금 다릅니다."

아, 그렇습니까? 미안합니다. 달리 생각나는 게 없어서요.

"아닙니다, 그런 의미가 아닙니다. 미술 분야에서는 디자이너나 현대화가들, 거기다 일부 도예가들이 해외 미술관에서 왕성하게 개인전이나 전시회를 열고 있습니다. 패션계도 마찬가지입니다. 파리나 밀라노, 뉴욕에 자기 가게를 갖고 있는 디자이너가 지금 열 명 정도는 되지 않을까요. 전통 공예가나 클래식 음악계에서도 해외로 진출한 사람이 적지 않습니다. 뜻밖에도 그런 시스템이 이미 갖추어져 있는 겁니다. 저는 상당히 오랫동안 벨기에에서 생활했습니다. 그런데 그곳엔 몇 백 명이나 되는 유학생이 있고, 그 중 몇몇은 유럽의 클래식 음악계에서 확고히 자리를 잡았습니다."

그렇습니까?

나는 어떤 패배감을 느끼며, 작은 목소리로 그렇게 말했다.

"지금 시스템이 전혀 안 갖춰진 분야가 프로 스포츠와 문학, 대중음악, 영화 같은 겁니다. 그렇지 않습니까?"

맞습니다.

"결국, 그런 게 세계라고 생각합니다만. 일본인들은 무슨 이유인지는 모르겠지만, 생명력을 해방시키는 그런 생동감 있는 부분엔 애초에 손을 대려고 하지 않습니다. '노' 같은 것도 일종의 댄스인데, 마치 처음부터 박물관에나 있기 위해 생겨난 것처럼 보기 드문 것입니다. 미술이나 패션이나 클래식 음악은 이미 오래 전에 장르로서 자기 생명력을 다했습니다. 웬일인지 몰라도 이미 죽어 버린 것을 향해 다가가는 일에 일본인들은 매우 능숙한 것 같습니다. 무모한 건 사실이지만, 카기야 씨가 하고 있는 일은 상당히 용기가 있는 일이라고 생각합니다."

'감사합니다.' 하고 말한 다음 스톤크랩의 껍질을 부쉈을 때, 나도 모르게 눈시울이 뜨거워지며 눈물이 나올 것만 같았다. 헨리 루코너의 일을 시작한 뒤론 '그런 일을 대체 무엇 때문에 하는 거야.' 하는 말만 들었다. 이렇게 격려를 해준 사람은 처음이었던 거다.

"다만 나 같은 사람들만 있는 건 아니므로, 천하의 헨리 루코너 작품이라 해도 모두들 불안해 할 거라 생각합니다. 스폰서 없이는 일이 안 되겠지요?"

'실은, 당신이 이 일의 스폰서가 돼주었으면 합니다.' 하는 말은 입 안에서만 맴돌았다. 대신 '예.' 하고 간단히 대답했을 뿐이다.

"스폰서는 모두 원칙적이고 보수적인 법이지요. 돈에 여유가 있을 때는 모험이란 말이 가끔 통용되기도 하지만, 몇 십억이라는 경상이익으로도 대기업이 되는 이런 불황기에는 인건비만도 눈 깜짝할 사이에 사라져 버리고 마는 거니까요. 그러니 보수적인 태도를 보이는 건 어쩔 수 없는 일입니다. 하드웨어를 파는 회사란 건 그런 거죠. 카기야 씨도 제반 사항을 꼼꼼히 준비해야만 합니다. 현시점에서 할 수 있는 수지타산 예측, 회사 이미지가 높아질 때 얻을 수 있는 장점, 이제까지 헨리 루코너가 히트시킨 작품들에 대한 상세한 자료, 수입과 지출의 주체는 누가 될 것인가, 실패했을 때 책임은 최종적으로 누가 질 것인가, 그보다 우선 언제, 어디서 할 건가, 자금 흐름을 어떻게 관리할 것인가 등등……. 이런 것들을 문서화해야 합니다."

조금씩은 하고 있습니다만.

나는 더욱 작은 목소리로 대답했다. 그러자, '아, 그렇습니까?' 하며 이와시타는 다시 내게 물었다.

"제가 지금 볼 수 있을 만한 자료도 있습니까?"

나는 고개를 저었다.

"예전에, 그게 어디였더라."

이와시타는 먼 곳을 응시하는 듯 고개를 들었다. 그는 나보다 작은 체구임에도 내 두 배나 되는 게요리를 먹었다.

"벨기에에 살고 있을 때입니다. 이탈리아를 여행한 적이 있지요. 아마도 사르데냐가 아니었나 싶습니다. 포트 체르보란 호화로운 리조트에서 일본인 한 사람을 보았습니다. 그곳에는 멋진 골프 코스가 있었는데, 나와 동년배로 보이는 그 일본인은 눈이 부실만큼 아름다운 일본 여성과 함께였습니다."

아일랜드, 먼스터, 킬라니 골프 코스

"정말 굉장한 미인이었습니다. 그때 제가 서른 즈음이었으니까, 15년쯤 된 옛날 이야기입니다. 그때의 사르데냐는 여성지도 소개하지 않던, 아무도 모르는 리조트였습니다. 로마에서 오랜 기간 복무했던 상사원이나 대사관 사람들이 가끔 숨을 돌리러 가는, 그런 느낌이 드는 곳이었습니다. 그 일본인 커플은 양복과 드레스로 잘 차려입고 있었지만, 유명인도 아니었고 단순한 부유층 자제로도 보이지 않았습니다. 정말로 미스터리 같은 사람들이었습니다. 제가 무슨 말을 하고 싶은지 이해하시겠습니까?"

이와시타는 잔에 남아 있는 백포도주를 단번에 마시고는, 쿨러에서 포도주 병을 꺼내 나와 미즈키의 잔을 가득 채우더니 자신의 잔도 그득히 채웠다. 그러고는 다시 절반 정도를 마셨다. 뺨이 조금 붉어졌다.

사르데냐에서 있었던 이야기를 통해 무슨 말을 하고 싶은 걸까? 눈이 부실만큼 아름다운 여자와 여행을 떠나는 게 인생의 전부라고 말하고 싶은 걸까. 그건 아니리라.

나는 '모르겠습니다.' 하며, 고개를 저었다.

"미스터리 같은 인물들이 자꾸 줄어들고 있단 겁니다. 이건 이해하기 쉽다거나 이해하기 어렵다거나, 그런 얘기가 아닙니다. 이 사람은 어떤 사회적 배경에서 살고 있는 걸까 하는 흥미가 샘솟듯 하는 사람, 하지만 아무리 노력해도 그걸 파악할 수 없는 사람. 그런 사람이 급격히 줄고 있습니다. 저나 카기야 씨는, 굳이 말하자면 그런 흔적이 조금이나마 남아 있는 인간일지도 모르겠습니다. 그렇더라도 단순한 비즈니스맨에 지나지 않긴 합니다만."

어째서 이렇게 평준화가 돼 버린 걸까요?

그 이야기는 매우 흥미롭습니다, 하고 말하는 듯 몸을 앞으로 숙이며 내가 물었다.

"그걸 이야기하자면, 오늘밤을 꼬박 새워도 부족할 겁니다. 어떻게, 맛있게들 드셨습니까? 저는 조금 많이 마신 것 같습니다. 이상한 일이지요. 영어로 일하는 경우가 많은 탓에, 일본어를 쓰면 긴장이 풀어진다고 할까요? 매번 좀 많이 마시게 됩니다."

이와시타는 자꾸만 눈을 깜빡이기 시작했다. 하품을 참고 있다는 생각이 들었다. 호텔 방에 돌아가 눕고 싶다고 말하는 듯 느껴지기조차 했다.

난 이런 경우엔 어떻게 하면 좋을까. 결국 아무 얘기도 하지 않은 거나 마찬가지다. 나는 무언가 부탁하는 처지면서도, 실제로는 잡담만 나누었을 뿐이다.

"그럼 디저트를 드시겠습니까? 그 전에 잠시 실례하겠습니다. 제가 화장실에 다녀오는 동안 웨이터가 오면, 코코넛 아이스크림과 에스프레소 더블을 주문해 주십시오."

그렇게 말하고서 이와시타는 자리에서 일어났다. 마치, '내가 없는 동안, 이후에 어떻게 할지 잘 생각해 두게.' 하는 듯 말이다. 미즈키는 산처럼 쌓인 스톤크랩의 잔해를 헤치며, 남은 살이 없는지 확인하고 있다.

"이 게요리, 정말 맛있군요."

게를 먹지 않는 게 나았을지도 모르겠다. 게요리는 먹는 데 손이 많이 가기 때문에 생각할 에너지를 빼앗긴다. 무언가 이야기를 해야 한다. 이와시타한테 좋은 인상을 주어야 한다.

이 스폰서를 놓치면 이제 프로젝트 자체가 수포로 돌아갈지도 모른다. 이런 생각으로 초조한 마음이 들수록 머리는 텅 비어 가고, 결국엔 손을 게요리 쪽으로 뻗는다. 그렇게 계속해서 먹어 치우기만 하는 처지가 된다. 이래선 안 된다. 나무 망치로 게 껍질이나 부수며 게살이나 먹고 있을 때가 아니다. 그런 생각을 하면서 포도주를 마시면 그만큼 취해 버리고 다시 뇌가 멍해진다.

미즈키는 살점이 남아 있는 게가 없음을 확인하자, 메뉴판을 펼쳐 디저트 부분을 본다. 그러고는 '키라고 파이란 건 맛있습니까?' 하고 묻는다.

내가 무슨 말인가 하려 하자 메뉴판을 탁 소리 나게 닫으며, '어째서 좀더 분명하게 얘기하지 않는 겁니까?' 하며 힐난한다. 그러면서 여전히 개구리 같은 표정을 지은 채, 벌겋게 달아오른 얼굴로 나를 쳐다본다.

"이렇게 같이 식사를 하고 있는 걸 보면, 저쪽도 전혀 생각이 없는 건 아닙니다. 지금 이 자리가 그를 억지로 앉혀 놓고 듣기 싫은 이야기나 들려주는 자리고, 그 사람은 오랜만에 일본인을 만났으니 게요리나 먹으며 단순히 웃고 즐겨야겠다고 마음먹은 자리라면, 우리로서도 어찌할 도리가 없겠지요. 하지만 상대로서도 무언가 구미가 당기는 게 있으니 이렇게 만나고 있는 거 아닙니까. 좀더 분명하게 이야기하는 게 좋지 않겠습니까? 이건 어디까지나 비즈니스니까 말입니다."

미즈키가 한 말이 맞다. 나는 아직까지도 무언가 똑 부러지는 게 없는, 일본의 악습을 구태의연하게 반복하고 있는지 모른다. 대행사와 함께 스포츠 이벤트 장사치로 일했을 때는, 먼저 여러 번 접대를 했다. 그런 다음 결정권을 가진 상대가 마음에 들어한 뒤에야, 일 이야기를 꺼냈다. 나 또한 그런 일본식 시스템을 안 좋게 생각하고 있었다. 서로가 얻을 수 있는 이익이 무언지 그 최대공약수를 구하고, 그것을 제시한다. 그런 다음 가능성을 솔직히 표명하고, 진행하려는 프로젝트 그 자체의 성패를 물으면 된다. 그렇게 하면 되는 거다.

어쩌면 나는 내가 좋아하는 뮤지컬 연출가의 프로젝트란 점 때문에 조금 겸연쩍었는지도 모른다. 그런 망설임은 불필요할 뿐만 아니라, 비즈니스 상담에서도 큰 걸림돌이 된다. 먼저 상대 마음에 들려고 하고 좋아하게 만들려고 노력하는 건, 후진국 스타일이다.

"플라멩코 댄서가 삼바를 추고 삼바 댄서가 플라멩코를 춘다. 그 기본적인 아이디어는 바뀌지 않았겠지요?"

화장실에서 돌아와 코코넛 아이스크림을 한 입 떠먹은 이와시타는, 변함없이 화통한 목소리로 그렇게 물었다.

'그렇습니다.' 하고 나는 대답한다.

각본은 완성되지 않았지만, 5천자 정도의 시놉시스는 계약서 초본과 함께 이와시타에게 보냈다. 물론 일본어 번역본이며, 팩스를 통해서다.

스페인 플라멩코 댄서와 브라질 삼바 댄서의 유머 넘치는 슬픈 사랑 이야기. 스페인 쪽이 남성이지만 그는 사실 호모. 게다가 삼바를 추는 여자는 레즈비언이다. 두 사람은 민족 댄스페스티벌이 열리는 도미니카에서 만나게 되는데, 서로에게 계속 거짓말을 해대며 애인이 되려고 한다.

삼바 댄서는 불경기인 리우를 떠나 스페인으로 가고 싶기 때문이며, 플라멩코를 추는 남자는 어머니의 유산을 상속받기 위해 호모란 평판을 가라앉힐 필요가 있었던 거다.

서로 다른 의도가 요란한 웃음을 만들어 내며 희극으로 진행되어 가다가, 이윽고 두 사람은 정말로 사랑하는 사이가 된다. 하지만 마지막에 그 둘을 기다리는 건 정치적이며 인종적인 비극이다. 결국 두 사람은 삼바 리듬으로 플라멩코를, 플라멩코 리듬으로 삼바를 추고, 마지막엔 그 둘이 섞인 춤을 추는 것으로써 사랑을 확인하고 헤어지게 된다.

나로서는 훌륭한 줄거리라고 생각했다. 헨리 루코너다운 세련된 이국적 정서와 건조한 센티멘털리즘, 절제된 블랙 유머가 곳곳에서 드러나고 있다. 스페인과 중남미, 그리고 카리브 해의 음악과 춤이 다양하게 녹아들 게 틀림없다.

"일본에서 첫 공연을 하고 나서, 그 다음엔 어떻게 할 생각입니까? 보내 주신 첫 임시계약서에는 일본 공연에 대해서만 언급하고 있습니다만."

일본에서 성공하면 런던과 파리에서 공연하고, 나아가 브로드웨이로 역수입될 거라고 헨리가 말했습니다. 다만, 솔직하게 말씀드리자면 미국의 쇼 비즈니스 불황은 우리가 생각하는 것보다 훨씬 심각한 모양입니다. 헨리 루코너 같은 연출가도 작품을 자유로이 만드는 게 어려울 정도니까 말입니다. 특히 이 작품은 호모섹슈얼이 중요한 전제인데, 에이즈가 사회 문제가 된 이후 그건 일종의 금기가 된 주제이기 때문에 조심스러운 면이 없지 않습니다. 오랫동안 공들여 왔던 주제를, 일본이든 그 어디든 좋으니 어떻게든 작품으로 만들어 상연하고 싶은 게, 그의 진심이 아닐까 하고 생각합니다.

"일본 공연만으로 수익을 배분합니까?"

절대로 입장료 수입만으로는 배분하지 않습니다. 때문에 스폰서를 찾고 있는 겁니다. 알고 계시겠지만, 뮤지컬의 경우 리허설에 많은 돈이 듭니다. 그렇지만 완성만 하게 되면 뭐랄까, 융통이 가능해지는 겁니다.

"일본에서 공연한 뒤, 예를 들어 뉴욕이나 런던에서는 어떤 권리를 갖게 됩니까? 쉽게 획득할 수 있는 겁니까?"

말씀하신 대로 1순위 제안 권리만이 첫 임시계약에 포함되어 있습니다. 당연한 말이긴 하지만, 예를 들어 런던에서 상연할 경우, 런던에서 쓴 상연 경비와 그때까지 쓴 경비의 비율을 따져 저도 수익을 배분 받게 됩니다. 만일, 런던이나 뉴욕에서도 1순위 제안자의 권리를 이용해 제 스스로 프로듀스하게 되면, 모든 수익은 저를 중심으로 배당되게 됩니다.

"그것까지 해야만 재미를 볼 수 있겠군요."

이와시타는 에스프레소를 마시고서, 미즈키한테 담배 한 대를 받아 들었다. 담배를 끊은 사람이 담배 한 대가 간절해지는 건 흥분을 가라앉히려는 때다.

그렇게 하는 게 제 꿈입니다. 물론, 이제 시작하려는 비즈니스를 꿈으로나 여기고 있다면 실행할 수 있을까 하는 의심이 들 겁니다. 그 점은 잘 알고 있습니다. 하지만 저한텐 든든한 배경이나 연줄도 없기 때문에, 최종적인 목표를 예상하고 움직이는 건 현재로선 불가능합니다. 글쎄요, 세계 공연까지 융자받을 수 있을 만한 은행 신용도 없습니다. 때문에 일단 일본 공연이란 최초의 목표 지점을 명확히 설정하고, 그 다음 일은 처음 목표가 명확히 설정되는 대로 생각하려 합니다. 분명 모순입니다. 그건 잘 알고 있습니다. 하지만 쉬운 길이 있음에도 그걸 최대한 활용하지 않는 형태로 일을 진행하려 하기 때문에 그렇습니다.

"저도 헨리 루코너를 좋아합니다. 게다가 이번 새 작품은 재미있어질 가능성이 상당히 높다는 생각이 듭니다."

나는 말해야만 할 것의 상당 부분을 단숨에 떠들어댔다. 그럼으로써 이와시타의 본심과 가까운 내용을 이끌어냈다.

이렇다 할 명확한 비결은 없다. 말해야만 할 것을 말하면, 머리를 둔하게 하던 취기는 다른 대사물질과 섞여 에너지로 변한다.

미즈키가 레몬이 잔뜩 든 키라고 파이를 먹으면서 '잘 하셨습니다.' 하는 표정으로 나를 보고 있다.

나는 당당하게 웨이터를 부른 다음, 계산을 부탁하며 아멕스 카드를 건넸다. 그러고 나서 내가 묵고 있는 호텔에서 마저 이야기를 나누면 어떻겠느냐고 이와시타한테 제안했다.

"어디에 머물고 계십니까?"

"알렉산더입니다."

"저는 코코넛 글러브로 돌아가, 30분 동안 서너 가지 작은 일을 처리하겠습니다. 그러고 나서 알렉산더로 찾아가도록 하겠습니다."

이와시타는 조금 피곤한 표정으로 그렇게 말했다. 나와 마저 나눌 이야기는 '작은 일'이 아니었던 거다.

"사실 마이애미에 온 이유는, 어떤 리서치 회사에다 제가 맡고 있는 이즈 프로젝트의 경제적 타당성 예측을 의뢰했기 때문입니다. 그리고 이번에 그 결과가 나왔습니다."

이와시타는 로비에서 전화를 걸어, 바나 라운지가 아닌 내 방에서 이야기를 계속하고 싶다고 말했다. 개인적인 장소를 원하는 건 피곤할 때다. 조즈 스톤크랩 레스토랑에서 헤어지고 나서 한 시간도 채 지나지 않았는데, 이와시타는 조금 전보다 열 살쯤 더 늙어 보였다. 상당히 피곤한 모양이었다.

"아일랜드에 있는, 세계에서 가장 깊다고 알려진 킬라니 코스에서 몇 십 번쯤 러프에 공을 빠뜨린 듯한 기분입니다."

우리는 남부에서만 볼 수 있는 'J 디킨스'란 버번 위스키를 마셨다. 이와시타가 종이 봉투에 넣어 가지고 온 것이었다. 'J 다니엘'을 처음 마셨을 때를 선명히 떠올리게 하는, 정말 맛있는 버번이었다. 허나 이와시타의 말투는 온더락을 들이키면서도 가벼워지지 않았다.

"일본의 리서치 회사는, 인기 있는 점술사나 신사에서 하는 제비뽑기 점과 같습니다. 현실적인 건 말하고 싶어하지 않지요. 최악의 경우와 최선의 경우밖에는 제시하지 않습니다. 그래서 저는 일본의 리서치 회사를 신용하지 않습니다. 마이애미에는 정확히는 잭슨 빌딩에 있습니다만, 전 해군 전략분석가가 경영하고 있는 세계적인 규모의 리서치 회사가 있습니다. 그곳에서 텔렉스가 들어왔습니다. 결과가 나왔으니 사장이 직접 와 달라고 말입니다. 그래서 제가 직접 불려온 겁니다. 듣기 좋은 얘기는 아닐 거라는 언질이 있었던 터라, 어느 정도는 각오하고 있었습니다. 이탈리아 패션 디자이너가 대규모 신작 프로젝트를 세울 때나, 할리우드가 대작을 준비해 오케이 사인을 낼 때도, 그 회사에 리서치를 의뢰한다고 합니다. 그 세계에서 가장 권위 있는 리서치 회사가, 이 프로젝트가 최악이라고는 하지 않았습니다. 하지만 그에 가까운 결과밖엔 얻지 못할 거라고 예측했습니다. 어떻게 어떻게, 은행이자 정도는 이익을 내겠지만, 그 이상은 어려울 거라고 말입니다. 대형 은행에 자신있게 내보일 수 있는 숫자가 결코 아닙니다. 그리고 이렇게 덧붙였습니다. 효과적인 광고 재료, 다시 말해 화제가 될 만한 내용이 철저히 결여돼 있다는 겁니다."

미국, 플로리다, 프리벤투라 호텔 골프 코스

이와시타는 고개를 숙이고, 고행하는 승려 같은 표정으로 ʻJ 디킨스' 를 마셨다. 처음 만났을 때보다 훨씬 작아 보였다. 어깨 가 처져 있고, 미간에는 주름이 잡혀 있다. 실제로 옆에서 보고 있으니, 진짜 패배자로 보였다. 허나, 이 패배자가 나와 헨리 루 코너의 구세주가 된 것이다.

"생각지도 않던 상대방이 거꾸로 우리한테 의뢰하다니, 현실 이란 건 이런 걸까요?"

미즈키는 거북이 무늬가 있는 잠옷으로 갈아입고, 헐크 호건 의 프로 레슬링을 본다. 그러면서 나머지 ʻJ 디킨스' 와 함께 땅

콩을 먹고 있다.

　이와시타는 3억의 출자자가 되었다. 물론, 내일 아침 당장 이와시타한테서 3억이란 뭉칫돈이 '뚝' 하고 떨어지는 건 아니다. 이즈 리조트 단지가 개장할 때, 기념행사나 연주회 따위의 갖가지 개장 쇼를 위해 약 2십억의 예산이 책정된 상태다. 그 중에서 3억이 새 뮤지컬을 위해 쓰이는 거다. 그 이전에 들어가야 할 돈에 대해서는 일본으로 돌아가 이벤트 회사를 정한 다음 그 회사가 부담하게 하면 된다. 이와시타는 이벤트 회사 후보까지 생각해 주었다. 해외공연 1순위 제안을 포함한 여러 가지 권리는, 앞으로 합의해 나가기로 했다. 하지만 난 그런 권리 따윈 욕심 내고 싶지 않다.

　이와시타와 이야기할 때 말야, 왠지 모르겠지만 상당히 고통스럽더군, 하고 미즈키한테 말했다.

　"자꾸 망설여서 그렇습니다. 하지만 확실히 할 말을 했지요. '그 말씀은, 스폰서가 되시겠다는 의사표시로 받아들여도 되는 겁니까.' 하고 말입니다. 그러면서 이렇게 몸을 앞으로 숙였지요."

　미즈키는 내 말투를 흉내내, 소파에 털썩 하고 누우면서 그렇게 말했다. 나는 소파에 양반다리를 하고 앉아 있었다. 두 사람 모두, 미국 리조트 스타일 소파에 그럴 듯하게 앉기엔 다리 길이가 좀 부족했다.

아니, 고통스럽다기보다 여러 가지 생각이 들더군.

"생각하는 걸 좋아하시는군요."

거북이 무늬의 잠옷을 입고, 스무 알 정도의 땅콩을 집어 입 안에 털어넣으며 버번을 마시는 남자한테, 그것도 헐크 호건의 프로 레슬링을 보며 버번을 마시는 남자한테 '생각하는 걸 좋아하시는군요.' 하는 말을 들었다. 여느 때 같았으면 화가 치밀지도 모르겠지만, 스폰서를 찾아낸 직후라서 나는 넉넉한 마음으로 받아들이고 있었다.

나는 무엇 때문에 이런 일을 하는 걸까 하는 생각 말야. 무엇 때문이란 표현이 좀 다르긴 하지만 돈을 위해서 하는 건 아냐. 그건 확실해.

"돈을 위해서가 아니라뇨, 농담하지 마십시오. 억 단위로 돈을 빌릴 수 있느냐 없느냐 하는 갈림길이었다구요."

일본인들한테 헨리 루코너의 뮤지컬 첫 공연을 보여주자는 생각도 전혀 없다구.

"그런 것쯤 알고 있습니다. 그거 아닙니까? 헨리 루코너한테 무언가 해주고 싶다는 거?"

'그런 식으로 쉽게 말하지 마라.' 하는 생각에 조금 화가 났다. 허나 난, 어쨌든 지금까지 맛보지 못했던 넉넉한 기분을 만끽하고 있었기에 '그래, 그래.' 하며 상냥하게 끄덕여 보이기만 했다.

고통스러웠다고 말한 건 말야 이런 뜻이라구. 지금, 그러니까 내가 직접 하고 싶은 것을 해야겠다고 마음먹은 이때에 말야, 엄청나게 먼길을 돌아가고 있다는 느낌이 들었다고 해야 할까. 전혀 상관없는 인간과 마주 앉아 이야기를 나누어야 하는 상황이 잖아? 그런 게 고통스럽다고 말했던 거라구. 뮤지컬 한 편으로도 이런데, 민족간 이해가 얽혀 있는 나라를 한데 묶는다거나, 열 몇 개 국가가 참가한 전쟁을 조정한다거나 하는 일은 얼마나 애간장이 타고 힘든 일일까 하는 생각이 든 거지. 페루의 후지모리 대통령 같은 사람은 보통 힘든 게 아니겠지.

"고르바초프의 기분을 이해할 수 있다, 그겁니까?"

헐크 호건을 보고 있는 미즈키의 말투가 진지할 리 없다. 헐크 호건이 일본계 2세인 악역 레슬러를 맡고 있는 다나카의 정수리에 박치기를 하며 공격하고 있을 때다. 전화벨이 울렸다.

"아, 죄송합니다. 아직 주무시지 않으셨습니까?"

이와시타였다. 아무리 생각해도 무리일 것 같으니, 아까 이야기는 전부 없던 것으로 하자고 말하지 않을까 하고 움찔했지만, 그런 건 아니었다. 겐타로가 남긴 말을 깜빡 잊고 전하지 못했다는 것이었다. 겐타로는 서해안에서 토너먼트 경기를 치른 뒤, 다시 플로리다로 돌아오고 있다고 한다. 래그너 니겔 대회에서 2위를 차지했기 때문에, 이번 주에 열리는 PGA 메이저투어에 참가할 수 있게 된 모양이다.

어디서 열리는 경기입니까?

"프리벤투라란 곳입니다. 여기와 포트로더데일 사이에 있는 데, 스코틀랜드의 튜튼이글을 그대로 본따 만든 링크스 코스가 있는 곳입니다."

언제부터 합니까?

"토너먼트는 목요일부터니까, 내일부터군요. 첫날은 칼카베치 아와 돈다고 했습니다."

가겠습니다, 하고 나는 대답했다.

미즈키도 함께 가고 싶어했지만, 잠시 혼자 있었으면 한다고 말했다. 그러자 미즈키도 이해해 주었다.

오늘은 목요일. 뉴욕에서 떠나는 JAL 005편은 토요일로 예약 돼 있다. 따라서 예선 라운드를 이틀 동안은 지켜볼 수 있다. 토 요일 아침 7시에 마이애미를 떠나는 UA를 타면, 12시 30분 뉴 욕발 JAL 탑승 시간은 아슬아슬하게 맞출 수 있다.

"그럼 전 이틀 동안, 디스코테크에나 다니면서 히스패닉 미인 이나 사냥해 보겠습니다."

어쩐지 허전한 듯 전송하러 나온 미즈키한테 '에이즈는 신경 좀 쓰라구!' 하고 말해 주었다. 그런 다음 나는 올즈모빌 렌터카 에 올랐다. 과연 미국이다. 호텔 비서 서비스의 렌터카 담당에게 부탁하자 5분만에 멋진 차를 수배해 왔다.

고속도로로 나갈 때까지 시간이 좀 걸렸지만, 기본적으로 미국의 도로는 잘 정비돼 있다. 표지판만 그런 게 아니라, 아무것도 모르는 상태에서도 운전할 수 있게 세심하게 배려하고 있다.

이미 몇 년 전 이야기다. 늦은 밤에 마이애미에서 포트로더데일까지, 친구의 친구인 의상실을 경영하고 있는 게이와 함께 디스코테크로 놀러갔다. 에이즈가 사회 문제가 되기 시작한 때다. 뉴욕이나 로스앤젤레스에서는, 남성 동성연애자가 모이는 바나 디스코테크가 연이어 폐쇄되어 갈 즈음이니까 말이다. 네다섯 명이 같이 갔지만 어떤 친구들이었는지 기억나지 않는다. 게이가 중심이었기 때문에 여자가 없었던 건 분명하다. 차 안에 마리화나가 돌기에 여긴 미국이니까 하는 가벼운 마음으로 한 모금씩 빨았다. 페요테 아니면 메스칼린일 거라 생각하는데, 무언가 알 수 없는 것이 머리 속으로 들어오는 것 같았다. 머리 속이 마치 행성과 위성의 궤도 운동을 보여주는 천체투영관 같았다. 고속도로 가로등이 빛을 뭉쳐놓은 듯 보였고, 마치 영원히 꺼지지 않는 불꽃처럼 아름답게 깜빡이며 내 옆을 지나갔다.

포트로더데일에 도착하자 정말로 체육관만큼 큰 게이 디스코테크가 있었다. 안으로 들어가 보니 게이 포르노 비디오가 100인치짜리 프로젝터를 큼직하게 채우고 있다. 플로어에선 그날 밤을 함께 보낼 상대를 찾는 몇 천 명의 게이가 각양각색의 옷을 입고 미친 듯이 춤을 추고 있다. 에이즈가 무섭지 않느냐고 몇몇한테 물어보았지만, 모두들 '빌어먹을.' 하며 가운뎃손가락을 세워 보였다. 그들은 전혀 기죽는 기색이 없었다.

'나는 남자를 사랑하기 위해 태어난 거라구. 에이즈가 두려워 게이가 되지 말라고?' 모두들 주먹으로 칠 기세였다. 그 뒤로 7년에서 8년 정도의 시간이 흘렀으리라. 미국은 변해 버렸다. 일본의 교통사고 사망자보다 더 많은 사람들이 에이즈 때문에 죽어가고 있다. 이젠 그런 디스코테크를 찾아보기가 어려우리라. 마약이나 담배를 끊는 사람도 늘고 있다. 끊을 수 없기 때문에 마비된다는 '마' 자를 써 마약이라고 할 테지만, 실제로 심장 발작을 일으키거나 하면 쾌감 같은 걸 따질 게 아니라고, 오래 전부터 친구들한테 듣곤 했다. 프리벤투라란 표지판이 나와, 그곳에서 고속도로를 빠져 나왔다.

길가에 난 풀이 아직도 흠뻑 젖어 있다. 교차로에는 맥도날드와 켄터키프라이드치킨과 와플하우스의 큼지막한 간판들이 서 있다. 처음 미국에 왔을 때는 맥도날드의 M이란 마크나 커넬 샌더스의 인형도 이국적으로 보였다. 이국에 있는 쾌락을 상징하는 상징물로 보였던 거다. 지금은 매우 허전해 보인다. 일본에서는, 여자와 데이트를 하면서 맥도날드에 데려간다면 단번에 차일지도 모른다. 무언지 모르겠지만 완전히 변해 버렸다.

프리벤투라 블루버드에 들어섰다. 조금 더 가니 'AT&T 프리벤투라 오픈'이란 현수막이 눈에 들어왔다. 이미 예선 첫날 경기가 시작된 모양이다.

무지막지하게 넓은 주차장에는 차가 수백 대 늘어서 있다. 핫도그와 팝콘 냄새, 가족 단위로 온 사람들의 떠들썩함, 안내책자를 파는 이의 소리, 형형색색의 풍선과 T셔츠, 그 외 토산품. 미국 스포츠이벤트에서나 볼 수 있는 일요일 벼룩시장 같은 분위기다. 예전에는 늘 이런 곳에 있었다. 그때가 그립다.

관람권을 파는 줄에 섰다. 예선 하루 관람료 5달러, 예선 이틀은 10달러, 결승 라운드 하루 관람료 10달러, 나흘 전체 관람료 22달러. 열두 살 이하와 예순 살 이상은 무료. 프리벤투라 호텔 숙박 손님은 15달러. 수표와 여행자 수표, 신용카드는 받지 않는다. 일본으로 돌아가는 일정 때문에 결승을 볼 수 없는데도, 나흘 전체를 관람할 수 있는 관람권을 샀다. 표를 팔고 있는 사람은 자원봉사자 아주머니였다.

"멋진 토너먼트가 될 거예요. 모자를 쓰지 않으면 볕이 따가울 테니 기념품 가게에서 사세요. 단 8달러면 살 수 있답니다. 프레드 커플스는 마지막에서 두 번째 조예요."

마치 손님 한 사람 한 사람에게 말을 건네듯 한다.

나한테는, '일본 사람인가요? 당신 나라에 비해 요금이 싸지요?' 했다. 나는 그저, '예스' 하며 고개를 끄덕였는데 'AT&T와 프리벤투라 호텔 덕이랍니다.' 하는 말을 덧붙였다. 일본인을 그다지 좋아하지 않는 듯했다. 대회장에 들어가 바로 안내책자를 샀다. 요시다 겐타로란 이름은 본문에 없었다. 새로 끼워 넣은 얇은 종이에 짧게 소개돼 있을 뿐이다.

올해 벤 호건 투어에서 일취월장한 일본인 프로.
최고 프로 골퍼들이 영국 오픈 전초전에 출전한 탓에 스폰
서 추천으로 출전하게 되었다.

출전 선수 명단과 조 편성을 적은 게시판을 보았다. 겐타로와
칼카베치아 조가 시작하고 나서 한 시간이 지난 뒤였다. 겐타로
가 몇 번 홀에서 경기를 치르고 있는지, 가까이 있는 경기감독관
에게 물어보려고 걷고 있을 때다. 누가 뒤에서 어깨를 두드렸다.
일본인이다. 대행사 스포츠국에서 일하다 그만두고, 탬파인가
어디선가에서 유명한 골프스쿨 홍보를 맡고 있는 녀석이 틀림없
다. 그렇게 친한 사이는 아니지만, 세 번 정도 함께 식사를 한 적
이 있다.

"여! 이런 우연이 다 있군 그래, 혼자 왔나?"

이름이야 홍보니 뭐니 그럴싸하지만, 거품이 가라앉기 전의
부자 일본과 연락이나 담당하는 정도다.

뭐, 그런 셈이지.

"예나 지금이나 민첩한 건 마찬가지군. 요시다겠지? 이번에
눈독 들인 상대는?"

그의 말이 거짓은 아니었기에 조금 당황하고 말았다.

"어디서 부탁 받은 거지? 미즈노? 던롭?"

이 인간 이름은 사쿠라이였던 게 분명하다. 오늘만 그런 게 아니다. 늘 남의 기분은 아랑곳하지 않고 무례하게 입을 놀리는 녀석이다.

딱히 그것 때문에 온 건 아냐. 다른 일로 마이애미에 왔다가 그냥 구경이나 하려고 왔을 뿐이야. 그 요시다 겐타로란 골퍼하고는 그가 어렸을 때부터 아는 사이구.

사쿠라이는, '믿기 어렵지만 뭐 어쩌겠어.' 하는 표정으로 고개를 끄덕였다. 그도 겐타로를 보러 간다고 했다. 코스를 잘 알고 있는 듯해 같이 가기로 했다.

출발 티잉 그라운드에는 랠리 메이즈와 게리 홀버그가 있었다. 프리벤투라 코스는 그저 스코틀랜드를 흉내내고 있을 뿐, 페어웨이 각도도 크고 벙커도 깊으며, 러프는 발목이 안 보일 정도로 잡초가 무성하다. 허나, 버뮤다 잔디는 눈이 시릴 정도로 아름다웠다. 배가 좀 고팠기 때문에 핫도그를 사 먹고, 사쿠라이한테도 맥주를 샀다. 발걸음을 옮기면서 겐타로 이야기를 했다. 다이제스트 판에 실린 기사를 중심으로, 세세한 내용은 생략했다.

"그런 일이 있었군."

사쿠라이는 맥주 탓도 있고 해서 마음을 열겠단 표정을 지어 보였다.

겐타로가 벌써 일본에서 주목받고 있는 건가?

"일반적인 주목을 받기는 아직 멀었지. 하지만 어쨌든 그 나라는 입도선매를 좋아하니까 말야. 나도 예전 회사 부탁으로 가능성을 보러 온 거야. 아르바이트이긴 하지만."

이 토너먼트에서 좋은 성적을 거두기라도 한다면 엄청나겠지?

"물론. 단번에 야마가타 히로같이 돼 버리겠지, 뭐. 프로 중 일부가 유럽에 가 있다고는 해도, 커플스나 칩 베크, 칼카베치아나 젤러, 트웨이도 있으니까. 아참, 페인 스튜어트도 있지. 좋은 성적을 거두는 건 상당히 어려울 거야. 어떻게 할 건가? 요시다를 따라다닐 건가? 그렇지 않으면 13번 롱 홀과 14번의 쇼트홀, 양쪽 다 보이는 스탠드로 가서 다른 선수도 볼 텐가?"

나는 잠시 망설이다가 스탠드 쪽으로 가기로 했다. 갑자기 경기를 보러 온 데다, 내내 따라다니기까지 한다면 겐타로가 부담을 느낄지도 모른다는 생각이 들었기 때문이다.

미국, 플로리다, 프리벤투라 호텔 골프 코스 Ⅱ

50단쯤 되는 거대한 스탠드는 사람들이 절반 정도 자리를 차지하고 있다. 아직 여름 휴가 전일 텐데 다양한 사람들이 경기를 보고 있다. 아장아장 걷는 어린아이, 이어폰을 귀에 꽂은 구김살 없는 소년소녀, 배가 불룩하게 나온 중년 부부, 모자에 배지를 몇 십 개나 붙이고 있는 할아버지, 플레이는 거의 보지 않고 뜨개질에만 열중하는 할머니, 아이스크림을 핥아먹고 있는 개, 주름 속에 얼굴이 있다고 해도 좋을 정도의 할머니, 그 할머니 무릎 위에 앉아 있는 샴 고양이……. 예전엔 미국인들은 왜 이리 즐거워 보일까 하고 생각했다. 하지만 지금은 다르다. 아무리 들떠 있어도, 아니 들떠 있으면 들떠 있을수록 허전해 보인다.

나와 사쿠라이는, '미안합니다, 미안합니다.'를 연신 반복하며 몸을 최대한 수그리면서 스탠드로 올라갔다. 그러고는 눈에 잘 띄지 않는 자리를 골라 신경 써서 앉았다. 사쿠라이도 미국 생활을 오래하면서 뼈저리게 느꼈을 거다. 일본인은 전혀 환영받지 못한다는 것을 말이다.

첫번째 조에 속한 선수 두 명이, 13번 홀 세컨드샷을 하는 지점에 모습을 드러냈다. 빌 뭐라는 선수와 렌 뭐라고 하는 선수인데 두 선수 모두 아마추어이다. 출발 명단을 보니 아마추어 선수들이 몇 조쯤 계속 이어진다.

스탠드에서는 조금 높은 언덕 모양인 13번 홀 두 번째 타구 지점이 보인다. 또 13번 홀 그린 바로 앞 70야드 되는 지점에 있는, 꽤 폭이 넓은 샛강과 그린도 보인다. 그리고 몸을 약간 틀어 왼쪽을 향하면 14번 티잉 그라운드가 보인다. 그 상태에서 조금 더 왼쪽으로 몸을 틀면 벙커로 둘러싸인 14번 그린도 건너다 보인다. 숲을 따라 물결치듯 흐르고 있는 샛강은 14번 쇼트홀의 그린 근처에서, 코브라 머리처럼 폭이 좀더 넓어졌다 좁아진다.

13번 롱 홀의 티잉 그라운드는 보이지 않는다. 거기서 치는 첫 번째 샷인 티샷은 언덕 위로 쳐 올리게 되어 있다. 그러면 스탠드에서 보이는 세컨드샷 지점으로 공이 떨어지고 거기서부터 다시 완만한 내리막 길이 시작된다. 그런 다음 샛강을 지나면 거의 평지가 된다. 거리는 520야드. 세컨드샷 지점인 작은 언덕까지는 250야드. 언덕에서부터 샛강까지가 200야드. 왼쪽으로 살짝 굽은 도그레그 홀이다. 최단거리 코스를 노리고 욕심을 내면, 공이 떨어지는 지점에 커다란 모래 벙커가 어서 오라는 듯 입을 벌리고 기다리고 있다. 샛강 양옆에는 곳곳에 철쭉과 비슷한 관목이 있으며, 페어웨이 굴곡도 심한 듯했다.

옆에 있는 할머니가 갖고 있는 라디오 방송에 따르면, 오늘은 약한 순풍이 불고 있다고 한다. 때문에 비거리에 자신있는 선수는 3번 우드나 드라이빙 아이언으로 티샷을 하고 있다 한다. 라디오 방송을 하고 있는 아나운서는 영 맘에 들지 않았다. 프레드 커플스와 존 댈리는 2번 아이언이나 버피를 사용할 거라며, 딱히 우스운 일도 아닌데 웃으면서 말하고 있다. 아나운서는 13번 홀을 공략하는 일반적인 방법을 말하면서도 내내 웃음을 흘리고 있다. 13번 홀은 모래 벙커를 피해 티샷으로 언덕 바로 앞에 공을 떨군다. 그런 다음 그곳에서 다시 4번 아이언으로 샛강 앞을 노리며 끊어 친다. 샛강은 만만치가 않으며, 수풀에 빠지는 것도 쉽지 않은 문제이기 때문에 페인 스튜어트나 커티스 스트레인지 같은 프로는 그렇게 공략할 거라고 말했다. 별로 우습지도 않은데 왜 그렇게 실없이 웃는지 모르겠다.

나는 아마추어도 여러 가지 유형이 있다는 걸 처음 알았다. 모습을 드러내자마자 샛강 너머를 노리며 샷을 하는 사람이 있는가 하면, 샛강 바로 앞으로 가서 공을 떨어뜨릴 곳을 가늠한 다음 그곳에서부터 몇 걸음이나 되는지 헤아려 보는 사람도 있다. 그 신중한 녀석을 보더니, 옆에 앉은 할머니는 닉 팔도의 아들이라고 불렀다. 옆에 앉은 할머니는 닉 팔도 같은 유형이 싫은 모양이다.

14번 홀은 거리가 152야드로 얼마 되지 않는다. 허나 옆에서 쉼 없이 불어오는 바람과, 이중으로 둘러싸인 벙커 때문에 쉽진 않을 것 같았다.

'그 쇼트홀은 말이지.' 하며 할머니가 갑자기 말을 걸었다. 몹시 마른 체구에다 다리가 상당히 길었다. 노인인데도 펑크 록 가수 같은 분위기가 있었다. 브루스 스프링스틴의 얼굴이 새겨진 흰색 티셔츠에, 꼭 끼는 가죽 바지를 입고 있다. 두들겨서 몹시 늘여놓은 데다가 지나치게 태우기까지 한 등심 스테이크 같은 발은 나무로 만든 샌들을 신고 있다. 또 붉은색 수렵용 모자에 쌍안경을 갖고 있었으며, 말보로 레드를 피우고 있었다.

"그 쇼트홀은 말이지, 오거스타 내셔널 코스의 12번 홀보다는 10배, 16번 홀보다는 20배 더 어렵다고들 하는데⋯⋯. 당신들 알고 있수?"

나와 사쿠라이가 '헤헤헤헤헤' 하며 칠칠치 못한 웃음으로 고개를 젓자, 할머니는 '뭐야 이놈들은.' 하는 표정을 지었다.

때문에 나는 무심결에 '요시다란 선수를 알고 계시나요?' 하고 물었다.

"알고 있지."

할머니는 퉁명스럽게 대답했다. '옛날부터 알고 지내던 친구입니다.' 하고 말하자 할머니 표정이 변했다. 할머니는 데이토나 해변에 콘도를 갖고 있으며, 네 살 때부터 뉴잉글랜드 코스에서 골프채를 휘둘러 왔던 골프광이라고 자신을 소개했다. 그리고 아버지는 리무진 운전사로 시작해 트럭을 5백 대나 소유한 운송업자로 출세한 유명한 아일랜드인이라고 했다. 그렇게 5분에 걸쳐 연설을 늘어놓더니, 요시다는 리치먼드의 벤 호건 투어에서 본 적이 있는데 좋은 선수라며 칭찬했다.

"요시다는 비거리가 좋은 선수라구. 무슨 이유인지 몰라도, 요시다는 낮은 포물선을 그리는 공을 치면서도 착지까지도 좋더군. 그렇게 낮은 백스핀 공은, 샘 이후 요시다가 처음이 아닌가 싶어."

'샘이 누구지?' 하고 묻자, 사쿠라이가 '샘 스니드를 말하는 거야.' 하고 작은 목소리로 가르쳐 주었다.

'미국의 주된 흐름은 말야.' 하며 할머니의 수다는 그치지 않았다.

"주된 흐름은, 잭 니클라우스 한때는 세베나 커플스로 대표되곤 했지. 높고 강한 공 말이야. 하지만 나한테 말할 기회를 준다면 이렇게 말하겠어. 그 높고 강한 공은 민주당의 허세와 공화당의 우는소리 같은 거야. 아버지 고향에서 골프를 친 적이 한 번 있는데, 그야말로 골프의 성지라고 할 수 있지. 신이 끌을 갖다 대 거칠게 다듬은 듯한 그런 장소에서는, 높은 공은 맥도 못 춘다구. 마치 바람 앞에 촛불 같은 거야. 의지할 데라곤 눈을 씻고 찾아봐도 없는 셈이지."

14번 홀은 확실히 어려워 보였다. 그린은 세로로 길지만, 어김없이 옆에서 바람이 불어오기 때문에 공이 어느 쪽으론가 흘러가 버린다. 잡초가 무성한 러프나 모래 벙커로 빠지기 일쑤다. '저 모래 벙커가 웬수 같은 놈이지.' 하며 할머니는 목소리를 높였다.

"저긴 말야, 조개껍질을 부순 조각들이 섞여 있어. 어떤 조개껍질은 보통 모래보다 가볍고, 어떤 건 무겁거든. 모래 벙커에선 '공 바로 앞 3센티미터'니 뭐니 하지만 그런 이론은 무용지물이지."

'음, 14번 홀은 버디가 없는데.' 하며 사쿠라이가 혼잣말을 했다. 드문드문 몇몇 유명 선수도 모습을 드러내기 시작했다.

먼저 할 서튼과 댄 폴이 등장했으며, 두 사람 모두 13번은 신중에 신중을 기한 공격을 했다. 둘 다 2미터 정도의 파 퍼팅을 보여준 평범한 샷에 머물렀다. 14번은 모래 벙커에 빠져 두 사람 모두 규정타수보다 1타 많은 보기로 끝냈다.

스콧 심슨과 마이크 리드, 마크 오메라와 레이 프로이드가 시야에 들어왔다. 레이 프로이드는 13번에서 규정타수보다 1타 적은 버디를 잡아 스탠드의 관중을 들끓게 했다. 할머니는 '레이의 골프는 슬퍼. 레이가 즐거운 듯 플레이를 하면, 나는 왠지 모르게 더욱더 슬퍼지곤 해.' 하고 밑도 끝도 없는 말을 했다. 심슨은 두 홀 모두 파를, 리드는 파와 보기를, 오메라는 모두 파를, 레이 프로이드는 버디와 파를, 휴버트 그린은 파와 보기를, 폴 애징거는 샛강에 공을 빠뜨렸고, 트웨이는 2타만에 그린에 공을 안착시켜 스탠드를 열광케 했다.

열 몇 번째쯤 되는 조로, 삐죽이 키가 큰 일본인이 나타났다. 노란 셔츠에 녹색 바지의 정말 어울리지 않는 배색이었다. '요시다야.' 하며 할머니가 쌍안경을 눈으로 가져갔다. 나는 가슴이 두근거렸다. 겐타로의 공은 정확히 언덕 정상에 떨어졌다. 칼카베치아 선수의 공은 정상에서 조금 못 미치는 곳에 있었다. 칼카베치아는 겐타로의 공보다 3야드 앞에 있는 자기 공을, 3번 아이언으로 쳐내더니 보기 좋게 2타만에 그린 위에 올려놓았다. 겐타로가 2번 아이언을 꺼내 들었다고 아나운서가 말했을 때, 나는 겐타로가 브라질 국기를 본떠 노란색과 녹색 옷을 입었음을 이해했다.

헌데, 겐타로는 2번 아이언으로 대체 어떻게 할 셈일까? 칼카베치아조차 3번 아이언으로 그린에 공을 떨어뜨렸는데 말이다. 겐타로가 있는 데서 치기엔 좀 지나친 골프채가 아닐까. '언젠가 2번 아이언 비거리는 존 댈리보다 더 좋다는 기사를 신문에서 본

적이 있어, 호호호.' 하며 할머니가 웃었다. 느닷없이 겐타로가 공을 쳤다. 실수로 탑 볼을 친 게 아닐까 하는 생각이 들 정도로, 가공할 만한 낮은 포물선을 그리는 공이었다. 내리막 페어웨이를 스치듯이 날아가더니 공은 150야드를 날아간 지점에서 갑자기 떠올랐다. 그렇게 샛강을 넘은 뒤 바로 속도를 잃고 수풀에 떨어졌다. '대체 어떻게 친 거지. 저 녀석 묘한 공을 치는구먼.' 하며 사쿠라이가 고개를 갸웃했다. 할머니가 설명을 해주었다.

"요시다는 그립을 짧게 쥐고, 평상시보다 낮은 볼을 쳤어. 하지만 3밀리미터 차로 공 뒤쪽을 치는 바람에 5야드가 부족했던 거야. 만약 오차가 3밀리미터가 아니라 1.5밀리미터 정도 되었다면, 아마도 수풀 끝 쪽 마운드에 떨어져, 핀 바로 옆 2미터 지점에서 멈췄을 텐데 말야. 요시다는 2타 적은 이글을 노린 거라구."

겐타로가 다가온다. 스탠드 쪽을 볼 리가 없는데도, 나는 맥주 컵으로 얼굴을 가리려고 했다. 겐타로는 햇볕에 그을린 탓도 있고 해서, 상상했던 것과는 달랐다. 어렸을 적 얼굴도 기억나지 않지만, 내 안의 겐타로는 좀더 위태로운 느낌을 갖게 하는 심약한 청년이었던 거다. 그런 겐타로가, 칼카베치아와 나란히 서서 대등하게 페어웨이를 걷고 있다. 나는 그것만으로도 기뻤다. 일부러 보러 오길 잘 했다고 생각했다. 바보처럼 눈가에 눈물이 맺혔고, 사쿠라이와 할머니한테 들키고 말았다. '어렸을 때 저 녀석과 헤어진 뒤, 오늘 처음으로 저 녀석이 골프 치는 걸 보는 겁니다.' 했다. 그러자 할머니가 물끄러미 나를 보더니, '요시다는 당신 아들이었구나.' 하며 안아주기까지 했다. 독한 쁘아종 향수가 코를 찔러 토할 것 같았지만, '이봐, 적당히 하라구.' 하는 사쿠라이 소리도 무시한 채 할머니를 안고 말았다.

겐타로는 수풀 안으로 떨어진 공을 칠 수 없다고 선언한 뒤 벌타를 받았다. 그런 다음 퍼팅 두 번으로 홀 컵에 공을 떨어뜨리고 보기로 끝냈다. 칼카베치아는 버디였다. 허나, 당연한 일이긴 하지만, 겐타로는 턱을 당기고 가슴을 쫙 편 당당한 자세로 14번 티로 향했다.

칼카베치아는 그린을 벗어났다. 공은 그린 중앙으로 떨어졌지만, 오른쪽에서 불어오는 바람 때문에 왼쪽 가드 벙커 쪽으로 굴러가고 말았다. 그리고 겐타로가 티잉 그라운드에 섰다. 바람을 본다. 오른쪽에서 불어오는 무시 못 할 바람. 낙낙한 노란색 셔츠가 사락사락 소리를 내며 펄럭인다. 라디오 아나운서가 8번 아이언이라고 알린다. 아나운서는 또다시 웃었다. 칼카베치아는 겐타로 쪽을 보고 있지 않았다. 겐타로는 자세를 잡느라 아이언을 휘둘러본다. 다시 한 번 그린을 본다. 본격적으로 자세 잡기에 들어가, 구름으로 생긴 그림자가 오른쪽에서 왼쪽으로 가로지르기를 기다렸다가, 쳤다. 쌍안경으로 보고 있던 할머니가, '뷰티풀' 하고 감탄한다. 상당히 빠른 헤드 스피드다. 환상적이다. 공은 낮게, 그리고 곧바로 핀을 향해 날아가다가 도중에 각을 꺾으며 힘이 떨어진다. 공은 핀 바로 앞에 떨어져 20센티미터 정도 굴러간 다음 딱 치기 좋은 지점에서 멈췄다. 겐타로는 어렵지 않게 버디를 잡았고 간신히 파를 낚은 칼카베치아와 함께 다음 티잉 그라운드로 사라졌다.

"뒤쫓아가지 않아도 괜찮겠어?"

할머니가 묻는다.

'내일도 볼 수 있으니까 괜찮습니다.' 하고 대답했다. '요시다는 지금 4오버파라구. 예선 통과를 할 수 있을지 아슬아슬한 형편이니 계속 지켜보는 게 나을 텐데.' 하며 내 어깨를 감쌌다. 아무래도 겐타로가 내 진짜 아들이라고 생각하는 모양이다.

"그래, 그를 보긴 본 거야?"

나는 사쿠라이와 함께 맛없는 중국 요리를 먹으면서 술을 좀 과하게 했다. 그러고는 1박에 35달러 하는 형편없는 모텔에서 미스 사쿠란보한테 전화를 걸었다. 허나 돌아온 건 냉랭한 목소리였다. 일이 성공적이었단 이야기도 했지만 기뻐해 주지 않았다.

전혀 기뻐하는 목소리가 아닌데?

"많이 마셨어?"

이런 밤에 취하지 않는 게 이상한 거 아냐? 뭐 화나는 거라도 있는 거야?

"화날 이유가 어디 있어."

일본은 지금 오전이다. 잠자리에서 막 일어난 터라 혈압이 낮은 건지도 모르겠다. 애벌레가 양배추 잎을 기어다니듯 천천히, 천천히 피가 돌고 있는 중인 거다.

설마 그녀가 겐타로와 만났단 사실이나 일이 성공한 것 때문에, 묘한 소외감 같은 걸 느끼고 있는 건 아니겠지. 그런 생각을 하고 있을 때, 미스 사쿠란보는 '당신은 늘 기운이 넘쳐서 좋아.' 하고 말한다. 그러고는 스탠드에서 만난 할머니 같은 목소리로 웃었다. 그럼 또 전화하지, 하고 전화를 끊고 나니 조금 불안한 마음이 들었다. 설마 그녀가, 임신이나 그와 비슷한 절망적인 사태를 맞고 있는 건 아니겠지. 허나, 이런 상황이 나을지도 모르겠단 생각이 들었다. 일이 하나 잘 마무리되었고, 겐타로의 경기를 보았으며, 내일 또 그의 경기를 볼 수 있는 오늘 같은 밤에, 애인까지 따뜻하게 대해 준다면 틀림없이 급사하고 말 것이다.

이것으로 족하다. 그렇게 자신에게 타이르며 잠자리에 들었다. 내일은 겐타로가 속한 조를 따라다니며 코스를 같이 돌아야겠단 생각을 하면서……

미국, 플로리다, 프리벤투라 호텔 골프 코스 Ⅲ

예선 이틀째인 다음 날은 바람이 더욱 세게 불었다. 강렬한 햇빛을 피하기 위해 매점에서 토너먼트 로고가 찍힌 모자를 샀다. 그놈을 쓰고 페어웨이 옆 통로를 걷기 시작하는데 그 순간, 모자가 벗겨지더니 버뮤다 잔디 위로 굴러갔다. 사쿠라이는 조금 전에 게토레이 1리터짜리 한 병을 사더니 단숨에 절반이나 마셔 버렸다. 중국 요리를 먹으며 싸구려 캘리포니아 화이트와인을 벌컥벌컥 들이마시더니 목이 타는 모양이었다.

"미국인들은 진심으로 행복해 보이지 않는다고나 할까, 실상을 알아 버리면 추레해 보인다고나 할까, 아무튼 그건 이런 날씨 때문인지도 모르겠군."

낯빛이 안 좋은 사쿠라이가 1번 티 뒤쪽 땅바닥에 주저앉으며 그렇게 말했다. 사쿠라이는 분명 나보다 두 살 연하지만, 서른 여덟이나 마흔이나 외모가 그리 큰 차이를 보일 리 없다. 평소에 스포츠와 친숙할 리 없는 피부는 중력의 법칙에 어긋남 없이 축 축 처졌고, 게다가 새하얗게 탈색까지 되어 가고 있다. 본디 체형이 좋은 편이 아니기 때문에 한번 늘어지기 시작하면 점점 더 보기가 싫어진다. 게다가 숙취와 수면부족으로 눈도 탁하고, 하품을 한다거나 하면 심한 냄새가 날 게 뻔하다.

나와 사쿠라이는 미군 포로라도 된 양 움츠러들며 눈에 띄지 않으려고 노력하고 있다. 허나 지금은 옛날과 다르다. 때문에 포로가 되었다고 해서 수치스럽다는 생각에 죽을 필요까지는 없다. 어른답게 행동하면 되는 거다.

"날씨가 뭐 어떻다고?"

나 또한 바람 때문에 벗겨져 저 멀리 날아가 버린 모자를 쫓을 기력도 없다. 사쿠라이와 마찬가지로 땅바닥에 털썩 주저앉고 말았다.

"생각해 보면 규슈나 홋카이도 같은 데도 이런 바람은 없잖아."

그 말이 맞다. 바람은, 때때로 바람의 신이 다른 데 정신을 팔고 있는 듯 느닷없이 멈추거나 한다. 바람이 멎으면, 햇볕은 피부가 타 버릴 것처럼 따갑게 느껴진다. 하지만 바다 쪽에서 불어오는 바람은 서늘하기 때문에 나무 그늘 속으로 들어가면 스웨터가 있었으면 하고 바랄 정도다. 다시 말해, 몸이 외부 환경 속에 노출돼 있는 한 쾌적함은 느낄 수가 없다. 일본에 있으면, 그런 걸 깨달을 기회가 무척 드물다. 강한 햇볕이나 서늘한 바람은 결국 내부에서부터 몸을 피곤하게 한다.

그러고 보니, 어젯밤 맛없는 튀김 만두와 고기 완자, 볶음밥을 먹으면서 사쿠라이가 마약 얘기를 했다. 사쿠라이네 회사에서도 새파랗게 젊은 녀석이 코카인 중독자가 된 일이 있다고 한다. 사쿠라이도 그 일을 통해 사태의 심각성을 뼛속 깊이 깨달은 모양이다. '문제는 왜 이렇게 미국이 코카인에 휘둘리고 있나 하는 건데.' 하고 사쿠라이가 말했다. '콜롬비아나 볼리비아 같은 생산지가 가깝다는 건 이유가 되지 않아. 음식이 맛이 없기 때문이라구. 인스턴트 식품을 주식으로 먹잖아. 코카인을 하면 밥맛이 사라지구, 밥도 먹을 수 없게 돼. 그러니 맛있는 생선초밥이나 볶음 요리 같은 게 있다면, 모두들 삼가거나 마약을 끊을 게 틀림없다고 생각해. 이탈리아 같은 덴 마피아 본산인데도, 음식이 그렇게 맛있으니 코카인 같은 걸 하는 사람이 없는 거라구.'

굴러다니던 내 모자를 소년과 할머니 일행이 주워 일부러 갖다 주기까지 했다. 때문에 나와 사쿠라이는 무거운 몸을 일으켜 세워 몇 번이나 감사하단 인사말을 했다. 그런 다음 우리는 다시 주저앉지 않고 그대로 서 있었다. 몸이 힘든 건 사실이었지만 앉을 수가 없었다. 겐타로가 티잉 그라운드에 모습을 드러낸 데도 이유가 있지만, 그 소년과 할머니를 보고 나서 부끄러워졌기 때문이다. 열두 살 정도 되어 보이는 소년은 국기가 인쇄된 티셔츠를 입고 있었는데, 다리가 좀 불편한 할머니의 손을 잡아 주며 어깨로 부축해 서로 끌어안듯 의지하며 걷고 있었다. 확실히 모든 미국인이 쓸쓸해 보이지만, 그 쓸쓸함이야말로 위대한 거다.

나는 겐타로가 부담을 갖지 않게끔 관중들 사이에 숨어 겐타로의 티샷을 보았다. 1번 홀은 가볍게 쳐서 떨어뜨리는 미들 홀이다. 겐타로는 어제까지 3오버파란 성적을 거두었는데, 예선 통과가 아슬아슬한 형편이다. 복장은 노란색과 녹색의 줄무늬 폴로 셔츠에 회색 바지다. 어제와 마찬가지로 브라질 컬러가 겐타로를 감싸고 있다. 골프화는 붉은색과 흰색이 배색된 것을 신었다. 그런 모습으로 티잉 그라운드에 선 겐타로가 둘째 날 첫 샷을 날렸다. 페어웨이 오른쪽 끝, 곧바로 샷을 한 칼카베치아 공보다 몇 야드 앞에서 공이 굴러가고 있다. '스윙이 좀 둔한 것 같은데.' 하고 사쿠라이가 말했다.

1번 홀, 겐타로는 보기에 그치고 말았다. 450야드로 거리가 좀 되는 미들 홀인데, 세컨드샷이 그린을 넘어가고 말았던 거다. 칼카베치아는 어제까지 2언더파를 거두었기 때문에 경기하는 모습에서 여유가 느껴진다. 8야드 정도 되는 파 퍼팅이 빗나가 공이 홀 컵을 스쳤을 때, 겐타로는 입술을 깨물었다. 강한 바람을 계산에 넣더라도, 예선 통과 커트라인은 2오버파나 1오버파가 될 거라고 사쿠라이가 말했다.

"하지만 저 녀석은 갑자기 돌변할지 모른다구. 비거리는 이미 나무랄 데가 없고, 게다가 주눅이 든다거나 하는 것도 없겠지?"

내 어깨를 툭툭 치며 사쿠라이가 그렇게 말했다.

"알다시피 테니스든 자동차 경주든, 아니 그 어떤 경기도 마찬가지지만, 일본인 선수들은 일본의 평화로운 분위기를 그대로 지니고 있기 때문에 멋모르고 들떠 보이는 게 사실이잖아. 하지만 그는 일본을 떠난 지 오래됐기 때문에 그런 게 없는 거지. 그런 경박한 분위기가 없다는 건 확실히 장점이라구. 왼쪽 무릎이 이러니저러니, 스윙할 때 어깨 위치가 이러니저러니, 그런 얽매임이 없잖아, 겐타로는."

2번 홀은 등뒤에서 바람이 불어오는 거의 직선에 가까운 롱 홀이다. 세컨드샷 지점엔 커다란 나무 한 그루가 있으며, 페어웨이는 군데군데 좁아진다. 칼카베치아는 3번 우드로 큰 나무 왼쪽에 공을 떨어뜨렸다. 겐타로는 드라이버를 이용해, 떨어질 때 왼쪽으로 흐르는 드로 샷을 쳤고 공은 나무 오른쪽을 돌며 굴러갔다.

세컨드샷. 칼카베치아는 5번 아이언을 이용해 2타만에 손쉽게 그린에 공을 안착시켰고, 깨끗하게 버디를 낚았다. 겐타로는 6번 아이언을 꺼내 들었는데, 또다시 그린을 넘기는 공을 치고 말았다. 그린에지에서 핀을 겨냥해 어프로치 샷을 했지만 그린의 잔디 상태를 정확하게 읽지 못해 규정타수인 5타에 그쳤다.

"힘들겠군."

사쿠라이가 게토레이를 마시며 그렇게 말했다.

"여긴 버디를 잡아야 하는 홀인데, 파에서 그치다니."

사쿠라이는 겐타로의 경력을 어느 정도 알고 있는 걸까? 3번 미들 홀, 세컨드샷 지점으로 걸어가는 동안 겐타로에 대해 대강 알려주었다.

메이저 투어에 참가하는 건 이번이 처음인데다, 무엇보다 이렇게 깔끔한 정규 코스에서 경기한 것도 작년이 처음이었을 거야.

"그래서 무슨 말을 하고 싶은 거야. 그러니까 오늘 예선 탈락을 해도 어쩔 수 없단 변명을 하는 건가?"

그렇진 않아. 리우의 황량한 골프장에서 2번 아이언만 갖고 연습했기 때문에 좀더, 이렇게, 뭐라고 해야 좋을까⋯⋯.

"아무도 하지 못한, 상식을 깨는 골프를 하고 있다고 생각하나?"

그래.

"과연 상식을 깨는 골프란 게 있기나 할까? 프로 최고 수준에서 말야. 상식을 깨는 테니스란 건? 포뮬러원 자동차 경주도 그렇지 않을까? 만화 같은 방법으로는 우승을 꿈도 못 꿔. 때문에 현실의 골프가 질리지 않는 거라구. 또 그렇기 때문에 만화의 존재가치도 있는 게 아닐까? 그것보다 겐타로 스스로가 문제가 된다구."

오른쪽으로 굽은 도그레그, 412야드 3번 홀. 겐타로의 공은 페어웨이 오른쪽에 있는 모래 벙커에 빠지고 말았다.

"겐타로는 왼쪽에서 불어오는 강풍과 맞서 왼쪽으로 흐르는 드로 샷으로 공략해야 했어. 그러면 페어웨이 오른쪽 끝을 통과했을 테고, 나무 꼭대기에 맞지도 않았을 텐데 말야."

관객 중 한 명이 그렇게 자신있게 설명하고 있다. 페어웨이 벙커는, 오른쪽으로 굽은 도그레그의 꺾어지는 지점 바로 앞에 있었다. 그린까지는 아직도 200야드 이상이나 남아 있다. 숲 때문에 완벽한 곤경에 처한 거다. '여기서 보기를 치면 더 힘들어질 텐데.' 하고 사쿠라이가 말하는 사이, 겐타로는 우선 2번 아이언을 들고 모래 벙커로 들어갔다. '아니? 도박을 할 작정인가? 떨어지면서 오른쪽으로 휘는 상당한 페이드 볼을 치지 않고서는 공이 그린 쪽으로 날아가지 않을 텐데. 아니, 페이드라기보다 더 심하게 오른쪽으로 휘는 슬라이스여야 해. 그런 공을 칠 수 있는 건가?' 하고 사쿠라이한테 물었다.

"이 홀은 그린이 까다로워. 그린이 비정상적으로 크고, 굴곡도 좀 있고……. 어쨌든 그린에다 공을 올리고 싶겠지. 2번 아이언은 자신이 있는 것 같던데, 곤경에 처했을 땐 자신있는 골프채를 쓰고 싶을 거야."

겐타로는 매우 침착해 보였다. 갤러리를 뒤로 물러나게 한 다음, 일단 모래 벙커에서 나와 꽤 먼 그린 쪽을 바라본다. 그러고는 자세를 잡기 위해 세 번의 연습 스윙을 했다. 그리고 서로 다른 종류의 조개껍질이 섞여 있다는, 눈이 시린 모래 벙커 가운데에 서더니 자세를 잡았다. 공을 뚫어지게 쳐다보는 겐타로의 뒤쪽, 오른쪽으로 비스듬한 곳에 내가 서 있었다.

그 순간, 오래 된 옛일이 떠올랐다. 게이오센 철로 곁에 있는, 이층에서 섹스를 하면 그 삐걱거리는 소리가 전체로 울려 퍼질 듯한, 목조 모르타르 아파트 작은 마당. 그곳에서 나는 동네 꼬마 녀석들과 축구를 하곤 했으며, 잘난 척 강의를 늘어놓기도 했다.

'알겠나? 공 가운데를 보는 거다. 축구만 그런 게 아냐. 야구나 배구처럼 공을 때려내야 하는 스포츠는 전부 공 가운데를 눈이 아플 정도로 쳐다봐야 하는 거다.'

겐타로는 꼬마들 중에서도 눈에 띄게 열심인 녀석은 아니었다. 다만, 그늘진 눈빛을 갖고 있으면서도, 웃을 때면 환한 표정이 되곤 했다.

'칠 수 있어. 제발 부탁이야, 그린에다 공을 올려.' 하고 생각했을 때다. 겐타로는 입술 끝을 살짝 일그러뜨리며 희미하게 웃더니 스윙 자세를 재빨리 풀었다. 갑자기 저벅저벅하고 캐디 쪽으로 걸어갔고, 골프채를 5번 아이언으로 바꾸었다. 그리고는 자리로 다시 돌아와 공을 향해 자세를 잡은 다음 깔끔한 하프 스윙으로 40야드를 쳐냈다. 탈출이었다. 갤러리는 도박이 끝나 김이 빠진 듯했지만, 사쿠라이는 '용기가 있어.' 하고 칭찬했다. 겐타로는 세 번째 샷을 핀 오른쪽 7야드 지점에 떨어뜨렸다. 하지만 파 퍼팅이 뜻대로 되지 않아 전체적으로 5오버파가 되고 말았다. 내 눈에도 예선 통과는 절망적인 것으로 보였다. 허나, 자칭 퍼터 평론가인 사쿠라이는 '저 녀석, 조금씩 조금씩 감각이 그린을 쫓아가고 있어.' 하는 말로 위로해 주었다.

바람이 잦아들 기색은 보이지 않았다. 4번, 5번, 6번 홀. 칼카베치아도 골프채 선택에 고심하는 가운데, 겐타로는 망설임 없이 낮은 포물선을 그리는 공으로 공략하며 파 행진을 해나갔다.

7번 홀은 202야드의 쇼트홀이다. 기세 등등한 맞바람 속에서, 겐타로는 처음 70야드를 지면을 스치듯 날아가는 스페셜 샷으로 선보였다. 공은 그 다음에도, 그다지 높지 않은 포물선이 아니라, 아예 직각 삼각형을 그리듯 했다. 그런 다음 정점에서 강풍을 받더니 갑자기 속도가 떨어져 핀 아래 3야드 지점에 떨어졌다. 어제 그 펑크 록 가수 같던 할머니가 보았다면 틀림없이 기뻐했으리라.

"2번 아이언은 정말로 자유자재로군."

사쿠라이가 혀를 내둘렀다.

"다양한 각도로 치는 데다가, 어김없이 회전도 들어가 있어.

정말 대단한 테크닉이야."

겐타로는 그날 처음으로 버디를 기록했다. 8번 티잉 그라운드로 걸으면서, '이미 알고 있겠지만⋯⋯.' 하며 사쿠라이가 내게 귓속말을 했다.

"저 녀석 아직, 2번 아이언 풀 샷을 보여주지 않았다구."

8번 티잉 그라운드는 앞 조가 여태 티샷을 마치지 않은 상태였다. 이 조에는 그곳 출신 프로 골퍼가 속해 있었기 때문에 갤러리 수도 엄청났다. '뭐야, 가까이 갈 수도 없잖아.' 하고 생각했는데, 겐타로와 눈이 마주치고 말았다.

겐타로는, '이런.' 하고 작은 목소리로 말했다. 그런 다음 어떻게 해야 좋을지 몰라, 바보처럼 손가락을 딱 붙여 손을 흔들고 있는 내게 저벅저벅 다가왔다. 겐타로는 먼저 오른손을 내밀었다.

"어떻게?"

포르투갈 억양이 남아 있는 일본어였다.

일 때문에 마이애미에 왔다가.

"편지, 도착했습니까?"

잘 도착했어, 모두 읽었지.

'몇 번씩이나 읽었다구.' 하고 말하려다 그만두었다. 겐타로는 뼈와 근육과 피부만으로 이루어진 느낌이 좋은 체형을 갖고 있었다. 키도 나보다 머리 하나 정도는 더 컸다.

"오늘부터 보셨습니까?"

어제도 봤지. 13번 스탠드에 있었지만.

"제 이름을 불러 아는 척을 해주셨으면 좋았을 텐데."

아니, 부담이 되면 안 될 것 같아서 말야.

"내일은?"

아침 일찍 마이애미로 돌아가. 뉴욕을 거쳐서 일본으로 돌아가야만 하거든. 좀더 보고 싶지만, 일이 있어서 어렵겠군.

"저를 기억하고 계십니까?"

기억하지.

거기까지 이야기한 참에 캐디가 겐타로를 불렀다.

열심히 하게.

겐타로는 기분 좋은 듯 웃음을 지으며 고개를 끄덕였다. 그리고 다시 티잉 그라운드에 섰다.

'아니, 정말로 아는 사이였던 거야?' 하며 사쿠라이가 다가왔다.

거짓말이라고 생각한 건가?

"대행사 있을 때 버릇이 남아 있어서 말야. 일단 의심부터 하고 보잖아?"

부담을 느끼지 않으면 좋겠는데.

"그렇게 약해빠진 놈이라면 저런 골프는 하지도 못할걸."

사쿠라이가 한 말이 맞았다. 8번 홀, 535야드의 롱 홀이다.

오른쪽에서 불어오는 강풍 같은 건 아예 없는 거나 마찬가지라는 듯, 겐타로는 조금 전에 그랬던 것처럼 오른쪽 가장자리를 아슬아슬하게 날아가는 낮은 드로 볼을 쳐냈다.

미국, 플로리다, 프리벤투라 호텔 골프 코스 Ⅳ

공은 아슬아슬하게 페어웨이 왼쪽 가장자리에 떨어졌다. 거리로만 따진다면 칼카베치아와 거의 비슷하다. 겐타로는 나를 보며 가볍게 손을 흔들더니 세컨드샷을 치는 지점으로 잔달음질 쳤다.

"그런데 저 거물이 될지도 모르는 아이를 어떻게 할 작정이지?"

사쿠라이가 다시 강해진 바람을 피하려는 듯 게처럼 옆으로 걸으며 그렇게 물었다. 붉어진 사쿠라이의 코에서는 조금씩 콧물이 나오고 있다. 폴로 셔츠 위에 걸친 오렌지색 점퍼 소매가 바스락거리는 소리가 왠지 모르게 서글프게 들린다.

딱히 어떻게 해야겠다는 생각은 없어.

"쭉 연락을 주고받았던 건가?"

겐타로가 일방적으로 편지와 엽서를 보냈을 따름이야.

그 엽서를 부적과도 같이 몇 번이고 몇 번이고 읽었다고 얘기할 수는 없었다. 헌데, 나는 어째서 겐타로의 엽서를 읽고 힘을 낼 수 있었던 걸까? 겐타로는 아들도 아니고, 친척도 아니며, 친한 친구 또한 아니다. 내게 힘을 주는 내용이 적혀 있는 것도 아니었다. 더욱이 나는 골프를 썩 좋아하는 것도 아니다.

"잘은 모르겠지만 말야."

콧물을 훌쩍거리면서 사쿠라이가 말했다.

"저 녀석이 일본으로 돌아가지 않고 이쪽에서 계속 활동해 주었으면 좋겠다, 하는 생각이 든다구. 대개 나 같은 놈이 하는 일이 그런 거 아닌가? 싱싱하고, 앞으로 장사가 될 만한 녀석을 찾아봐 달라는 일본 기업의 부탁으로 여기까지 왔지만……. 저 녀석밖엔 안 보인다구."

겐타로는 어떤가?

"저 수준으론 아직 멀었어. 하지만 저러다가 우연히 메이저 대회에서 좋은 성적을 거두거나 하면 어떻게 될까? 일본에서 그 빌어먹을 매스컴이 들이닥치겠지. 아니, 우리 생각과 달리 오지 않을지도 몰라. 무엇보다도 겐타로는 이미 일본 사람으로는 보이지 않거든."

남은 거리는 약 250야드. 숲도 멀어지고 바람도 더욱 강해졌기 때문에 칼카베치아는 끊어 쳤다. 겐타로는 다시 2번 아이언을 꺼내 들더니, 오른쪽으로 휘는 페이드 볼을 쳤다. 하지만 맞바람을 맞다 보니 그린에 안착시키긴 했지만, 홀 컵에서는 멀어졌다. 신중하게 잔디 상태를 살피더니 세 번째 샷을 홀 컵 옆 20센티미터 지점에다 갖다 붙였다.

두 번째 버디. 공이 컵에 떨어지자, '요시(좋아)!' 하고 일본어로 말했다. 나는 그 누구보다 박수를 크게 칠 작정이었다. 하지만 겐타로는 캐디에게 볼을 던져 주고는 시원스럽게 다음 티잉 그라운드로 걸어가기 시작했다. 그 '무시'가 마음에 들었다. 집중하고 있는 거다.

9번 홀은 왼쪽으로 살짝 굽은 도그레그 미들 홀. 겐타로는 세컨드샷을 모래 벙커에 떨어뜨렸지만, 다음 샷을 핀 아래 2야드 지점에 딱 갖다 대며 파 세이브를 했다.

"내 말이 맞지? 그린에 적응하기 시작한 거야. 글쎄, 특징이라고 한다면 2번 아이언을 이용한 다채로운 샷 정도겠지. 하지만 이제 그도 제대로 보기 시작한 거야. 오카모토 아야코도 참 기분 좋게 보았지. 일본이 주는 부담감은 엄청났지만, 오카모토 아야코는 참 멋있었다구. 무슨 이유일까?"

"즐기고 있기 때문 아닐까."

겐타로는 이미 나란 존재를 잊고 있는지도 모른다. 집중을, 즐기고 있는 거다.

10번, 11번, 12번 홀. 겐타로는 정확하게 페어웨이를 공략하며, 3타만에 그린에 공을 떨어뜨리는 파 온도 해내곤 했다. 허나 스코어를 줄이지 못하고, 13번 롱 홀을 맞았다. 날씨가 흐리고 바람이 더욱 세졌음에도 우리가 관전했던 스탠드는 어제보다 사람이 늘었다. 그 펑크 록 가수 같은 할머니는 오늘도 관전하러 왔을까? 상당히 강한 순풍이 불고 있다. 겐타로는 역시 2번 아이언으로 티샷을 했다. 공은 언덕 중앙, 모래 벙커 바로 오른쪽, 최고의 지점에 떨어졌다. 칼카베치아는 3번 우드, 5번 아이언으로 확실히 끊어 쳤다. 바람이 너무 강해 2타만에 그린에 공을 떨어뜨리는 건 어려웠다. 골프채 선택도 어려울 뿐더러 위험부담도 제법 큰 모험이리라. 겐타로는 망설이지 않고 또다시 2번 아이언을 집어들었다. 어제와 같은 방법으로 치려는 걸까. 어제는 낮게 떠가는 공으로 그린 바로 앞 마운드를 노렸다. 마운드라고는 해도 그 폭은 몇 야드밖에 안 된다.

"저것 봐. 저 녀석, 어제보다도 그립을 짧게 잡고 있어."

단단해 보이는 구릿빛 피부를 가진 신체가 허리를 중심으로 비틀려 있더니, '쉬익' 하고 골프채가 바람을 가르는 소리가 났다. 공은 낮게 튀어오르며 날기 시작했다. 어제와 같은 포물선이다. 150야드를 넘은 지점에서 '획' 하고 떠오르더니 샛강과 수풀을 모두 넘었다. 그러더니 그때까지 기세 좋게 날아가던 게 마치

속임수였던 것처럼 털썩 무너져 내렸다. 공은 그린 한가운데로 떨어지더니 그대로 멈추었다. 마치 그린이 매직테이프로 만들어진 듯, 튀거나 하는 것도 없었다. 공은 그렇게 1밀리미터도 움직이지 않은 채 달라붙은 듯 미동도 하지 않았다. 핀 왼쪽 3야드 지점. 간발의 차로 공이 홀 컵 가장자리를 스쳤다. 비록 이글은 낚지 못했지만 겐타로는 소란스런 현지 관객들한테 커다란 박수갈채를 받았다. 칼카베치아도 겐타로한테 무슨 말인가를 했다.

"이걸로 2언더파가 됐군. 이제부터가 까다로운데 말야."

콧물을 훌쩍이며 사쿠라이가 혼잣말을 했다. 예선 통과 커트라인은 2언더파나 1언더파가 될 거라 한다. 지금까지는 어쨌든 적극적인 공격이 먹혀들었다. 이후엔 적극적으로 공격해야 할지, 아니면 현재 점수를 지키며 신중하게 해야 할지, 판단이 어려워진단 말일까?

14번 쇼트홀. 겐타로는 어제와 마찬가지로 낮게 쳐 공을 그린에 안착시켰다. 하지만 7미터 버디 퍼팅은 왼쪽으로 조금 빗나갔다.

15번 미들 홀, 432야드. 페어웨이 중간이 샛강으로 나뉘어 있어 티샷이 떨어지는 위치가 제한돼 있다. 겐타로나 칼카베치아 모두 스푼을 이용해 신중하게 왼쪽 가장자리를 공략했다. 그리고 두 사람 모두 그린까지 190야드를 남겼다. 겐타로는 얕은 러프에서 6번 아이언으로 쳤는데 그 공이 그린을 벗어나 보기를 기록했다. 한발 후퇴였다. 조금 전까지만 해도 쉽게 예선을 통과하리라 보았는데, 보기를 보고 나니 거꾸로 '아무래도 무리야.' 하는 분위기가 되었다.

스포츠 이벤트 일로 자동차 경주나 테니스, 축구 같은 경기를 보며 돌아다니던 때도 같은 걸 느끼곤 했다. 예를 들어, 전성기의 넬슨 피케나 알리 배터넨, 보리스 베커, 플라티니가 그랬다. 그들이 매우 순조로울 때는, 상대가 누구든 지구에 사는 생물이라면 그들을 절대로 이길 수 없다는 공기가 생겨나 주위를 맴돈다. 도저히 이길 수 없다거나, 아무래도 이길 수 없다 정도가 아니다. 그것은 무서운 기세라거나, 일이 잘 풀린다거나, 몸 상태가 최상이라거나, 그런 수준의 것이 아니다. 천재들이 무엇인가를 만들어 내는 것도 아니다.

포뮬러원이든, 랠리든, 테니스든, 축구든, 천재들이 하는 일은 기본적으로 우리가 하고 있는 일의 연장선상에 있다. 엑셀러레이터를 밟거나, 핸들을 꺾거나, 라켓을 휘두르거나, 공을 차거나 할 뿐이다. 불을 뿜거나, 주문을 외워 악마를 불러내거나 하는 일이 아니다. 그들이 매우 순조로운 때, 그들은 이 우주에 태고적부터 존재하는, 어떤 강하고 조용하며 아름다운 것을 가져다가 우리 앞에 내어놓고 있단 느낌이 든다. 억지는 전혀 없다. 모든 게 자연스러우며, 정통이며, 1미크론의 헛된 것도 없다.

그것은 천재한테서 비롯된 공기의 진동이다. 그러므로 텔레비전으로는 알 도리가 없다. 디지털이나 아날로그로도 변환할 수 없는 것이다. 음악과 비슷하다. 때문에 그것이 한 번이라도 무너지면 공기는 싹 바뀌어 버리고, 완벽한 것이 사라진다. 그렇기에 거꾸로, 죽어도 이길 수 없는 게 아닐까 생각하고 마는 거다.

16번, 368Y의 짧은 미들 홀. 페어웨이 오른쪽 가장자리에 마찬가지로 샛강과 숲이 있다.

칼카베치아는 높은 페이드 볼로 공략했지만, 겐타로는 또다시 오른쪽에서 낮은 드로를 쳤다. 앞 홀을 보기로 마친 게 아직도 머리에 남아 있는 탓일까. 초보자가 보기에도 스윙이 흐트러져 있다. 공은 샛강 옆 커다란 참나무에 맞고 기세 좋게 되돌아오고 말았다.

"지금 건 대체 뭐야."

사쿠라이는 말문이 막힌 모양이다.

"뭐, 그런 거 아니겠나. 우리는 흔히, 믿을 수 없는 미스샷이니 뭐니 멋대로들 떠들어대지만, 그게 사라진다면 누구나 그 옛날 니클라우스가 되겠지."

겐타로는 입술을 깨물며 잠시 티잉 그라운드에 우두커니 서 있었다. 그러고는 화가 난 듯한 표정으로 2번 아이언을 꺼내 들더니 겨우 7, 80야드밖에 날아가지 못한 자기 공을 향해 천천히 걷기 시작했다. 다분히 의식적인 행동이었으리라.

칼카베치아가 겐타로 옆에서 팔짱을 끼고 기다리고 있다. 겐타로에게 무언가 말을 건넸지만 무시되었다. 물론 오른쪽으로 굽은 도그레그라서 그린은 보이지 않았다. 숲이 막고 있기 때문에 낮은 볼도 칠 수가 없다. 겐타로는 숲이 툭 튀어나온 곳의 끝까지 걸어가서 그린을 본다. 좀처럼 돌아오지 않는다.

'저 녀석은 여기서 그린에 공을 얹을 생각이군. 가미카제야.' 칼카베치아가 갤러리를 향해 그렇게 말하자 웃음이 터져 나왔다. 물론 나와 사쿠라이는 웃지 않았다. 이 홀은 짧은 대신, 그린이 거대한 네 개의 벙커로 둘러싸여 있다.

드디어 겐타로가 돌아왔다. 오른쪽에서 불어오는 강한 바람은 그칠 것 같지가 않다. 겐타로가 조금 뜯어 날려보낸 풀이 눈처럼 왼쪽 가장자리 쪽으로 흩어진다.

'세컨드샷인가.' 하고 사쿠라이가 혼잣말을 하는 것을 듣고 나니 문득 옛일이 떠올랐다. 미즈키한테 그랬는지, 아니면 미스 사쿠란보한테 그랬는지 정확히 기억나진 않는다. 나는 골프에서 세컨드샷이 갖는 의미에 대해 잘난 척하며 떠들어댔었다.

'골프 초보자들의 머리 속엔 어떻게든 공을 멀리 날려야겠던 생각밖에 없지. 드라이버니 뭐니 모든 걸 떠나서, 공을 제대로 맞추는 것조차 버거운 법이니까. 하지만 가끔 공 중심을 제대로 맞출 때가 있는데, 그때 느꼈던 감동은 그날 하루종일 사라지지 않는다구. 그러다 마침내, 어설픈 대로 티샷이 조금씩 안정되기 시작하지. 그러면 세컨드샷이 문제가 되는 거야. 그땐, 싱글을 노리려는 사람들은 어프로치 샷의 달인이 돼야 할 테니, 세 번째 샷 연습에 온힘을 다하는 거구. 수준이 올라갈수록 세부 기술이 중요해지는 건 당연한 일이라구.'

'그게 뭐 어쨌다는 겁니까?' 하고 미즈키가 말했던가. 아니면 '그러니까 무슨 말을 하고 싶은 거냐구.' 하고 미스 사쿠란보가 말했던가. 기억나지 않는다. 다만 나는 세컨드샷을 좋아한다고 잘난 척 강의를 했던 거다.

'자신에게 중요한 프로젝트를 골프의 미들 홀에 비유해 보자구. 쇼트홀이나 롱홀같은 프로젝트도 있지만, 놀기 좋아하며 냉소적인 스코틀랜드인들은 미들 홀, 파4를 중심으로 붙박아 놓고 코스를 만들었어. 미들 홀은 전형적이지. 기승전결이 아닐까. 세컨드샷은 허락이라구. 섹스로 말하자면 삽입의 순간이지.'

'그럼 세 번째 샷은 뭐지?' 하고 미스 사쿠란보가 물었던 것 같다. 나는 대답이 궁해 '그건 정상위지.' 하고 대답한 걸 기억한다.

세컨드샷을, 페어웨이의 한가운데서 치는 사람도 있지만 숲속에서 치는 사람도 있다. 벙커에서 치는 사람도 있고, 티샷이 겨우 20야드만 굴러가 그 지점에서부터 치는 사람도 있다. 헛스윙으로 티잉 그라운드에서 치는 사람도 있다.

허나, 중요한 건 아직까지 재도전의 기회가 있다는 거다. 만회

할 수가 있다는 거다. 나는 학생 시절부터 여러 가지 이벤트에 손대 왔지만, 세컨드샷을 치는 단계에서 가장 가슴이 두근거렸다.

아이디어를 현실로 만들어 나갈 때, 첫걸음을 떼고 나면 눈앞에는 문제가 수두룩하다.

머리 속에서 생각하고 있던 것과 눈앞의 상황이 너무도 많은 차이점을 보여, 아연실색하며 기겁을 하게 된다. 당연히 포기도 생각한다. 그리고 기사회생의 세컨드샷을 치는 법이 무얼까 상상하는 거다.

겐타로는 2번 아이언을 충분히 오랫동안 쥐고 있으면서, 조금이라도 바람이 약해지길 기다렸다. 몸은 숲 맞은편 그린을 조준하고 있을 게 분명하다.

그때, 구름이 살짝 갈라지며 햇볕이 샛강 수면에 반사되었다. 참나무 잎이 일제히 반짝거렸지만, 겐타로는 자세를 흐트러뜨리지 않았고 어깨나 무릎도 전혀 움직이지 않았다.

나뭇가지와 나뭇가지가 순간 몹시도 술렁이고, 샛강의 물결이 퍼져 나간 직후, 바람이 잠시 약해졌다.

바람의 신이 한숨을 돌린 듯한 그 직후, 갤러리가 숨을 죽이는 소리가 들려 오는 듯하더니 겐타로는 몸을 비틀어, 쳤다. 풀 샷이다.

땅을 스치듯 낮게 날아가는 공은 180야드 정도 날아간 지점에서 급하게 각을 이루더니, 일단 숲을 넘어갔다.

　갤러리에서 환성이 터져 나왔다.

　겐타로는 공을 확인하기 위해 달리기 시작했다.

　나도 그 뒤를 따라, 달렸다.

십 년 전 지금의 나와 비교했을 때, 지금의 나는 참으로 많은 것을 잃었으리라. 물론 나이와 함께 얻어지는 많은 것들이 있어 굳이 어느 쪽이 좋으냐고 한다면, 지금이라고 하겠다.

허나, 그 시절 내가 가졌던 순수한 보석들을 그대로 간직한 채, 세월이 주는 선물도 동시에 누릴 순 없는 걸까.

하나를 포기하면 둘을 얻을 때도 있고, 냉소를 얻을 때도 있다. 지나고 보면 그 하나가 변함없이 그 자리에 있을 때도 있고.

십 년 전 나를 한마디로 표현한다면 '호기심' 이 아닐까?

어느 것 하나 무심히 지나치지 않았고 작은 깨달음에 기뻐하던 태도. 또 다르게 열정이라고 표현할 수 있는 그것.

지금의 날 '호기심' 이라고 부를 수 있을까? 난 그것을 포기한 것일까, 아니면 버린 것일까, 혹은 잃어버린 것일까.

많은 것을 생각하게 하는 책이 좋은 책임은 두 말할 필요가 없다. 이 책을 번역하면서 류가 말하는 '거품방울' 에 대해 많은 생각을 했다.

거품방울은 흥분의 징후라고 말하면 될까. 예전엔 그저 들판을 뛰어다니기만 해도 그것이 몸안을 헤집고 다녔다.
거품방울을 생기게 하는 그것은 능력의 한계를 요구한다. 모든 존재를 내걸고, 자신의 능력을 최고 한도까지 힘껏 끌어올리고서야 비로소 손에 넣을 수 있을지 모르는 그 무언가가 있다.

내게 그것은 무엇일까? 사춘기 때 맘에 둔 아이를 몰래 훔쳐보며 느끼던 설렘을 다시 갖게 하는 것?
류는 분명 흡인력 있는 작가였다. 번역자이기 전에 독자로서 이 책을 놓기가 쉽지 않았다. 더불어 류가 나지막이 건네는 말을 듣느라 한동안 '거품방울' 말곤 다른 생각을 할 수가 없었다.

십 년 전 나는 그 '거품방울'이 무언지 알고 있었다. 지금의 나도 알고 있다. 허나 지금의 난 발걸음을 옮기기가 훨씬 더 어렵다. 그때 나와 한몸이었던 호기심 혹은 열정을 포기하거나 버리거나, 잃어버린 후 난 무엇을 얻었을까?

가던 길 한켠에 서서 뒤를 돌아보게 하는 책이었다.

이유정
1971년 서울 출생. 경희대학교 일어일문학과를 졸업.
번역서로「어처구니없는 엄마들과 한심한 남자들의 나라, 일본」,
「사랑받는 사람들의 9가지 공통점」,「A2Z」,
「난쟁이가 하는 말」,「청춘」 등이 있으며,
현재 번역 프리랜서로 활발하게 활동하고 있다.

368야드 파4 제2타

초판 인쇄 | 2001년 7월 20일
초판 발행 | 2001년 7월 25일

지은이 | 무라카미 류
옮긴이 | 이유정
펴낸이 | 한익수
펴낸곳 | 도서출판 큰나무
편집 · 교정 | 심은정 · 성효영
관리 · 마케팅 | 한성호 · 조은정

등록 | 1993년 11월 30일(제5–396호)
주소 | 서울시 서대문구 충정로 3가 3–95 2층
전화 | 02) 365-1845, 1846 팩스 | 02) 365-1847
통신 | 천리안 큰나무북 e-mail | btreepub@chollian.net
홈페이지 | www.bigtreepub.co.kr

값 7,500원

ISBN 89-7891-119-6 03830